中国政府出版品国际营销平台精选图书·文学书系　　王昕朋 主编

白马夜驰

White Horse Racing Through the Night

朱山坡　著

中国言实出版社

图书在版编目（CIP）数据

白马夜驰/朱山坡著.—— 北京：中国言实出版社，
2021.1

（中国政府出版品国际营销平台精选图书·文学书系/
王昕朋主编）

ISBN 978-7-5171-3623-1

Ⅰ.①白… Ⅱ.①朱… Ⅲ.①中篇小说—小说集—中
国—当代②短篇小说—小说集—中国—当代 Ⅳ.① I247.7

中国版本图书馆 CIP 数据核字（2020）第 251730 号

出 版 人 王昕朋
责任编辑 代青霞　李昌鹏
责任校对 张国旗

出版发行 中国言实出版社

　　　　　地　　址：北京市朝阳区北苑路 180 号加利大厦 5 号楼 105 室
　　　　　邮　　编：100101
　　　　　编辑部：北京市海淀区花园路 6 号院 B 座 6 层
　　　　　邮　　编：100088
　　　　　电　　话：64924853（总编室） 64924716（发行部）
　　　　　网　　址：www.zgyscbs.cn
　　　　　E-mail：zgyscbs@263.net

经　　销 新华书店
印　　刷 北京中科印刷有限公司
版　　次 2021 年 1 月第 1 版　　2021 年 1 月第 1 次印刷
规　　格 880 毫米 ×1230 毫米　1/32　8.375 印张
字　　数 163 千字
定　　价 58.00 元　　　ISBN 978-7-5171-3623-1

有风骨讲美学接通全球

——"中国政府出版品国际营销平台精选图书·文学书系"总序

王昕朋

    中国言实出版社是国务院研究室主管主办的国家级出版单位,出版定位是:主要出版党和国家重大政策的研究成果以及相关的辅导读物。1995 年成立以来,我们一直坚持这一出版定位,围绕党和国家中心工作开展出版活动,因而,国内外读者很少见到由中国言实出版社出版的文学类图书。但是,近几年文学界对中国言实出版社已不陌生。这源于出版理念的一次变革。习近平总书记在文艺工作座谈会上的重要讲话指出:"一部小说,一篇散文,一首诗,一幅画,一张照片,一部电影,一部电视剧,一曲音乐,都能给外国人了解中国提供一个独特的视角,都能以各自的魅力去吸引人、感染人、打动人。"这给了我们启示、启迪,文学也是讲好中国故事、传播中国好声音的重要途径。所以,我们也用心、用功、用力打造文学板块,并将它推向世界。2018 年 8 月，由中国言实出版社出版的李春雷报告文学作品《朋友——习近平与贾大山交往纪事》获第七届鲁迅文学奖，同时入选"丝路书香"出版工程在国外出版，于是文学界发现，中国言实出版社在文学出版领域同样有不俗的表现。中国言实出版社的文学图书品种少而精，中国文学的声音在通过中国言实出版社持续传播到海外，承载着文化和文学信息的《温文尔雅》翻译成英文、日文、俄文、德文、法文、意大利文、西班牙文、葡萄牙文、阿拉伯文等多种语言向全球推介，英文版、中文繁体版荣获第十三届"输出版引进版优秀图书"奖，长篇小说《京西胭脂铺》一举登榜"中国图书世界馆藏影响力图书 20 强"。付秀莹、金仁顺、乔叶、魏微、滕肖澜、叶弥、戴来、阿袁等 8 位"当代中国最具实力女作家"的作品集同时推出，之所以在名称中冠以"中国"二字，是出于对外推介的考量，其中付秀莹、魏微、戴来等人的小说集后来入选"经典中国"项目在美国出版，产生良好反响。

近年来，中国言实出版社加快国际出版步伐，与英、美、日等多家国外出版单位建立战略合作关系，近百名当代中青年作家的作品陆续推介到美国纽约、日本东京、德国法兰克福等多个国际书展，被多个国家的图书馆收藏，图书受到国外图书界关注，连续 6 年入选中国图书世界馆藏影响力百强出版单位。2015 年经财政部批准立项，中国言实出版社建设并主办中国政府出版品国际营销平台，为推动"文化走出去"提供支持。2020 年，有感于体量庞大的中国当代文学无法快捷地被全球关注所带来的传播学遗憾，有感于年度文学选本出版周期较长，有感于众多具有潜力、实力、影响力的青年作家的作品没有很好的对外传播渠道，中国言实出版社整合资源，决定专门为中国政府出版品国际营销平台的文学板块打造出一种比年度选本出版周期短、对当代文学创作反应更为灵敏的季度文学选本。《中国当代文学选本》应运而生，书名由王蒙题写，选稿编委梁鸿鹰、李少君、王干、付秀莹、古耜皆为业内名家行家，所选作品为国内新近发表的文质兼美的力作。作为一种有公信力的季度文学选本，《中国当代文学选本》因"让国外读者快捷阅读当代中国文学精品"的窗口作用，以及"为中国作家走向世界铺筑交流合作桥梁"的桥梁作用，受到作家、汉学家、国内外读者一致好评。《中国当代文学选本》传播中国声音，讲述中国故事，产生良好社会效益。有鉴于此，中国言实出版社决定打造这套"中国政府出版品国际营销平台精选图书·文学书系"。

出版社并不承担培养作家的使命，但是这套"中国政府出版品国际营销平台精选图书·文学书系"的入选作品多是出自青年作家之手，原因在于，我们始终关注着中国当代文学最具活力与实力的鲜活部分，求取风骨与审美的统一，始终在精心遴选极具当代性的中国文学好声音，始终把推动中国当代文学与全球接通作为出版人的责任，这套"中国政府出版品国际营销平台精选图书·文学书系"的入选作家和作品便是如此。有风骨、讲美学，是选取这套丛书的思考维度。"有风骨"是要对民族精神有所反映，要为人民而文学，要关怀民生，帮助读者把无病呻吟、凌空蹈虚的作品以独特筛选眼光来淘汰掉；而"讲美学"是指中国言实出版社遴选书稿时看重作品的文本质量，内容和形式互为表里，是为美。美为作品飞向全世界插上翅膀，中国言实出版社人始终认为，美是全人类可通融的共同语言，有风骨、讲美学才能接通全球，成为文学精品。这些优秀作品里，都跳动着时代的脉搏，展现着当代中国日新月异的面貌，蕴含着深厚的文化自信。出版是文学生产的终端，对于中国言实出版社而言是文学传播的开始。中国言实出版社将始终秉持"好作品主义"，重视名家不薄新人，盘点、整合中国文学资源，积极开展对外译介和推广工作，自觉地将有风骨、讲美学的文学精品作为永不改变的出版追求。

2020 年 12 月

目 录
CONTENTS

001/ 白马夜驰

032/ 革命者

047/ 驴打滚

122/ 骑手的最后一战

135/ 逃亡路上的坏天气

152/ 感谢何其大

白马夜驰

　　这一天，我忽然感觉到米庄弥漫着一种陌生的气味，不像是花香。尽管这一年春天来得甚是迅捷，千树万树还没有来得及准备便提前开花吐蕊，祖父也因此意外地熬过了寒冬。气味也不是祖父身上散发出来的，因为不是腐烂和死亡的味道。是活牲口的体臭，蓬勃而强悍，令人兴奋。似曾闻过，不敢肯定，但绝不是牛或猪。

　　"马！是一匹马！"病榻上的祖父惊叫起来。他要翻身下床，但疼痛和虚弱让他动弹不得。

　　我不相信。米庄怎么可能有马呢？循着气味，我穿过数户人家，终于在肉贩子阙先锋的院子里看到了一匹高大健硕的马，身材很长，四条腿也很长。它身上沾满了污垢，连额头和脖颈都是泥巴，鬃毛板结着倒向一边。我一时辨别不出它的真实颜色，貌似蓝黑色，又像是米黄色，或枣红色，不，也许是栗灰色，说不定还是褐色。它抬头看见了我，猛烈地晃了晃脑袋，发出一声嘶鸣。我以为它会扑过来咬我、踢我，我暗吃一惊，脊背发凉，但很快满怀惊喜和兴奋。因为这是我时隔六年第二次看见真实的马。

米庄其他所有的人都因为第一次在现实中看见马而欢欣鼓舞、奔走相告。米庄一下子喜庆起来。这是春天里最美好的事情，像与一场台风擦肩而过。

我们这里天气炎热，雨水频繁，毒虫凶狠，恶疾横生，不适宜马的生活。而且，这里山高路滑，人习惯了肩挑，除了翻田耙地，从不用牲口干其他的活儿，因此马至此则无可用，也从没有人想过把马带到这里。对于我们来说，马只存在于遥远的北方和电影里，这个地方根本就不需要马。

然而，没有人知道我在等待一匹马。六年了，我梦寐以求。到底是谁给米庄送来了一匹马？

这匹马在阙先锋的院子里，属于他的。马的气味是香的，温暖，令人心旷神怡。马对每一个人都充满了警惕。我试图消除它对我的敌意，从墙脚边拔了一把青草，靠近它，放到它的嘴边。它先是用鼻子嗅了嗅，然后用舌头一下子将草从我的手上掳走。它饿了。我这点草简直是杯水车薪。我用手轻轻地摸它的额头，然后是脑门、面颊，最后是鼻子和湿漉漉的嘴唇。它没有反感，没有拒绝我，因而我觉得自己与它建立了最低限度的信任。我不能操之过急，一下子要求太多。阙先锋从屋子里出来，戒备地看着我说："你想干什么？"我说："没什么，我只是想知道它跟牛有什么不同。"阙先锋警告我："小心它吃了你！"

我说："你从哪里弄来的马？"

阙先锋说："跟你有什么关系？滚一边去。"

阙先锋有好一阵子没在米庄出现了，听说他去了高州贩卖猪肉。高州是肥猪肉的集散地，那些瘦肉被削得干干净净的猪肉只剩下纯肥肉。肥得油水横溢的猪肉价格便宜，适合蛋镇消费。阙先锋肥头大耳，赤着膀子，肚皮上露出高州猪肉般肥腻的赘肉。谁都知道，他是米庄最先富起来的人。他恢复地主的做派，给家里雇了一个"长工"，替老婆下地干活。因此，他的老婆养得白白嫩嫩的，浑身上下像贴满了高州猪肉。有人说阙先锋早已经不贩肉了，四处游走，跟天南海北的人赌博，有时候赢回一堆钱，有时候输得连裤衩也不剩。

我跑开，很快便从菜地里胡乱抓来一抱青草。马对我的重返充满了期待，用蹄子刨了一下地，昂起高高的头颅，还特意地撒了一泡尿，表示对我的谢意。还没等我把青草送上去，它就迫不及待地把嘴伸过来，从我怀里把草全部抢走。围观的人越来越多。人们七嘴八舌询问阙先锋的马从何处，至则何用。阙先锋不轻言马从何来，被逼急了，他才说：

"这匹马是我从一个老兵那儿赢回来的。他输光了本钱，还欠我一百八十块钱，只好用这匹马抵债。"

"一百八十块，比一头牛还贵。"有人说，"我宁愿要一头牛。"

"太脏了，多久不给它洗身了？要臭死整个米庄。"有人嘲谑道。

阙先锋命"长工"给马洗洗身子。"长工"姓柯，阙先锋老婆的娘家人，敦厚老实，寡言少语，从不质疑和反抗，长期帮阙先锋干农活，跟旧社会的长工差不多，我们都称他柯长工。他拿了一根长长的塑料管子，接上了屋后的山塘水，给马洗澡。不一会儿工夫，他把马洗刷得干干净净。人们这才发现，这是一匹俊美的白马！除了四条腿膝盖以下的毛是红色的外，全身的毛，包括尾巴、额毛、鬃毛都是白色的，洁白得像瓷器，没有一根杂毛，它的身躯在黄昏里闪闪发亮，像黑夜里的一轮明月。

"白马！白马！"我惊叫道，"我认识它！我骑过它！"

我终于认出来了，它就是六年前出现在鸽山煤矿的那匹马！除了瘦了一些，苍老了许多，跟那匹马没有两样。我喂过它，骑过它穿过矿区，记得它的气味和神态。我心里一阵狂喜。但它似乎没有认出我来，让我有些失落，甚至使我瞬间怀疑自己的判断。它伤害过我，现在对我装作不认识是一种更深的伤害。然而，我一认出它，便一笑泯恩仇，对六年前它将我掀翻造成的伤害既往不咎，对它的健忘我也不能苛责。因为我们还来不及建立足够深厚的感情。他们心里肯定感到惊讶和羡慕，但我不应该告诉他们这个秘密，我瞬间懊悔了。

阙先锋狐疑地看着我叫嚷道："世界上只有两种马，一种是黑马，另一种是白马。除了颜色，所有的马长得都是一个样。

你不要自作多情，见到女人都叫妈。"

说实话，我对自己的记忆并没有十足的把握，但宁愿相信它就是我骑过的那匹白马。我争辩道："我就认得它。我骑它走过很长的路，穿越了矿区……"

为了证明我会骑马，我试图爬到马背上去，却被阙先锋一把拉了下来，我摔了一个狗趴式，嘴里冒出来一股血腥味。

我从地上爬起来，在众人的哄笑中我感觉到屈辱，多么渴望白马能开口说话，告诉阙先锋，我和它六年前就认识了，是老朋友。可是，白马很疲惫了，不愿意说话，甚至不愿意用嘴唇亲一下我的脸膛，或对我亲昵地点点头。尽管如此，我心里对它仍然充满了善意和怜惜。

六年，一匹马，经过千山万水，从遥远的北方来到了南方，要经历多少磨难。

六年前，我七岁，还在河南和安徽交界的鸽山煤矿区。我在那里出生，也从没有离开过那里。在我眼里，世界就只有矿区那么大。矿区确实很大，方圆数公里，几百号人整天热气腾腾地挖煤。煤矿工人子弟学校是一个响亮的名字，父亲为我精心准备了入学的书包和写字簿，眼看我就要成为一名小学生了。父亲答应过我，上学第一天必须送我，并亲自把我交到老师的手上，这样的话我就能继承家族的书香传统了。母亲正腆着大肚皮，弟弟随时破肚而出。母亲叮嘱父亲，矿井深处是没有白天夜晚交替的，不要忘记了升学的时间。然而，就在开学前一天，父亲刚从矿井里冒出来，就又缩了回去，再也没有出来。

我记得那一天下午，矿区沙土飞扬，遮天蔽日，我焦急地等待父亲回家，第二天一早带我去学校报到注册。突然有一匹白色的马出现在矿区。马背上骑着一位身材高大的军人，在一个保安的指引下来到我家。马就停在我的面前，它的腿比我还高。那是我第一次看到马。我立即被马身上散发出来的气味吸引住了。它的气味与其他牲畜不同，是香的，温暖的，连它鼻子里喷出来的气也令我心旷神怡。它很矫健，肌肉很结实，双目炯炯有神。它的皮毛很干净，洁净如洗，即使是穿过了风沙滚滚的矿区，也纤尘不染。

好漂亮的一匹马。

军人从马上跳下来，瞧了我母亲一眼："是阙正午的家？"

母亲迟疑了一会儿才说："是的。"

"老阙去哪里了？"军人问。他的脸和军装上沾满了尘土，军帽变成了泥土的颜色。

从军人的脸色，母亲听出了危险，她的谎言还没有编造出来，我便抢先回答了："在七号矿井。"

母亲慌张地瞪了我一眼，支使我去帮军人把马拴在我家门口的李树下。军人吩咐我给马喂清水。

"它是一匹高贵的战马，不是拉大粪的牲畜，你不要给它喂脏水。"军人傲慢地说，"你们矿区有干净的水吗？"

我把家里最洁净的水取一盘出来，马嗅了一下，然后愉快地喝光了，意犹未尽，用舌头舔铜盆。

保安说："我去通知阙正午回来。"军人阻止了保安，弯着腰进了我家，躺在父亲的躺椅上等父亲，仿佛他知道明天开学了，父亲一定会回来。又也许是，他骑马跑了很长的路，把自己累坏了。

母亲在家门口来回徘徊，像空中的尘土一样焦虑不安。军人警惕地警告她不要试图离开门口去给父亲通风报信。我进屋给马端第二盆清水的时候，发现军人已经打鼾，保安在把玩父亲挂在土墙上的猎枪。枪早已经锈迹斑驳，扳机已经脱落，是一把废枪。我从屋子里端水出来，母亲给了我三次模棱两可的眼色，我竟然无法理解她的意图。现在想想那时候我多么愚笨。

"我快生了！叫你爸去把接生婆请过来。只有你爸才能请得动她。"最后，母亲只好捧着肚皮装出痛苦的样子，命令我。

母亲生我的时候曾经用最恶毒的语言骂过接生婆，从此以后接生婆扬言宁愿给牲畜接生也不会再给她接生，除非父亲上门乞求。此事，矿区的人都知道的，包括保安，屋子里的军人除外。

母亲站在门口中央，挡住了他们的视线。他们相信母亲是快生产了。但我从母亲恶狠狠的语气中终于听懂了她的意图。我扔下铜盆，借助一只凳子，艰难地爬上了马鞍，伏在高高的马背上，像骑在一堵高耸的危墙上。母亲一扬手，我学着电影里的骑手，抖了抖缰绳，低吼："驾！"马果然奔跑起来……

首先是保安发现了，然后是军人。他们追出来，朝着我呼叫。母亲跟随在他们的身后，捧着肚皮，像一只袋鼠，艰难地追赶。军人拔出手枪，朝天鸣了一枪，喝令我停下来。母亲仿佛中了枪，惨叫一声。但我无暇顾及，马已经奔跑在去往七号矿井的路上，我根本不懂得如何让一匹马停止奔跑或者掉头。

在马背上，我犹如悬在空中，汗出如浆，摇摇晃晃，牢牢地抓住缰绳，双腿夹住马鞍，那时候我像是一个前往危在旦夕的司令部通报紧急敌情的通信兵，只知道使命，不懂得害怕。

闻风而来的保安们对我围追堵截，终于在七号矿井前将我拦住。父亲刚从矿井里出来，灰头土脸，动作疲惫迟缓，远远看到了我，向我招手。我在马上朝他呼喊："快跑！妈妈叫你快跑！"

军人从后面追了上来，就在我的身边，距离父亲还有二三十米，如释重负地说："阚立功，你以为隐姓埋名我就找不到你了？"

父亲本能地立正，挺胸，抬头，举手，一气呵成地向军人敬了一个标准的军礼。

我从不知道父亲还有一个名字叫阚立功。

"这是你骑过的马。我们一直照料得很好。"军人指着马对父亲说。马见到父亲，前腿欢快地刨了刨地，扬起新的尘土，朝父亲发出一阵嘶鸣。

父亲愣了愣，对我厉声号叫："赶紧给我滚下来！"

我慌张失措，不知道如何下马。母亲远远地朝着我这边蹒跚地跑过来，随时有可能跌倒。

军人对父亲说道："马上跟我回部队接受审查！"

父亲愣了愣，茫然不知所措。母亲声嘶力竭地对他怒吼道："快跑！"

父亲一下子明白了，但已经无路可逃，只好转身朝矿井里跑。一伙人领着军人追过去。过了几分钟，从地下深处传来一声沉闷的巨响，接着整个矿区像摇篮一样摇摆，群鸟高飞，马惊叫起来，前腿高高抬起，将我掀翻在地。后来的事情：一、七号矿井瓦斯爆炸造成十七人伤亡。父亲的名字排在死亡名单的最后一个，写的是阙立功，陌生得像是别人的名字。二、我从马背上坠下，造成重度脑震荡，住院一个月后才康复。三、当我出院时才发现，母亲早已经不知所终。四、听说，那匹马，那天受了惊吓，像发疯似的穿过矿区，在滚滚浓尘中消失了，下落不明。我成了一个孤儿。这天黄昏，一个我从没谋过面的老头出现在我的面前，说要带我走。旁人告诉我："他是你的爷爷。"我将信将疑。因为父亲从没告诉过我，世界上我还有一个爷爷。

祖父领着我走出闭塞混乱的矿区，沿着一条陌生而漫长的山路摸黑赶往县城，坐了四天三夜的长途火车，穿越了无数的原野和山岭，回到了广西一个偏僻的角落。祖父说："这才是你的家乡。"

自从我回到米庄，再也没有离开过这里。因为太偏僻了，比鸽山煤矿区还要闭塞，六年了，连一辆汽车也没见过，这里压根就没有能通汽车的路。我从没有放弃过回到河南寻找母亲和从未谋面的弟弟的念头。他们一定还为我而活着。但要离开这个地方，必须要有一匹马。

现在，终于等来了一匹马。

村里的人对马如此陌生，如此好奇，仿佛眼前的马是外星生物，或是从电影银幕里走出来的。每个人都孤陋寡闻，却都要对这匹马发表见解，仿佛不这样不足以表明自己也见过世面，可是像瞎子摸象那样，贻笑大方。

　　"多漂亮的一匹马，只是老了一点，像当了外婆的女人。"有人叹息道。

　　"它明明是一匹公马。"另一个人纠正道。

　　它确实是一匹漂亮的公马，但处处显示出了老态。他们说马脸上都有皱纹了，眼屎密布，牙齿没剩下几颗，四条腿和脖子上均有久不愈合的伤痕，马蹄上铁掌也应该更换了。

　　柯长工从屋子里取出一块厚实的稻草垫，搭到马背上。稻草垫十分破旧，像是古代的物件，但十分合身，像一个厨师穿上了围裙。马顿生神采，让人肃然起敬。

　　阙先锋想成为骑士。柯长工搬来一只凳子，让阙先锋踩着它上马，还用力托着阙先锋肥大的屁股和大腿往马背上送，但阙先锋根本无法爬到马背上去。马并不配合他，躲闪着他。他努力了几下，气喘吁吁的，很快精疲力竭，在众人的哄笑中只好放弃。阙先锋在众人面前丢了面子，悻悻地踢了一脚马屁股，马生气了，反蹬了阙先锋一脚，正蹬到他的右膝盖，虽然只是轻轻一蹬，却也痛得阙先锋哇哇大叫，威胁道："春耕后，我要宰了你！"

　　阙先锋对嘲笑他的人群说："马肉不比牛肉好吃，但我也要卖牛肉的价钱，因为你们都从没吃过马肉！"

马突然扬起前蹄，对天长嘶一声，把所有的人都吓了一跳，纷纷退后几步。

"它是一匹战马！"不知道什么时候，年迈虚弱的祖父拄着拐杖出现在人群里。他的头无力抬起来，缩在黑色的麻布外套里。整个冬天他都躺在床上，偶尔发出奄奄一息的呻吟，像一只垂死的狗熊。但即使如此，眼前的祖父的声音依然洪亮威严，谁也想不明白他的底气和力气从何而来。

众人始料不及，发出一阵骚动，仿佛看到了一个死去的人突然复活。

有人恍然大悟，一下子认出它来了："是呀，我在电影《白莲花》里见过它！它就是白莲花骑的马！一模一样！是一匹战马！"

米庄所有的人都看过电影《白莲花》，因为这些年米庄的露天电影就上映过三次。众人议论纷纷，将信将疑。祖父颤抖着，用他的拐杖对马蹄、马腿、马肚和马鞍指指点点，向他们普及战马的常识。

祖父有这个资格。因为他早年在国民党的军队里待过，当过骑兵团团长。与日本骑军战过几个回合，在马背上挥刀砍杀过鬼子骑士，可以说血溅沙场，很有点威武。抗战胜利后，祖父恃才傲物，目空一切，他说即使骑一头猪也能打败共产党军的骑兵。最后一战在枣庄，他的骑兵团剩勇不多，已经四面楚歌，却不愿突围，要和解放军的骑兵决一死战，结果全团被歼，他也成了解放军的俘虏。几日后，他拒绝了劝降，解甲归田，从此信守承诺，很多年了再也没离开过米庄半步，连娶祖母时也不按习俗前往扶来乡迎亲，后来祖母多病短寿，全赖祖父此举所致。直到六年前，他才时隔多年后第一次离开米庄，前往河南把我带回来。

"既然破戒离开了米庄，我就不甘心老死在这里。"祖父对村里的人说。

祖父脾气怪诞，刚愎自用，恃才傲物，说话又冷又臭，跟村里人从没有建立过友谊，被孤立了半辈子。听人说，父亲离开米庄前，与祖父形同水火，他们似乎从没有说过一句话，父子俩还经常打架。后来，父亲当了兵，再也没有回过米庄。父亲的死讯传到米庄时，祖父挨家挨户地去告诉他们："阙立功是烈士！"乡亲们并不在乎你是不是烈士，人死了就是死了："你赶紧把孙子接回来吧。"我和祖父也说不到一块去，从河南回广西的火车上，我们没说过一句话，并非是因为我们第一次见面，而是他压根就不愿意跟我说话，仿佛是把对父亲的不满和怒气转移到我身上。那是一段多么漫长而孤独的旅程，似乎路永远没有尽头，似乎他极不情愿将我带回米庄。在米庄，因为我没有父母，性格很倔，没有人把我放在眼里，连相依为命的祖父也瞧不起我，说我写的汉字像一堆狗屎，有一次他一把抓起我的作业簿搓成一团硬生生地塞进我的嘴里，让我咽下去："你尝尝，是不是狗屎的味道？"

我的强项不是写字，而是画马和地图。我闭上眼睛也能画出一匹甚至一群栩栩如生的马，仿佛骑上去就能奔驰。闭上眼睛还能画出粗略的中国地图，主要城市、山川、道路和地形走势跟书本上的地图差别不大。即使是梦中惊醒，我也能说出黎湛铁路、湘桂铁路和京广铁路途经每一个站的站名。只是我的汉字写不好，笔画紊乱，前俯后仰，像一匹匹受惊吓的马。

然而，祖父的汉字写得很好，远近数十里，哪怕是镇政府那些靠笔杆子吃饭的人的字，与他的字相比都甘拜下风。尤其是祖父不仅能在坚硬的木头上刻字，还可以把字刻在铁和石头上，而且刻的字方方正正，有板有眼，苍劲有力。他一辈子都在刻字，村里的石头和树干上，拱桥的桥墩上，祠堂和戏台的柱上，他的字无处不在，都是跟马有关的唐诗宋词。他还靠雕刻墓碑赚取微薄的报酬补贴家用。不得不说，他是有学问的人。然而，字写得好有屁用呀？就像骑马，你骑得最好，又有什么用？村里人常常拿他的自负开玩笑，村里无马可骑，想看看他骑猪的样子。有一次祖父果然骑着一头猪从村口出发，奔跑在杂草丛生的羊肠道上。祖父骑着它比马跑得还快。猪尖叫着发疯似的乱跑乱撞，越过七八道田垄和三四道溪水，最后猪撞死在一棵树上，而祖父安然无恙。从枣庄回来，他寻来一根坚固的枣木，用上等的水牛皮，花了三十年制作了一副马鞍，雕龙画凤，镶了不少银饰，还刻满了蚂蚁般细小的汉字，每月从楠木箱子里拿出来擦拭一次桐油，擦拭后又锁进箱子。

"这是枣木。只有我用枣木制作马鞍。"祖父告诉那些不懂得思考的人。

"为什么要用枣木制作马鞍？"

祖父说："问得好。你们知道世界上有一个地方叫枣庄吗？"

他们摇摇头。祖父很失望，不屑回答他们的问题。因而，对他们来说，为什么用枣木制作马鞍是一个永远的谜。

去年祖父病卧在床后，有一次，高州来的牛贩子愿意开高价买他的马鞍，让他有一笔钱到高州城去治病。

"只有到高州医院，你的病才能治得好。"牛贩子说，"否则，就只能等死。"

祖父断然拒绝了牛贩子。

连米庄最愚蠢的人都知道，祖父在等待一匹马，至死犹然。

我和祖父素无共同语言，即使是躺在病榻上，他也从不放下自己的傲慢和固执；宁愿孤独而死，也不愿意心平气和地和我说话。虽然，就算他平等地和我交流，我们也不会有共同语言。因为我和他似乎不是同一个世界的人。

但这一次，在白马这个问题上，我和祖父心照不宣地达成了共识：这就是一匹战马！

因为这次来之不易的共识，我心里竟然涌动着一股暖意。祖父似乎也有了向我倾诉的欲望。

有人质疑："白莲花不是骑着白马坠崖而死了吗？"

我反驳："白莲花死了，可是她骑的白马没有死。有一种马叫作飞马，体内藏着翅膀，想飞的时候就会张开翅膀，你们懂不懂？"

祖父指着马屁股左侧的一只并不明显的肉瘤对他们说："这

是弹伤。'三八大盖'打的。子弹还在里面，变成了骨头。"又把着马屁股右侧的一处伤疤说："这是刀伤。日本军刀砍的。砍过后是皮开肉绽的，这就是战马的肉，你们敢吃吗？"

人群一阵骚动。他们无法反驳。

阙先锋以主人的身份蔑视祖父瞬间建立起来的权威："我早知道它是一匹战马……春耕后，我要宰了它，吃它的肉。"

祖父叱喝道："战马的肉不能……吃。"

阙先锋说："战马的肉为什么不能吃？当年吕布骑的赤兔马不也一样被人吃掉了？"

祖父争辩道："赤兔马没有被吃掉，吕布死后，赤兔马归了关云长……"

阙先锋追问："关云长死了之后呢？"

祖父怒气冲天，咳嗽不止，无法跟阙先锋争辩下去。众人害怕祖父咳嗽咳出来的是毒气，纷纷躲避他。他喘气越来越困难，竟一头栽倒在地上，再也无力爬起来，是柯长工将他扛回他的床上的。

那天晚上，我看见躺在床的祖父把马鞍搭在自己的肚皮上，最后一次擦拭马鞍。陈年的桐油散发着刺鼻的气味，与死亡的气息混杂在一起。微弱的星光全力以赴地穿透窗户，照亮了祖父的床榻。

我心里想，临死前，他会将至爱的马鞍传承给我。那是他唯一的遗产。我等着他开口。说实在的，我也喜欢这副闪闪发亮的马鞍。

第二天，人们在田里果然看见柯长工给马套上了犁，阙先锋在一旁监督着，驱马犁地。明显的是，此马没有经过犁地训练，动作僵硬，磕磕碰碰，时快时慢，昂着头往前走，不懂得走直线，还不知道转弯。虽然温驯，但谁能肯定它是心甘情愿？说不定它很生气，它应该生气，它为什么不生气？柯长工紧张而手忙脚乱地扶着铁犁，小心翼翼地吆喝着，将缰绳牢牢地控制在手中。因为马不"识途"令生性温良的柯长工暴跳如雷。人们从没见过马犁地，纷纷围观，连耕牛也朝这边投来惊奇的目光。

　　跟耕牛相比，马在水田里犁地的模样十分拙劣，才一会儿便气喘吁吁，而且它的肚皮瘪成一只空袋子，估计它压根就没能吃上一顿饱。有人实在看不下去了，对阙先锋说："你放过这匹马吧，它是战马，不懂犁地。"

　　阙先锋说，一匹过气的战马……马也是牲口，是牲口就得干活，不能惯坏它。

　　马浑身是泥水，白马变成了泥马，狼狈不堪。

　　我坐在田埂的另一头看马犁地。它每被吆喝一声，被缰绳拉扯一下，我就痛心疾首。我担心它会被训练成为一头温驯的耕牛。我多么希望白马暴怒之下挣脱犁具，扬长而去。但它被驯服了，听从柯长工的随意折腾。我躲到树丛中，向马扔土块，但土块落在水田里根本起不到惊吓的作用，更无法激怒它。犁完了一畦地，柯长工累坏了，把马放到山坡上。但马对沾满了泥土的草根本不感兴趣，宁愿饿着肚皮也不啃。

我对阙先锋说："把马交给我，我把它领到一个水草茂盛的地方。它需要一顿饱饭。"

"它不是你家什么亲戚，你少管闲事。"阙先锋不相信我的好意，跑过来从柯长工手中夺过缰绳，把马拴在一棵番石榴树下。马对身边的草终于有了兴趣，可是缰绳约束了它，根本够不着。它啃了几口番石榴树叶，也许因为太苦涩，嚼了几下还是吐了出来。我去河边割了一捆嫩水草，马欢快地用舌头卷进嘴里。

"你对它好也没有用。趁它还有点肉，春耕后我就宰了它。"阙先锋说。

不仅犁地，柯长工还让马驮肥料和粪土。沉重的大粪压弯了它的腰，粪便还将它溅了一身，马背和马脖子上的粪便一块一块的，像巨大的血吸虫一样侵蚀着马的躯体。两条马腿上还长着毒疮，硕大的绿苍蝇在它的肉体上死缠烂磨。柯长工只管让马干活，不管它死活，甚至不屑给它吃一顿饱草。马越来越消瘦，很快连马腿上的肉也似乎被人削走了，只剩下皮包骨头。这令我心如刀绞。

柯长工将阙先锋家门右侧一间废弃的牛栏改造成马厩，屋顶漏雨的瓦片被换成了干稻草，给空荡荡的门口安装了一扇简易木门，虚掩着，白马不能忍受马厩里的黑暗和孤独，经常用嘴将门拱开，把马头从门缝里伸出来。

这天夜里，月黑人静，连狗也懒得叫吠。我在床上辗转反侧，仿佛听到马在低声嘶叫。那叫声就在窗外，似乎是呼叫我的名字。我一骨碌爬起来，推开门，什么也没有，只有一团的漆黑。但呼叫声在前面引诱我。跟随着呼叫声，我闯进了马厩。黑暗里，我看到了一团白。是的，是白马。它眼睛雪亮，浑身是光。我们四目相对。我伸手试图抚摸它。它却畏缩后退了两步。我站在它的跟前，一动也不动，如果它不信任我，我将一直这样。我心里有很多话要对它说，我已经原谅它了，即使它已经风烛残年，不能驰骋沙场，但它依然是一匹战马，不应该属于这里。

"我带你离开这里。"我轻声地对它说。

但白马还是对我保持了警戒，除了偶尔摇晃脑袋，对我毫无亲近的举动。阙先锋和柯长工的鼾声此起彼伏。在马厩里，我站了很久，与马对视着。忽然传来柯长工熟悉的咳嗽声，每到四更他都要起来抽水烟。马仿佛受了惊吓，要挣脱缰绳。我轻声安慰它："别怕。"我又向它伸出了手。这一次，它没有畏缩，将头伸向了我。我抚摸它的脸、眼睛、鼻子、嘴唇……它变得很温驯，还用舌头舔我的手。

时机到了。我解拴绳，轻轻地牵着马离开马厩，蹑手蹑脚，穿过一户又一户的人家，沿着村后通往山里的小路，神不知鬼不觉地越走越远。

白马顺从我的牵引，我一直将它带到山后。尽管夜色漆黑，但我们都认得出泛白的路。这些路，这些山，我都很熟悉。我们越走越快，离米庄越来越远了。我试图骑到马背上去，马没有反对。我借助沟壑终于再次骑到了马背上，抓住缰绳，在坎坷不平的山路上摇摇晃晃地前进。

尽管出逃是如此匆促，但我已经做好心理准备。这么多年来，我一直等待一匹马的到来。只要马一出现，我便可以即日启程。我要骑着马回到北方，寻找失散的母亲和弟弟，让马回到它应该待的草原。我们翻过乌山，越过小米河，米庄已经在山的另一边。再翻越两座山，就是另一个镇的地界。天亮之前，我们能到达一个完全陌生的地方，没有谁认得出我，也没有人知道白马的来历。从此我们远走高飞。

然而，当我骑马越过枇杷河的时候，突然想到了病入膏肓的祖父。那一瞬间，我感觉到自己凝固在空中。

我和祖父用了六年的时间才从陌生人变成了祖孙。尽管我们关系不好，但也相依为命。为了我，他没少吃苦头。我渴望回到河南，回到鸽山煤矿区寻找母亲和弟弟。孤独感袭来，或受到了委屈，我便往村外奔走。我一次次离家出走，沿着大路朝陆川火车站的方向奔跑。但每一次，都被祖父追回来。他的奔跑能力比我还强，还快。他赤裸着上身，打着赤脚，一只手摇着葵扇，一只手提着宽松的裤头。一边奔跑一边为自己驱热，像一匹老马，坚忍不拔，穷追不舍，我根本摆脱不了他。那时候，我想，如果我有一匹马，他就望尘莫及，死了那条心。我把自己当成一匹马，自己拍打自己的屁股，吆喝自己奔跑。最远的一次，日夜兼程，在晨光中终于抵达陆川火车站，只需要再过半小时，开往郑州的火车便进站了。待我爬上火车，便大功告成。我暗自欢喜。可是，当我回头时，远远看到手持葵扇的祖父正尾随而至。一个老朽的前骑兵，用脚赶路的速度和耐力令人瞠目结舌。我又一次被他抓了回去。每次被抓回去，他都将我打得半死，但我从不屈服。在米庄六年，是我与祖父斗勇斗狠的六年，是出走与反出走较量的六年。只有一次，不是因为我的出走而共同走在一条路上，那是我半夜患急疾，祖父背着我翻山越岭，呼呼疾走。这是一条荆棘丛生的捷径。途中，正是跨越我眼前这条枇杷河，左脚落地时滑倒了，犹如马失前蹄。我听到了从他左脚发出的清晰的骨折声。我在他的背上，感觉到了他瘦削的躯体发出的一阵阵痉挛，像挨了刀子。他双手插到泥土里，挣扎着爬起来，背着我跟跟跄跄地继续奔跑。那时候，我感觉像骑马，风驰电掣，又摇摇晃晃。当他把我送到镇卫生院时，他累倒在了急诊室，左脚因骨折而变形了，从此他变成了瘸子。我也不再幻想靠自己的两条腿出走了，必须骑马。而且只有骑马，才能克服囊中羞涩的困境，远走高飞。然而，现在，祖父患肺癌，已经时日无多。因为这匹马，我和他似乎达成了和解。我焉能丢下他不管？

我勒马犹豫了很久。黑暗中有夜鸟飞过，有陌生的野兽吼叫，重峦叠嶂，树影重重，如千军万马……天际出现了晨曦。一阵风吹过，山林骤响，我依稀闻到了祖父身上死亡的气息，像腐烂的泥土，像河流里的枯枝败叶。

我从马上跳下来，从怀里拿出一幅我精心绘制的中国地图，打开手电筒，把地图展示给白马看，并用我自学的地理知识给它指点迷津："看，往陆川方向，沿着黎湛铁路，往柳州、桂林，出湖南，沿着京广线，一直往北，过长江、黄河……"

白马似乎听明白了，向我点了点头。我收起地图，放开缰绳，用力拍了拍马的屁股，命令它："快跑！不要回头！"

马获得了自由，像一道白光往前欢快地奔跑起来，仿佛它等待这一刻已经太久了。

等马在黑暗里消失了好一会儿，估计它跑远了，再也找不到回头的路，我才转身，越过枇杷河，走过一片原野，翻越沉睡的乌山……终于，米庄又重新回到了山的这一边。

村里的人刚刚苏醒过来。他们压根就不知道昨晚的世界发生了什么，也不知道自己一直生活在愚昧和闭塞之中。

祖父依然躺在床榻上。我听到了他在新的一天里的第一声呻吟。他还活着，让我惊喜。我在窗外朝他叫了一声："骑兵，早上好！"

祖父肯定对我给予他的新称谓受宠若惊，而且也无法理解我的好心情。

"如果有一匹马，谁愿意死在床上？"祖父说。他不止一次这样说，但这是第一次对我说这句话。他终于愿意跟我平起平坐地说话了。

我说："可惜，马离开了我们。"

祖父说："我知道，它的气味一消失，我就醒了过来。我闻不到它的气味了，说明它离我很远了。"

我说："它早应该逃离这个地方。"

祖父说："它会回来的。人老了糊涂，马也一样。"

我说："它是战马。阙先锋却像牲畜一样待它，还要宰杀它，吃它的肉啃它的骨头。它不会回来的……"

祖父说："它不是什么战马，它只是一匹普普通通的蠢马，跟猪一样。"

祖父肯定又迷糊了。我才不相信他。但这个时候我不愿意跟他争吵。

祖父说："一匹快要老死的马……我也快死了。"

死也阻止不了马对自由的向往，我心里想，骑手应该能理解一匹战马选择怎样的归宿。此刻，白马已经自由了。它正奔向北方大草原，那儿才是它最后的归宿。

死是悲伤的。想起父亲，我的悲伤就像黎明前的黑色那么浓烈。

祖父把天聊死了。我们又陷入了缄默。

毫无意外，是柯长工首先发现马不见了的。他大呼小叫起来。阙先锋慌慌张张跑出来，发现马厩空荡荡的，瞬间震怒了。

"到底是谁偷了我的马？"

阙先锋和柯长工一边分析，一边猜测，还挥舞着屠刀恶狠狠地向潜在的作案者发出严厉警告。可是，刚一觉醒来，谁也不愿意背上一个盗马贼的黑锅。他们纷纷为自己开脱。为了洗清自己，他们还争相向阙先锋描述昨夜的梦境。一时间，各种各样稀奇古怪、匪夷所思、荒诞离奇的梦境被他们呈现出来，有可笑的，有可悲的，有伤心的，有惊悚的，掉到了深渊，看到了鬼神，遇见了先人……

我心里既暗喜，又紧张，生怕暴露了自己。这时候，白马应该到达另一个镇。如果马不停蹄，一直往北，晌午时分便应该能到达陆川县界，然后，它会按照铭记在脑海里的地图的指引一直往北走。对一匹马来说，没有比获得自由更重要了。阙先锋走到我的身边怀疑地看着我。我赶紧向他描述昨晚我的梦境。虚构梦境对我来说轻而易举。

"昨晚我梦见一群白马来到米庄，我数了数，共十七匹，它们挨家挨户地搜，最后发现并带走了你家的马。"我说，"我追上它们，要它们把你家的马留下。可是我被领头的马踢了一脚，它警告我不要多管闲事……我便痛醒了。"

我把右脚的裤筒提起来，阙先锋果然看到我的右小腿有一块黑色的崭新的瘀伤。

"梦里被马踢的。"我说。

阙先锋说："只有你的梦境最真实可信。"

其实，昨晚我的真实梦境是看到母亲骑马回到了米庄，一匹枣红色的健壮的母马。弟弟躲在她的身后，在马上怯生生地叫我"哥哥"。我大喜过望，从梦中醒过来，才偷偷潜入马厩的。

正当我为自己摆脱怀疑而得意时，他们发出了一阵欣喜的惊叫。

原来是，白马回来了！从昨晚离开的路，原路返回，径直回到马厩，回到困它的黑暗而孤独的地方。与离开时不同，它的肚皮鼓了起来，那是吃了夜草的缘故。阙先锋大喜过望："我总算没有白白损失一百八十块钱。"

从我身边经过时，它一边撒尿，一边抬头看了我一眼，然后低头嗅了嗅地上流淌的尿液，抖了抖脖子上的蚊虫，从容，洒脱，好像什么事情也没发生过。

我一下子蔫了。

柯长工让白马驮着两箩筐的石头从我家门口经过。白马喘着粗气，艰难地迈着脚步。寂静的午后，从屋子里传来祖父垂死的声音。

"你给我把石头卸下来。"

柯长工听明白了，是病榻上的祖父给他下达命令。他无意执行，回答说，阙先锋要用白色的石头砌一间像马厩一样大的浴室。他受够小浴室了。

祖父上气不接下气地说，马的腰杆快被压断了，一匹战马没有了腰杆，你不如杀了它。

柯长工说，阙先锋说了，马还有一些力气，还能干活，还舍不得杀。

祖父无可奈何，又叹息道："如果有一匹马，谁愿意死在床上？"

昨夜一场雨后，阙先锋家的猪圈倒塌了。柯长工把三只臭烘烘的猪关进马厩，鸠占鹊巢，三只猪合力将白马拱到角落里，还将它的脚咬得伤痕累累。我实在看不下去了，但又无能为力，柯长工似乎已经怀疑我，处处提防着我。有时候，夜里起来抽烟时顺便去马厩看一下，给马添一把稻草，还把熟睡的猪惊醒，引起一阵闹哄哄的骚动。

这样的夜晚我根本无法安睡。

这一天午后，米庄来了一个陌生人。不像是高州的猪贩子、牛贩子。来人个子很高，腰板笔直，穿着绿军装，但额头和脸部因严重烧伤治愈后留下的疤痕显得满目疮痍，还胡子拉碴，说话也不利索，点名道姓要找阙先锋。

"我终于闻到马的气味了。"来人说，"我是循着气味来到这里的。"

阙先锋认出了他，鄙视地将他拦在马厩之外。

"你是不是要把马赎回去？"

陌生人从口袋里摸出一堆一毛、两毛的纸币，在众目睽睽之下数清楚了，一共一百八十块钱。

"我不能没有这匹马。它是我的命。现在我要把我的命赎回去。"陌生人说。

我仔细辨认。他应该就是六年前在鸽山煤矿骑马来的军人。举手投足都很像，但脸部无法确认。他不应该那么瘦，也不应该如此谦卑。

阙先锋果然是一个守信用的赌徒。从来人手里取过钱，数了数，很满意地对来人说："马在马厩里，你可以要回去了。"

来人从马厩里把马牵出来，在阳光下，白马显得又脏又老，眼神疲倦，身上到处是溃烂的疔疮，苍蝇和蚊虫对它死缠烂打，迫不及待要瓜分它的肉体。

来人痛心疾首地说："半月不见，它竟瘦成这样了！"

阙先锋对来人说："本来明天我要宰了它卖它的肉，啃它的骨头。幸好,你来得及时——我也没有什么损失。"然后对我们说:"吃过马肉的人都说,马肉比猪肉差远了,都散了吧。"

来人是真的伤了心,不说话,牵着马默默往村口走。从我身边经过时,我问他:"你是当兵的吗?"

来人不屑于回答我。他的脸上没有表情,只有不规则的疤痕。那些疤痕里暗藏杀气——只有骑兵才有的杀气。

"你是从鸽山煤矿来的吗?见过我的妈妈和弟弟吗?"我怯怯地又问了一句。

他依然没有回答我,但脸上有了一些慈爱和迷惘的表情,还伸手摸了一下我的头,然后走了。我这才发现他摸过我的左手只有三根手指。阙先锋说过,很多赌徒的手指都不全。不是被人砍掉就是自残。看来真是这样。

我一直看着陌生人和他手里牵的白马。马跟他跟得很近,马鼻子快要碰到他的背了,亲近得像是一对父子。马蹄与石板路撞击发出的嘚嘚声越来越模糊。他们快到河边,要过石拱桥了。过了石拱桥便要转弯,转了弯就被一座山阻挡视线,我再也看不见白马了。

然而,陌生人竟然掉头了。

他牵着马回来了!众人很吃惊,以为他遗落了重要的东西,或者有什么重要的话要对阙先锋说。

他把马牵进马厩,虚掩上门,抬头看了看天,然后对阙先锋说:"我们再赌一把。"

他解开了绿军装的纽扣,里面还有一件因汗渍浸泡而发黄的白背心。

阙先锋说："不赌了，你已经把所有家当都输光，就只剩下一匹马了，你还是回去吧。我也不愿意在我的地头欺负你。"

天气似乎并不好。乌云开始缓慢地集结。前天的天气预报说，近日可能有台风。如果有，台风已在途中，乃至兵临城下。

陌生人说："按规矩，少废话。"

米庄有史以来阵势最大、围观者最多的赌局就在马厩前摆开。一张小木桌，一副扑克牌，两个嗜赌如命的赌徒展开了厮杀。从午后到黄昏，阙先锋和陌生人的赌局扑朔迷离，让围观者惊心动魄。有看得懂的，也有看不懂的。都知道赌注很大。米庄没有欺负陌生人和外乡人的习惯，那样做会让人瞧不起，会败坏米庄的名声。我们都希望单枪匹马来到米庄的陌生人赢，把输掉的钱赢回来，然后心安理得地牵走心爱的马。然而，就连最愚蠢的人都看得出来，局势渐渐对陌生人不利，他们都为陌生人捏一把汗。连我都暂时放下他究竟是不是鸽山煤矿区上的那个军人的疑虑，暗中为他加油鼓劲，希望他能反败为胜。

我们低声提醒陌生人：台风来了……

我们是在暗示他：赶紧骑马离开！

这匹马对阙先锋来说，真是可有可无。陌生人完全可以耍赖一次，当这场赌博是一次玩笑、一次娱乐，在还没分出胜负之前体面结束较量，阙先锋也没损失什么。如果陌生人要骑马逃之夭夭，估计没有人帮阙先锋拦截他。即使是愚忠的柯长工，也应该深明大义。

然而，陌生人并没有终止赌局的意思。他在苦苦抵抗，阙先锋乘胜追击。

　　夜色将至，起风了。陌生人终于从赌桌前站起来，悲怆地叹息一声，对阙先锋说："我输了。现在，马又属于你的了。"

　　我们发出一阵惋惜。

　　陌生人果然把马留下，然后决绝地离开了米庄。不牵马的时候，他迈腿走路的样子很像军人，但迎风疾走，看起来他十分费劲，还有些慌张，似乎是从没有见识过台风。过石拱桥时，夜色一下子将他淹没。这个时候，我宁愿相信他就是鸽山煤矿上的那个军人。可是，他什么也没有告诉我。

　　在米庄赢得一场大捷，阙先锋犹如衣锦还乡，莫名兴奋，宣布明早宰马，保证让全村人免费喝上马骨汤。村民兴高采烈，奔走相告。柯长工连夜磨刀，刀锋比月光还明亮。待到天明，他就会协助阙先锋宰杀白马。他会是一个好帮手。

　　台风过后，正需要杀一匹马来驱散郁闷。他们终于将第一次品尝到马肉或马骨汤，他们已经迫不及待了。

　　我决意再试一次。

　　我要丢下祖父不管了。反正，他快死了。死后，族里的人会将他处理掉。可以预见，葬礼肯定是马马虎虎、草草了事。即便是不离开，我也帮不上什么忙。

　　祖父，就此别过！

　　台风越来越弱，这是一次短促的路过的台风。第二次鸡叫之后，我悄悄地潜入马厩。可是，白马已经不见踪影，只剩下三头熟睡的猪。

马到底去哪里了呢？是不是阙先锋提前动刀子？但刚才从阙先锋和柯长工窗底下经过时，他们仍在酣然大睡，鼾声如雷。

是不是白马闻讯连夜脱逃了？是不是另有其人将它放归北方？

是的，肯定是这样。我心里很欣慰，但很快产生了担忧：白马会不会天亮后又原路返回，像上一次那样？

我明白了，它逃脱又返回的原因是已经把这个马厩当成了自己的家，恋栈了，舍不得离开，直把他乡当故乡。如果继续这样，所有的营救都将会功败垂成、前功尽弃。因此，我必须断了它的念想和眷恋之所，让它破釜沉舟、义无反顾。

我把马厩点着了。火借风势，才一会儿便火光冲天。

我赶紧逃离现场，潜回到家里，发现祖父的床榻竟然空无一人，只剩下一张又黑又臭的烂棉被卷成一团，像一团马粪。我用微弱的手电筒把房子搜了一遍，毫无祖父的踪影。以奄奄一息的虚弱程度，他根本无力翻身下床，更不可能爬出房门。

一具垂死之躯能去哪里？我轻轻叫了一声"爷爷"。这是我第一次叫他"爷爷"，叫得怯怯的，像生怕被对方严厉驳回。可是风声一下淹没了我的呼喊。

我翻箱倒柜，发现马鞍不翼而飞，连同祖父一起消失了。

我坐在祖父的床榻上沉思，已经意想到了可能出现的疯狂的一幕。那就是祖父回光返照，浑身充满了力量，给白马装上马鞍，骑着它远走高飞了。

马厩那边人声鼎沸。我装作事不关己的样子，钻进人群里围观。火已经被扑灭，但马厩烧得只剩下断壁残垣，那些烧过的木头仍在冒烟。三头猪已经被烧死在马厩里，散发着烤肉的味道。阙先锋的怒吼和号叫压制住了台风。村民们手持手电筒，照亮被烧过的空荡荡的马厩，猜测是不是昨天那个陌生的赌徒杀了个回马枪。阙先锋断然否定了这些根本不懂赌徒心理的无端猜测。

"虽然赌术不高明，但他是一个光明磊落、遵守规矩的人。"阙先锋说。

他们又展开了并不丰富奇特的想象力，做出了一些不着边际的推测，令阙先锋更加恼火，他对手持屠刀的柯长工破口大骂。柯长工满腹委屈，却不敢辩解，只是责怪台风让他放松了警惕，还有昨晚多喝了两杯结果睡得太沉。他知道今早要杀马的，手里还拿着一把明亮的屠刀呢。

"大火都快烧到屁股了，你还在睡！要不是我听到了火烧马厩的声音，爬起来扑火，整个米庄都要被烧得精光！"阙先锋训斥柯长工，将他贬损得一无是处。柯长工自知因一时疏忽犯了大错，羞愧得无地自容。但正是这个愚蠢怯懦的家伙首先发现了丢失的白马。

他指着天空兴奋地惊叫："白马！白马在天上！"

所有人举目仰视天空。

天空中乱云飞渡。云朵奇形怪状，千姿百态，既在随机组合，又在支离破碎。那是台风过后的天空，像极了一幅巨型抽象派水墨画。

开始的时候，大家都对柯长工的话半信半疑，以为他是在为自己的失职推卸责任、转移注意力："说什么呀？马在哪里？"柯长工信誓旦旦地说他看到白马了，一再指着天空，胡喊乱号："白马，白马！"我们不希望自己显得比柯长工更加愚笨，瞪大眼睛，纷纷调整角度，奋力分辨。在大家还无法肯定的时候，柯长工又更加惊奇地说了一句："白马上骑着一个人！"

我们移动脚步，放下身段，谦卑地站在柯长工的身后，侧着身，屏声静息，按照他的视角和描述仰望天空，终于看到了无边的黑云里有一匹似是而非的白马出没其中。它张开了翅膀，自由、欢快地奔跑着，马首高昂，白毛飘飘，若隐若现……

我也看到了，它被装了闪闪发亮的马鞍。马背上果然骑着一个人，看上去老态龙钟，却手执柴刀，杀气腾腾，朝北而去，似乎正赶赴一场战斗。

阙先锋仰天哀叹，狠狠地叫了一声："阙传忠！"

一向憨厚老实的柯长工脸上堆满了难得一见的狡黠和得意，像云朵背后的云朵。

他们恍然大悟，且惊且喜，且信且疑，对着天空，异口同声地呼喊道："阙传忠！"

这一刻，祖父的名字响彻云霄。我顿时热血沸腾，仿佛自己也在天上。

革命者

1

黄昏，家门外突然传来马的嘶鸣。我打开门，看见一匹枣红色的高头大马，朝着我家张望。只有一匹马。没见人影。我兴奋地往屋子里喊：

"祖父回来了。"

祖母几乎是小跑着从屋子里走出来，欣喜得像一匹刚挣脱缰绳的小马驹。我们对这匹马都很陌生。而马却像一匹对我家熟门熟路的老马，用嘴巴亲热地舔我们的脸。虽然浑身是泥水，却无法遮掩它的健硕和矫捷。它是一匹年轻的母马。马背上两袋子沉重的物品，快要把马压垮了。仔细一瞧，两袋子上都用炭黑墨水写着一个人的名字：银兴邦。尽管字迹模糊，但也足以让我们知道是大伯回来了，而非祖父。

他在井那边给马打水，向我们招手。井太深了，大伯够不着。其实是大伯太矮小了，连提一桶水的力气都凑不够。我跑过去帮他。折腾了半天终于把半桶水打上来了。

"这不是你的功劳。"大伯提着水对我说，"你还小，革命，你不配。"

马一口气便把一桶水吸干了。大伯要祖母帮忙把物件卸下来。祖母警惕地问："这是什么？"

"你放心，不是军火，是书。"大伯说。马比他高出一大截。他拍拍马背上的鞍子，意思是说他是骑马从省城回来的。我不知道他是如何骑上去的。平时，去往省城，人们都是乘船。

祖母说："书比军火更危险。让它离家远一点。"

祖母从没出过远门，近年患胃疾，更是足不出户，但她似乎知道世界上所有的事情。比如，每隔一段时间，省城里总要枪杀一些不听话的读书人。那些读书人被押到大学的北面，一堵著名的"南墙"前，面朝墙壁，士兵们端起枪，朝他们的脑袋开枪。血就顺着排水沟绕过孔庙，往东流过灯笼巷、潘家祠、旧戏院，最后跟江水汇集在一起。枪决前，那些读书人可以提要求，但几年来他们只有一个要求，就是不要把他们跟土匪、杀人犯、盗窃犯、贩夫走卒一起共赴黄泉。如果不是枪决而是斩首示众，请政府同意将他们的下半身都标贴上名字，好让亲友辨认收一个全尸，而不至于张冠李戴……这些传闻，祖母都知道。祖父每半月一信，核心内容便是让祖母提防大伯，不要让他跟那些所谓的革命者有染。祖父在广州做生意，很少回来。这个家由祖母做主，她事无巨细，把家打理得井井有条，却无法掌控大伯。

大伯在省立大学里教政治学，三年前竟然也开始迷醉上画画，是西洋画，人体肖像，而且竟然在政治课上讲授西洋美术，教学生画油画。学校无法容忍他教授学生画男女裸体，三番五次警告他。大伯说，政治学并不能救国，画裸体也是革命。后来，他被学校驱逐，很快又在一家报社谋到了一份差事。但他激愤的文风使他并不适合待在那里。

这些年，大伯经常出现在某些游行、集会上，用夹杂着浓郁客家口音的国语发表慷慨激昂的演说。演说的时候，摇头晃脑、手舞足蹈，疯疯癫癫的，却文采飞扬、排山倒海、气势如虹。小个子大伯是天生的演说家。本来，画裸体和这些疯癫的举止尚不足以将他驱逐出大学校门，但是有一次他咬牙切齿地对着莅临学校视察的省政府主席大声说：

"你们得意不了多长时间了，革命的烈火将把你们化为灰烬。"

喊完这话的第二天，学校便将他驱逐。有一千条理由让人相信，他被警察局的人盯上了，没有人敢收留他。善意的朋友劝他离开省城，躲避一阵子。但固执的大伯哪儿也不去，就留在省城。他被禁止在公众场合演讲。有人恶狠狠地警告他，再妖言惑众，煽动民意，便割下他的舌头。他后来改写文章，但很快连文章也不写了，他的文章写得不好，激烈有余理据不足，满嘴跑火车，招人厌烦。那就改行画画。画得也不好，充其量，就是一个三四流画家。但有人从他的画里看到了反意，告他的密。警察一次又一次上门，将他的画当场付之一炬，并将他驱逐。大伯露面的次数便越来越少，越来越隐蔽。他不断地换地方，最后连祖母也搞不清楚他到底在干什么，究竟要干什么。有一次，让我父亲去找他，让他回来跟伯母圆房，做一个正常的人。伯母是高州一个药商的女儿，八岁就跟大伯订了婚，进我们家门已经有五年了，结婚时，是按大伯的要求，只搞了一个简单的新式婚礼。然而，大伯从来就没有要跟伯母圆房的意思。结婚仪式一结束，大伯便趁祖母不注意，一个人乘船离开了，留下伯母一个人张灯结彩。从此，大伯和伯母再也没有见过面。伯母孤独地守着婚房，还帮着祖母经营这个家。她最大的愿望便是跟大伯圆一次房，生一个儿子，把大伯这一脉香火传下去。伯母长得白净，不胖不瘦，眉清目秀，知书达理，从不抱怨，不发脾气，深得祖母喜欢。伯母也喜欢我。五年前，我母亲突然染上恶疾去世，伯母几乎代替了我的母亲。她每晚都从祖母怀里"抢"过我，让我睡在她的怀里。直到有一天，她察觉我长大了，才让我回到祖母的身边。一年前，祖母曾让伯母去省城找大伯，但伯母坚决不去。她不愿意给大伯增添任何不快。

我父亲在城北离大学不远的一家破落妓院找到了大伯。正值黄昏，妓院门前冷落鞍马稀。在昏暗的灯光中，大伯正在给七个妓女画裸体画，以此来抵偿嫖资。父亲抬头便看到·七个妓女一丝不挂地坐在各自的躺椅上，错落有致，神态慵懒、闲散而淫荡。她们应该是刚刚吃过晚饭，每一个肚皮都微微鼓着，腰身上多余的肉无处安放，要挣脱她们往躺椅两边逃逸。毫无疑问，这是父亲生平第一次看到如此不堪入目的一幕。父亲不敢抬头，侧着身，压着声音对大伯说："母亲令你回家……"七个妓女若无其事，只是眼皮轻轻地动了一下，身子依然牢牢地保持原来的姿态——那是最合适的姿态。她们不愿意为了招揽客人而错过成为画布上最美的风景。

大伯根本不抬眼看一下他的弟弟，背对着我父亲，责备道："你没看见我正忙吗？"

父亲回来向祖母汇报，说大伯虽然声名狼藉，身无分文，走投无路，但不可能回家了，因为他满脑子都是革命，连妓女都相信了他，要加入他的革命队伍。

"妓女造反不是什么稀奇事，历朝历代都有。"我父亲补充说。

祖母满脸不屑，但很紧张，她意识到了危险，让我父亲再次进省城催促大伯："母亲病危，速归。"我父亲对自己的谎言没有一点底，知道肯定欺骗不了大伯，对大伯的回家也不抱任何希望，但仍得去劝。大伯仍然热衷于跟政府对着干，他的画张贴到大街小巷，他的美名或臭名随着车流和人流带向了每一个角落，他放荡不羁的照片和不堪入目的画作上了各种小报的八卦新闻。我父亲恨不得马上离开让他丢脸的省城。大伯对他说："我是随时准备死于南墙的。我的背上写上了我的名字。"大伯脱掉上衣，果然看到他的背上文着"银兴邦"三个字，当他身首异处时，凭此三字便可以将他重新组合成一个原来的模样。

我父亲再次从省城里回来对祖母说:"你当他死了吧。"

祖母对大伯的归来越来越不抱希望,在给祖父的去信中,她甚至激愤地写道:"兴邦或许已经死了吧。我们就认命吧。"

伯母经常对着大伯睡过的床哭泣。祖母劝慰她:"如果他真死了,我替你张罗改嫁。"但伯母是不会离开我们银家的,哪怕守寡一辈子。即便是为了我,她也会留下来。

然而,四个月后,大伯回来了。身上散发着西洋画颜料的气味,似乎,还有廉价胭脂的残香。他回家唯一的理由可能是:要跟伯母圆房。

伯母远远地躲在屋子里,从窗户眺望。高头大马挡住了她的视线。她还像新婚姑娘那样羞涩、胆怯。

大伯搬不动书,只好央求我帮忙。我和他合力把两袋子书从马背上卸下来。祖母仿佛闻到了那些书散发出来的邪气和危险,坚决不让这些书进家门。我们只好把书抬进小粉河畔一间废弃的猪舍。马也安顿在那里。

猪舍是草房子,长满了荒草,屋顶上的蘑菇和野花生机勃勃,干稻草散发出来的霉臭夹带着残留猪粪的气味。猪舍落在山坡上,对着弯曲的河流。时值汛期,河面开阔,停靠的唯一的一条船好久没有离开过码头了,它肯定已经长出了根,稳稳地扎在河里。

"母亲病危"这个幌子的虚假性果然已经被大伯看穿。因此他一点也不慌张,更犯不着担心,也不准备郑重地向他母亲请安。伯母刻意躲开大伯,亲自下厨和下人一起重新准备了一桌丰盛而精致的饭菜，准备一家人坐下来好好地吃一顿晚饭。但大伯在院子里转了一圈，对着厨房里的人说："把晚饭送到猪舍来。顺便把被铺也搬过来。"他要在猪舍生活。

大伯没有为自己的行为给出一个合适的理由。祖母好像被受到了天大的冒犯，很生气，也对着厨房发泄愤怒：什么也别给他吃，让他吃猪屎去。院子里弥漫一股剑拔弩张之气，下人们无所适从，战战兢兢。大伯让伯母转告祖母，如果他自由选择的权利受到干扰和阻挠，他将连夜返回省城。

我父亲脸有惊慌之色，赶紧调和一触即发的战争，一面让我把饭和被铺送到猪舍去，一面悄声告诉祖母一个关于伯父的惊天秘密："省城里的刽子手已经磨好刀等着他。"

2

关于游击队的传闻由来已久。但我们从来就没有见过游击队。听说就在附近，最远也就隔着一两座山，也许涉过小粉河，穿过一大片树林，越过一个山坳，就能找到游击队。村里有人说在乌鸦岭见过游击队，个个蒙着面，肩扛长枪，背驮大刀，行走如飞，像传说中的土匪。他们不扰民，只打官府，去年趁着洪水袭击了县衙，取走了县长张仁和的首级，轰动全省。他们还扬言要占领省衙门，解放全中国。尽管这支游击队行踪不定、神秘莫测，没有谁见过他们的真面目，但还是不时传来游击队员被捕杀的噩耗。好几次官方刚说游击队全部被剿灭，却哪里又传来游击队袭击衙门的消息。外村有憎恶我们的人，尤其是那些赖租的佃户，谣传我们银村有游击队员，指望有一天官府来围剿。这是不可能的，银村只有两百来口人，人人安分守己，连抗捐税的事情都没有发生过，更没有人参与暴力活动。但有人坚称，他们亲眼看见过有游击队员走进银村。这是危言耸听。对银村的恶意揣测和诬蔑，使祖母怒火中烧，令我父亲加紧催促那些有意拖欠田租的佃户交租，给他们最后通牒。

"这世道越来越不像话了！"祖母说，"难道地主就不用吃饭了？"

在我父亲的帮忙下，大伯很快将猪舍修葺得焕然一新。除了屋顶加了一层稻草，他将四周封闭起来，还清理了杂草，地面填上了沙土，平整干净，看上去不再像是猪舍。大伯把那些书摆到用木板临时搭起来的书架上。都是一些西方哲学书，也有美术和建筑方面的书籍。还有一些没有完成的画作。依然是裸体女人。有的才画了半边乳房，有的已经画到了下半身。有的画的是年轻女人，也有的画的是老妇。大伯开始架起支架，调配颜料，继续完成他的作品。大伯并不忌讳，专心致志地作他的画，不刻意让我躲避。我父亲说那些粗陋之作低级下流，有损斯文，呵斥我不要窥视，把饭菜送到门外便离开。开始时，我不敢直视那些画作，后来有意无意地观看，最后习以为常了。每次送饭菜时，我都趁机远远地驻足张望，偷看大伯作画。我父亲也懒得阻拦。画累了，大伯便坐在门槛之内，看书，或对着小粉河发呆，心事重重的样子。有时候，我想恳求他说说省城的新鲜事，比如说"南墙"杀头的事，但我脑子里马上涌现出来的无非是他在集会上声嘶力竭的演讲，或在妓院里乱七八糟的画面，除了这些，他还能给我说什么呢？罢了。有一次，他竟然向我提出了一个过分的要求："去把你伯母请过来，我要她给我当模特——即使是画一头母猪，我也不能凭空想象。"

一想到要画伯母的裸体，我断然拒绝了他的要求，并将他的一顿饭菜倒进了水沟以示惩罚。我想这个我称为大伯的人，真的是一个疯子，读书读坏了脑子。

有一次，伯母来到大伯的猪舍，要把他的衣服拿去河里洗。大伯却紧张而尖刻地说："你不要碰我的衣服，你不要管我。"他粗野地扔掉手中的画笔，脸上有愠色，是认真的、不容抗拒的。伯母并不觉得受到了伤害，眼里依然充满了温柔和羞涩之色。伯母要离开，大伯突然用恳求的语气对伯母说："你应该给我当一次模特。"

伯母听明白了，脸红得像火，犹豫了一下说："我没有空，我得回去做饭了。"实际上，她婉拒了大伯的无理要求。

我不能白白每天给他送饭。我请他给我画一幅画像，当然不是裸体画，是肖像。祖父有一幅碳素肖像，挂在祖母的房间里，很好看。大伯抬眼瞧了我一眼："你还不配。"

我顿时有些生气。但当他每隔一段时间便把寄往省城的信件交到我的手上时，我都愿意替他效劳，踏着泥泞的道路跑一趟镇邮政局。尽管我知道，信封里装的并不是什么信函，而是他刚好完成的裸体女人画像。一路上，我觉得手里的东西有点脏，有点龌龊，且毫无价值，甚至觉得手上拿的不是什么画，而是下流的女人，玷污了我的手。但有时候也想着拆开信封，仔细看看女人的每一个部位。

祖母牢牢地控制着这个家。她要对家里的一切明察秋毫，了如指掌。连千里之外的祖父，她也自认为了然于胸。家里三百多亩的良田，佃户的一举一动，甚至每一个短工的言行，她都掌握。祖母对我父亲一直不满意，认为他胆小如鼠、畏首畏尾，对人唯唯诺诺，好行妇人之仁，在佃户面前一副奴颜，颠倒了位置，经常无法把田租收上来，此等性情难以继承祖业。幸好，有大伯垫底，祖母对我父亲的窝囊、懦弱才无比宽容。我父亲除了外出去催收田租，几乎什么也干不了，聪颖肯干的伯母逐渐成了祖母的左膀右臂。

祖母常常向我打听大伯的动静。当她知道大伯还在画裸体，特别是提出要伯母给他当模特时，气得直跺脚：

"离经叛道，伤风败俗，他永远不要踏进银府半步！"祖母骂道，"允许他待在猪舍都纵容了他。他父亲不在，我能拿他怎么样呢？"

祖母是不会靠近猪舍半步的。似乎是，她对大伯的恨超出了对他的爱。但只要大伯在，她便放心了。令祖母担心的是祖父。

已经一个月不见祖父的信了。

3

大伯瘦小单薄的身躯很不显眼，以致过了不短的一段时间了，银村的乡亲还没有注意到他的存在。倒是那匹马，引起了人们的惊奇。他们纷纷围观，并不吝啬用最好的言辞表达了对马的赞美。伯母对那匹高头大马也颇感兴趣。她每天都要把马喂得饱饱的，把马的身子洗刷得干干净净，皮毛闪烁着柔和的光泽。我想骑马，伯母俯下身子，让我踩在她的肩膀上跨上马背，然后小心地牵着马的缰绳，抚慰着马，让它缓缓地行走在路上。我父亲看到我在马背上会骂我。我知道他是假骂。伯母反复向他保证，我是不会从马背上摔下来的。但远远看到祖母，伯母会紧张地把我从马背上劝下来。然而，过了不到半个月的时间，我就能熟练地单独驾驭这匹马了。骑在马背上看大伯，他显得更矮小。

我父亲去见大伯的次数越来越多。每次从猪舍走出来，我父亲的脸色都很凝重。有时候，我能听到他们的争吵。有一次，他们的争吵与伯母有关。

"我早就预想到你们总有一天会睡到同一张床上。但应该是我死后。我没想到你们那么迫不及待。"大伯用嘲笑的语调怒斥我父亲。

我父亲当然不接受大伯的指责。村里早有过关于我父亲和伯母的风言风语，甚至祖母对此也没有激烈的抗拒。然而，我敢担保，所有的猜测都是空穴来风、毫无实据。伯母和我父亲向来规规矩矩，从无半点越礼之举。

我父亲不知道用什么语言来表达自己的委屈和愤怒，只是用足够响亮的吼叫回应了大伯："你就是一只猪！"

大伯一拳头将画架上的裸女画砸成了两半。

我以为他们从此分道扬镳，反目成仇，至少冷战上半个月。但他们并没有因此翻脸，第二天又在一起聊天了，好像争吵从没有发生过。他们有时候坐在一起，各看各的书，半天也不说一句话。大伯嫌猪舍夜里诸多蚊虫侵扰，我父亲就找来好几种草药制作成一种香囊放在他的床头。没有了蚊虫，大伯对夜晚山野里传来的蛙叫鸟鸣不厌其烦，难以入眠。我父亲对此一筹莫展。伯母却想出了一个好办法。她让我父亲在猪舍屋顶上放一桶水，屋檐下放一个铜盆。有了水滴的声音，大伯便可以安然入睡了。后来，我看见我父亲带着不同的人穿过夜色涉过小粉桥来见大伯。我看不清楚他们的面容，有胖的，有瘦的，有高的，有矮的，戴着大草帽，来去匆匆，鬼鬼祟祟，神神秘秘的。有时候大伯对他们的大声呵斥引发一阵阵犬吠。

4

有一天，一个陌生男人急匆匆闪进我家，拔掉嘴上的假胡子，露出一张年轻而白净的脸。他从广州带回来一条让我们震惊的消息：祖父被杀头了！

那人说，祖父是共产党人，跟他一起被杀头的有十六人，他是年纪最大、官阶最高的一个。祖母惊愕地张开嘴巴，断然否认来人所言，恨不得马上赶到广州为祖父申辩，并且怀疑来人是来欺骗她的，但那人从怀里掏出一封祖父留下的亲笔信，祖母看后才慢慢安静下来。

"一个老傻瓜！"祖母将信揉成一团塞进口袋里，朝着我父亲和大伯说，"你们告诉我，天底下究竟有多少我不知道的秘密！"

伯母在低声哭泣。那些不明真相的下人也跟着伯母啜泣。祖母瞪了我父亲和大伯一眼，转身回房间里去了。

当天夜里下了一场大暴雨，我能感觉得到屋顶上水流成河。有雷鸣声滚过天际，彻夜不绝。下人们在外面喧嚷着收拾东西，疏浚下水道。祖母房间灯火通明，人来人往。祖母苍老的怒骂声和悲叹声穿透窗户和雨幕震动着我的耳膜。我家从没有过如此紧张得让人揪心的气氛，仿佛祖父的头颅就悬挂在大门外。

天还没有亮，伯母便将我从床上拎起来，令我马上到大伯那里去，帮他办一件大事。

"马上，来不及穿鞋了。"这是伯母第一次如此粗暴地对我。

我有点迷糊。我要找我父亲。因为我昨晚梦见他远走高飞了。我父亲不在。伯母悄声告诉我，他昨晚连夜过小粉河逃跑去了。

为什么要逃跑？我睁大眼睛。

"你爸爸是共产党游击队队长！"伯母说，"贪官县长就是他们杀的……事情败露了。宪兵马上就要到了！"

这是天下最不可思议的事情。没有任何蛛丝马迹表明我父亲跟游击队有瓜葛。但伯母这时候不可能说假话。她从不会说谎。

"你大伯也是共产党人。还是一个大官……像你祖父那样。"伯母此时倒显得很平静，"如果他真是共产党人，我也愿意加入。"

我懵了。伯母摸了摸我的头，脸上有笑容。我推开她的手："革命是要杀头的！"

"一定不要告诉祖母！"伯母叮嘱我，"她什么都不知道。

不能连累她。"

外面的雨停了。黑暗中有了曙光。一切都安静了下来。小粉河涨水。那条船高出了河面，颠簸着，挣扎着。迅猛而慌乱的河水冲击河床发出"轰轰"的声响。

大伯在猪舍里淡定地收拾东西，烧毁书籍和信笺，还有没有完成的裸体画，屋子里弥漫着呛人的气味。

我咳嗽一声，让大伯知道我在静候他的吩咐。他直起身，拍掉身上的尘土，命令我去一趟省城，十万火急。

"把画送给'南墙'对面的宏远火锅店老板，一个叫屠三的人。"大伯说。

画还在架上。还没完全干。还是一幅裸画。尽管脸部面目模糊，但一眼便能看出，画布上的主人是伯母。很小的时候，我看见过她的裸体，跟画布上的一模一样。

"四十八个人的生命安危全靠这幅画了。"大伯说，"我所有的画都隐藏着生死攸关的秘密。"

大伯将画布卷起来，装进一只信封里，郑重地交给我说："这是四十八条革命者的命。"

伯母牵马在门外等候了。

乘船和乘车都来不及了。大伯让我骑马去。马上就走。

"你怎么办？"我问。

大伯遥指小粉河上那条船："我跟你伯母一起从水路逃跑。"

但那条船多少年没有离开过河湾了！小粉河多少年不行船了！又遇上洪水，连鱼都无法逃跑，何况一条废弃多年的船？

伯母含着惶恐的泪慈爱地拥抱了我一下，在我耳边轻声说："你的骑术比你大伯好太多了。去吧，孩子。"

我既兴奋，又害怕。天色越来越明亮。远处的群山像刚睡醒的巨人艰难地蠕动，那里好像藏着千军万马。

"不能走大道。宪兵已经沿着大道朝这里来了。"大伯说，"我已经听得见他们杀气腾腾的马蹄声——你尽管跑，不要管那些蠢驴。"

我从没有出过远门。不知道省城离此有多远，甚至搞不清楚省城到底往哪个方向走。

"朝着血腥味最浓的方向走！"大伯厉声提醒我。

我记住了。我拼命张开鼻子，仿佛闻到了从遥远的"南墙"飘过来的血腥味，那是来给我引路的。

"你已经配得上革命了。现在你已经是一个革命者。好好干！"大伯鼓励我说。他眼里满是哀求。现在他真的是需要我。

伯母和大伯合力将我扶到马背上去。我抬头看到祖母远远地站在家门口，拄着拐杖朝这边张望。一宿没眠，她突然臃肿、衰老了许多。我要沿着河畔泥泞的小道，出发往省城去了。在离开前，我希望祖母能跟我说些什么。至少，我得向她告别。她是世界上最善良最疼爱我的人。

像生离死别。我朝她招了招手。晨光中，祖母一手扶着墙，一手举起了拐杖，颤巍巍地朝我做出了一个果断的"快走"的动作。

我双腿一夹，缰绳一拉，这匹枣红色的高头大马扬起蹄脚，驯顺地奔跑起来。

驴打滚

　　我们的同事兼朋友马朵朵先生向来是一个善良的好人，这个无须论证，因为所有的人都是这么说的。本来，我们都不必要为身边存在这样的一个好人而忧心忡忡。可是，我的另一个同事，同时也是马朵朵的朋友的闵良知先生并不这样看，因为他发现马朵朵近来很不对劲，有做恶人的冲动。

　　"他可能要干掉鹿小茸。"闵良知先生看上去忐忑不安的，甚至忧心如焚。

　　鹿小茸先生不是我们的朋友，因为他不是马朵朵的朋友。一个连马朵朵都憎恨的人，大抵不是什么好东西。鹿先生不是我们化学系的，而是中文系的，中文系也就罢了，他却不合时宜地是一个诗人。现在是什么时候了，我们以为诗人已经绝迹，实际上在生活中也并不多见，但听说还有一个诗人顽强地存在着，像远古时代的微生物（或曰细菌），本来也没什么，只是令我们如芒在背的是，中文系就在化学系的旁边，两栋小楼一衣带水、唇齿相依，那个诗人就像一头臭不可闻的驴站在我们的身边。闵良知先生对诗人的偏见近似固执，好像所有的诗人连李白、杜甫都曾经是他的杀父仇人一般。他说，驴放屁也会分行，诗人和驴有什么区别呢？很显然，我们是不会跟驴成为朋友的，连心地善良、与人为善的马朵朵也不会。但话说回来了，我们也并非尖酸刻薄到拒人于千里之外，如果驴只朝着樱花和江水吟唱，我们是不会多管闲事的，甚至还会像向地铁卖唱者致意那样给它适当的尊重。然而，它却不自量力地对我们的朋友马朵朵先生不恭敬，并不止一次地把他得罪了。绵羊是不会咬人的，兔子也不会，但世界上哪有那么绝对的事情？闵良知先生说，这一回马朵朵生气了，要杀人了。

问题的严重性超出了我们预想。那头蠢驴要大祸临头了。

那天，我和闵良知先生走在玄武湖的边上，沿着城墙一直朝南走。我们的中间，当然像平常那样夹着马朵朵，他瘦小的身躯像豆腐干一样被我们夹得像被劫持。玄武湖本来不属于我们的，只有秦淮河才属于我们三个人。但秦淮河是我们讨论学术的地方，这次我们商讨的不是学术，而是杀人，不能让即将发生的血案玷污了秦淮河的高洁。马朵朵身材矮矬，却声音激越，喉咙里像安装了几个麦克风。

"这鹿小茸还活着，我却忍气吞声，苟且偷安。我对自己感到失望。他让我受了奇耻大辱，这是众所周知的，我应该杀了他。"马朵朵根本不顾忌隔墙有耳，对来来往往的行人熟视无睹。然而，他的话已经惊吓到别人，他们不再信任我们深度的眼镜和斯文的外表，而是惶恐地躲避。我们的朋友马朵朵先生一生中除了恶骂过自己，从没对别人说过气话、粗话、硬话、恶话，他的嘴里只有豆腐没有刀子，可是现在他要拿起刀子了。

"我真的会杀了鹿小茸，决不能宽恕。我已经四十多岁了，是做一件有意义的事情的时候了。在此之前，我只不过是一具学术僵尸。"马朵朵说。

顺便说明一下，我们的朋友马朵朵先生二十六岁便获得了哈佛大学化学博士学位，回国多年，在学术上成就非凡，早已经成为化学领域内的权威人物，是我们这所著名大学的博导和学科带头人，如果不出意外，他今年或明年内将成为中国最年轻的化学院士之一。除此以外，令人称羡的是，他父母双存，妻子漂亮贤惠且才华横溢，是有名的先锋实验剧作家；女儿在钢琴界声名鹊起，曾在维也纳金色大厅作专场表演……

"你将失去一切。"我和闵良知试图平息马朵朵的冲动。冲动是诗人的专利，我们化学系的人不跟他一般见识。我搂着他的左肩，闵良知搂着他的右肩，像兄弟一样，当然也像绑架。

"与杀掉鹿小茸相比，这些算得了什么呢？"马朵朵狠狠地作了一个咔嚓的手势，果断，坚决，痛快，干脆利落，像大革命时期的将军。瞬间，仿佛血飞溅到了城墙，血水迅速升高了玄武湖的水平面。我们面面相觑，觉得此时此刻的马朵朵不可强劝，不可逆其意志，否则他会将我们排除在知己队列之外——能成为马朵朵先生的知己，使我们沾了许多光彩和乐趣，也长了见识，因此，我们不可能自绝于他。我们支支吾吾地说，鹿小茸该杀，可是杀了他以后呢？

"这是一个极大的烦恼。你们忧虑的正是我的困境——这也是人类生存的困境——自由与束缚的冲突。"马朵朵已经在想这个问题，说明他蓄谋已久，"我可不想束手就擒、坐以待毙。像所有的杀人凶手一样，出于求生本能，我必须逃跑，哪怕在逃跑的路上被击毙。特别像我这种有身份有地位尤其是高智商的人，不可能坐在审判席上丢人现眼，更不可能让绞绳套在我的脖子上，或温顺地等待子弹穿过头颅。逃跑是我唯一的选择。但现代社会的警察要比古时候的捕快厉害得多，逃跑并非容易的事情，况且在这方面我并不比城市角落里的小混混更内行。不过，我相信只要准备充分，加上我的天分，从天罗地网中逃脱也是有可能的，因为无论天衣多么强大，总会给聪明而勇敢的人留下脱逃的缝隙。"

我们部分地赞同"缝隙说"。按照宇宙学家们的学说，时间和空间都存在着无数的"缝隙"，即使一块铁块儿也是有缝隙的，更不用说我们生活的空间。关于宇宙，昨天还是前天，马朵朵还着重地引用了天才物理学家霍金先生的理论说道，宇宙正在无限扩大，而且，宇宙之外还有宇宙，时间和空间无穷到连诗人都无法想象，这说明了一个问题，即使在一个无穷小的空间里，聪明的人也能找到生存的天地。

"我早就开始观察蟑螂，看它们怎样在危机四伏的环境中得以生存。它们就是利用了缝隙生存，因此它们比人类更早来到地球，也将比人类更晚一些灭绝。世界上到处都是形形色色的逃亡者，他们在刀锋上行走，在缝隙中生存，那是另一种生存状态，却并不见得比正常的生存状态坏，我们痛恨或同情他们是因为我们不理解他们，就像别人不理解我为什么非要杀鹿小茸不可。理解一个人，你得理解他的生存意义。"我们的朋友马朵朵在说服我们，而不是我们在说服他。

"如果你们愿意为朋友两肋插刀，就应该帮助我远走高飞。"马朵朵说，"不过，如果你们害怕因成为同谋、从犯离我而去，我也无话可说，祝你们像往常一样幸福、安全。"

结果并不意外，我们被我们的朋友马朵朵先生绑架了。

事实证明，史上有过太多阴谋和杀戮的玄武湖不适合思考。发生的南京大屠杀是从玄武湖开始的，在那里我们像被杀气腾腾的兵匪围困，想不出任何逃亡的可行方案，往往是一方刚提出构想，便在另两个驳斥下漏洞百出，结果互相发现彼此在这个方面是多么弱智。我们只好迁怒于玄武湖，回到常常使我们灵光闪烁的秦淮河。从此以后，我苦思苦想的不再是学术，而是脱逃术。每天黄昏，我们三个在秦淮河边散步，把脱逃术上升到学术高度加以研讨。这条河对我们意义非凡，因为它环境幽静，穿越古今，适合思考杀人技巧和逃亡法则。再顺便说一句，与马朵朵相比，我和闵良知先生虽然稍逊一筹，但亦非等闲之辈，在化学领域都是佼佼者，我和闵先生合作的论文曾多次上了《自然》《科学》等杂志的头条，论成就和影响我们迟早也将是中国科学院院士的有力竞争者。我们现在是马朵朵的左膀右臂，化学界将马朵朵、我、闵良知并称为"秦淮三杰"，或"秦淮河边的三驾马车"。三个臭皮匠尚能与诸葛先生等量齐观，何况三个准院士？

休闲锻炼时间，只要都在南京，我们几乎风雨不改，穿老北京布鞋，一身运动装，不带通信工具，从大学侧门出发，步行到秦淮河有半个小时的路程。在这半个小时里，我们往往一言不发，严肃得像众共场合的高官。穿过喧嚣，到了河畔，我们沿着河岸往西，先是听马朵朵对逃亡的种种设想，然后我们挑刺，寻找漏洞和破绽，提出假设，再充分论证。为了开阔眼界，借鉴古今中外的逃亡经验，我们还剖析从网上或电影上得来的千奇百怪的逃亡成败案例，给马朵朵启发。我们的目的只有一个，就是集中我们的聪明才智让他的逃亡方案天衣无缝，无懈可击。换句话说，他干掉鹿小茸后，成功脱逃，警方永远无法找到他，他能在无处不在的"缝隙"中逍遥法外。

当然，这一切都在绝密中进行，即使是秦淮河上的鬼神也不会知道我们在谈论什么。

经过半个多月的雕琢，被我们命名为"秦淮计划"的马朵朵脱逃方案趋于完美，我们可以负责任地向他保证："它能使你远走高飞。"

然而，我和闵良知先生均非茹毛饮血之流，我们也像尊重马朵朵先生一样尊重每一个生命，哪怕对方是一头驴或一个诗人。我们希望马朵朵能在最后时刻放弃他的血腥行动，让鹿小茸苟且活在世上。

我说："不值得为一头驴铤而走险。"

闵良知先生也劝道："杀一头驴，你修行了十三年的佛性将毁于一旦，都快得道了，何必呢？"

"替天行道的事情，佛祖也干过。"既然马朵朵固执己见，那我们就为他祝福吧。

如果马朵朵先生把杀死鹿小茸的想法深埋心底，然后神鬼不知地付诸行动，鹿小茸死了，最后不知道凶手是谁，就成了令警察蒙羞的无头案。众所周知的原因，化学家杀人的方法要比其他人士更丰富更隐蔽，凭马朵朵的智商应该能做到杀人于无形。问题是，我和闵良知先生已经知道了他对鹿小茸动了杀心。这样，如果鹿小茸真的死于他杀，我和闵良知先生会守口如瓶吗？不能，明知而不说，这不符合法治精神和正义准则，也不符合我和闵良知先生作为知识分子的良心。我们肯定会向警方提供信息，马朵朵先生便不能脱离干系。况且，马朵朵先生说，他要在大庭广众之下旗帜鲜明地杀掉鹿小茸，只有这样才能给世人一个交代。但他杀了人后并不想马上被捕或被警方击毙。他得逃命，而且不让警方抓住，这个案子拖得越久影响越大。在证据确凿不可能洗脱罪名的情况，马朵朵先生要想得以逍遥法外，只有逃亡，躲藏。

如果你了解南京，就能发现要逃离这个城市并非易事，即使你逃离了南京，也未必见得万事大吉。出了中华门或中央门，甚至离开了机场或火车站，你还会感觉到草木皆兵四面楚歌，因为周边几乎全是大城市，众所周知，对一个逃犯来说，城市是最危险的，因为警察和监视器无处不在，通缉令张贴到古老得早已经让人遗忘的小巷和渡口。然而，对像马朵朵先生这样的知识分子，除了在城市生活外别无选择。马先生没有经历过上山下乡，既没有刀耕火种的技能，更没有在黑煤矿下生存的能力，甚至连洗衣做饭的基本家务活都让他的弱势原形毕露。那他只能在城市里开始他的逃亡生涯。我们一致认为，虽然南京是一座防备严密、天网恢恢的城市，但并非没有漏洞，正如前面所说的，空间是无限的，南京主城区面积4730.74平方公里，人口密度2.81万人，建筑物56万幢，地下通道1289条，防空洞38个，桥梁涵洞786个，地下出租屋12万间，招工来者不拒的黑工厂367间，建筑工地1300处，假证办理从业人员５００余人、整容美容院351家，听说还有专为逃犯而设的地下避难所。我们坚定不移地认为，马朵朵先生其貌不扬，扔到人群里像一滴水掉进了大海，偌大的南京城足以藏得下一万个马朵朵。因此，"秦淮计划"的第一条明确指出，"逃犯"要绝地逢生，就必须认同霍金先生的宇宙学说，承认空间的无限性。这一点马朵朵先生已经确认，因为他历来是霍金先生坚定的支持者。好像前面或者以前我们也已经说过，凶手逃离现场甚至远走高飞都不足为奇，很多普通人都可以做到，连稍一慌乱便找不着北的闵良知先生也拍着胸脯说，他也能做到。那么，也就是说，马朵朵先生不必担心杀了鹿小茸后逃离现场或藏匿的问题，他考虑的重点是第二条，怎样在警察和熟人的眼皮底下生存，甚至还从事他酷爱的化学研究工作。"秦淮计划"的第二条非常关键，也就是说逃亡者必须熟悉和掌握"蟑螂生存法则"。所谓蟑螂生存法则，简单地说，就是"夹缝生存理论"加上"下水道寄生法"。蟑螂这个古老的物种，它在险象环生、极度肮脏的环境中求生存的经验值得马朵朵先生借鉴。马先生也表态，蟑螂能做到的事情，他也能做得到。

"秦淮计划"是我们三个人共同完成的作品，它太有创意太完美了，可以用天才的构想来形容，我们恨不得马上投给《自然》或《科学》杂志，他们也许会破例刊登这篇看似与学术无关但实际上是一篇能极大启发人类智慧的学术论文，当年谁又把爱氏的相对论当作一篇传统意义上的学术著作？

我和闵良知先生都以为，马朵朵先生不会丢下如日中天的事业和让人眼红的名利，他的杀人计划和逃亡计划都只不过是纸上谈兵、泄一下愤，或给单调的生活平添一些乐趣而已。然而，有一天他非常认真地跟我和闵良知先生说："你们掌握了我的一切，我可以相信你们吗？"

这是一个他早就应该警觉的问题。

我说："我可以让你相信，我以人格担保，绝对不会供出'秦淮计划'！"

闵良知说："为朋友两肋插刀，我宁愿成为你的同犯！"

还有什么可说的呢，风雨同舟，与马朵朵先生共存亡！

附录：

1.《秦淮计划》总纲（略）

2.《秦淮计划》详细方案（略）

　　对于鹿小茸，我和闵良知先生是同时认识的，我对鹿诗人的所知并不比闵先生多多少。大概是"秦淮计划"出炉前的半年前，或许更早一些，从浦口校区回主城区的校车上，我和闵先生坐在一起，马朵朵坐在我的前头，我和闵先生低声地猜测本年度的诺贝尔化学奖花落谁家，马朵朵对这类话题兴致不高，一个人看窗外的风景，杂乱无章的建筑，沾满尘埃的树木，田野里饿得发慌的鸟群，险象环生的公路。那时候，校车还不把学生与教授分开，满满的一车人，教授们在学生面前都不好放开说话，一路上有些沉闷。在过长江大桥的时候，突然有一个瑞典的留学生从座位上站起来向所有的人发问，女的，身材和面容都代表了欧洲的水平，后来听说是历史系的研究生，名叫让·沙娜，她的导师是德高望重的柳叶海老先生，他正端坐在车头的第一个位置——如果戏剧系的蒙晓芳女士不在车上，那么那个位置永远就是留给他的。

　　她一本正经地问道："你们中国人为什么把男人的生殖器称作鸟？"

　　众人皆惊。继而引起一阵哄笑。车里的气氛顿时变得热烈，但接下来是异常尴尬。因为那瑞典女留学生还站在那里等待答案，而车上没有谁给她回答。柳叶海老先生耳朵不好使，不知道大家在笑什么，但应该猜得出来，是他的学生在提问。

"沙娜，你问什么问题？"柳叶海老先生也充满了好奇，随即戴上了助听器。

"中国人为什么把男人的生殖器称作鸟？"问题被重复了一遍。哄笑再起。柳叶海老先生窘迫得无地自容："我不回答，与我专业无关，谁要回答谁回答去。"随即生气地摘下助听器，不理会车内的事情。

显然，这个问题还轮不到化学系的教授回答，生物系的人回答也不合适，医学院的教授也推辞，说那是中文系的活。说实话，虽然他们学富五车，但未必能利索而体面地回答这个问题，因为它跟文学有关，是形象思维，是一个比喻句。车上有我们认识的四名中文系的教授，包括古文字学泰斗韩少平老先生、学界新锐郭颐文、文学批评家方仁义、二十年后或许问鼎诺贝尔奖的小说家银邦克。韩老先生一向严谨，此时正襟危坐，当没听到一样，孤傲得像一只仙鹤；郭颐文先生近年疏于学术，频繁客串于电视选秀节目名气很大名声却不太好，尽管以他雄辩的口才足以将芝麻大的小问题瞬间化作乌有，但看到恩师韩老先生不发一言，他也只好微微一笑；银邦克先生或许觉得现在跟瑞典人套近乎为时尚早，他高筑城府，明哲保身，沉默不语；只有近年大声疾呼"良心批评"的方仁义先生挺身而出，当仁不让，勇挑重担，要为中文系争口气。他回答说，男人的生殖器，从形状上看，像鸟，仅此而已。然而，这个答案虽然又引起一阵哄笑，而且有一定道理，但不足于使让·沙娜满意。

她争辩说："鸟是有翅膀的，而男人的生殖器只有羽毛。"方先生在更轰隆刺耳的哄笑中下不了台，颜面尽失。那些对中文系有成见的人士开始冷嘲热讽，甚至与人为善的马朵朵先生也说话了，他投井下石地说，全皆欺世盗名之辈。方仁义先生不高兴了："你凭什么说我欺世盗名？"马朵朵先生意识到说错话了，但那天他跟平时不一样，有点反常，说话特别尖刻。

"我不仅仅说你！"马朵朵顶了方仁义一句。

"那你是骂整个中文系喽？"方仁义先生引蛇出洞。

"你可以这样理解。"马朵朵说。显然这不是他的本意，但他的话显然把中文系都得罪了。

方仁义兄终于从刚才的尴尬和激愤中解放出来，因为他可以和韩老先生等人同仇敌忾了。

我们都在为马朵朵先生担心。因为吵架不是马朵朵的强项，况且以他的口才远不能舌战群儒。

"我同意马先生的观点，中文系就是乌合之众，就是欺世盗名的鸟人！"车后排座位上有人说话了，"我是中文系的副教授鹿小茸，我也是一只鸟，但我跟你们不一样。"

众人皆惊。他是被忽略了，因为他永远孤傲地坐在车尾巴的角落里，不与任何人说话，长发披肩，脸如马面，嘴唇薄得让人担心，鼻梁与国情不符地高耸着，容易挑起别人一拳打过去的冲动。我们都懒得跟他打招呼，因为在此之前我们都不知道他的名字，马朵朵还以为他是搭载顺风车的小商贩。

中文系起了内讧，个中复杂性在此暂且不提。那天在车上，中文系的教授们吵得面红耳赤，后来德高望重的韩老先生突然觉醒，迅速出手平息了内讧："祸起萧墙啊，你们还吵什么鸟！"顿时鸦雀无声。但他们的沉寂给了让·沙娜再次发难的机会：

"中国知识分子遇到丑恶和不合理的事情不敢拍案而起，往往说'不关我鸟事'，你们的鸟不是鹰，是鸵鸟。现在我终于印证了这个事实，中国知识分子只善于窝里斗和争名夺利，而没有责任担当，根本不能成为中国的良心！中国人老是为不能获得诺贝尔奖而觉得憋屈，但鸵鸟怎么配得上诺贝尔奖呢？"

中文系的教授欲站起来反驳这个留学生的无礼和恶意，但又被韩老先生劝阻："让别人说去吧，咱们中文系不蹚这趟浑水——反正我们中文系不争诺贝尔奖。"

然而，鹿小茸先是放了一个响屁，然后嘲笑着说："谁说中文系不争诺贝尔奖？银邦克先生不同意，我也不同意。但你们不是中国的良心，我是！"他"刺啦"一声撕裂衬衣，露出左胸膛，指着心脏说："中国的最后一颗良心在这里跳动，呼之欲出。"

虽然鹿小茸的表演迎来了无数的鄙夷和蔑视，但让·沙娜却向他鞠了一躬："我先向你鞠一躬，但你得用事实证明你是。"

"我的存在就是证明。"鹿小茸先生气势如虹。

这场因鸟而起的争论戛然而止。我和闵良知先生都看得出来，瑞典人是有备而来，也可以说是蓄谋已久，故意在众人面前让教授们丑态百出。闵良知先生一直庆幸当时没有抢答，否则出丑的不仅是他，还有化学系。

然而，瑞典女留学提出的经典问题被本校师生在酒余饭后奉为"让·沙娜之问"，还被添枝加叶地增加了"中国人为什么总与诺贝尔奖无缘？"的内容，后来我看到 N 大学的校史研究专家把它与著名的"钱学森之问"相提并论，在外头津津乐道。至于"让·沙娜之问"意义有多大，中国知识分子是不是鸵鸟，这些问题我们都懒得管，因为洋溢着自由光辉的大学里面永远充斥着无聊和没完没了的争论或是非，为这些东西费掉一分钟时间都是愚蠢的和得不偿失的。但校车上发生的"鸟"事件的意外收获让我们认识了鹿小茸先生。

　　开始的时候，我们对鹿小茸先生充满了尊敬，因为他关键时刻为我们的朋友马朵朵的失言面临的危局挺身而出出手相助，还为此不惜得罪了中文系的所有教授，包括保安、设备维修工、收发室的交通员、厕所清洁工等。我们也好奇于最高学历只有聊城师范学院本科毕业的鹿小茸先生怎样在中文系清一色的博士和"海归"中立足，鸡立鹤群，反差巨大，难道说中文系额外承担起保护和圈养起诗人这类珍稀动物的义务来了？后来椐闵良知先生考证，情况是这样，旺鸡蛋嗜食者鹿小茸先生是国内著名诗人，虽然其国际影响力与北岛尚有一定差距，但与北大清华的牛逼诗人们是半斤八两之别，是著名的"下半身"派诗歌的代表人物和集大成者。又虽然鹿小茸先生的名声并不是很好，离过三次婚，与七个女人同居过，还传出过一些丑闻，但不能像要求化学实验数据那样要求诗人的生活作风，不疯癫，不狂狷，不放浪形骸，不醉生梦死，那还叫诗人？中文系的博士教授们纵使再看不惯此兄，也得容纳他，用中文系的话说，虽然我们也不喜欢狼，但在一群羊的身边安放一匹狼，有助于生态平衡和保持危机意识。问题是，鹿小茸先生是狼吗？在马朵朵看来，他不是。

马朵朵在广州路一家格调高雅的西餐馆宴请鹿小茸。我和闵良知作陪。为了给晚宴增加庄重感，马朵朵先生携夫人出席。我们对马夫人十分熟知，她是中国驻美国前文化参赞的女儿，母亲是国内著名的小提琴手。马夫人是一个剧作家，即使你对中国话剧多么陌生，也应该知道享誉国际话剧界的《午夜地铁》，她就是该剧的作者。马朵朵就是在美国观看《午夜地铁》时认识了马夫人。听马朵朵描述，《午夜地铁》在美国异常受欢迎，在纽约一连演了十三场，马朵朵每场必到，看到第八场的时候，他已经能背下剧中所有的台词，第九场时，他听出了一个演员的口误，以为是剧作者修改了台词，他觉得没有原来的好，散场后就径直去后台找剧作者，便认识了马夫人。此后的好多天深夜，马朵朵都约她到时代广场，站在广场的中央仰望星空。马朵朵告诉马夫人，这是世界的中心。马夫人说，在我心中哪里都是世界的中心。马朵朵对这句话印象深刻，觉得她的思想像她的剧作一样深邃，而自己显得肤浅。在离开美国的最后一天，马朵朵吻了马夫人，是白天，在时代广场。那天马朵朵刚好获得了哈佛大学的博士学位。我和闵良知也无法理解，漂亮的马夫人为什么接受了相貌平平的马朵朵。后来我们从马夫人的说话中看出了端倪。她看中的是马朵朵对爱情的纯真，像一个孩子，而才华和身份都不是主要的。我们常常说，马夫人对中国的贡献不仅仅写出理论一部经典话剧，还为祖国从美国手中抢回来了一个化学博士——一个将来完全有可能填写中国诺贝尔奖空白的人。鹿小茸先生昂着高贵的头颅姗姗来迟。他不仅带来了一阵久不洗澡导致的体臭，还带来了一首刚刚写完的诗。马夫人超凡脱俗的气质显然惊呆了鹿小茸先生，还使这个有些猥琐的诗人突然精神抖擞，完全不顾及我们的饥肠辘辘，要把这首《致爱情》的诗献给马夫人。还没等马夫人来得及反应，他便当即亢奋地朗诵起来：

> ……
> 愿我的爱情像一只鸟
> 不仅只有羽毛，还长出翅膀
> 绕树三匝，无枝可依
> 只能在女神的裙底下辗转缠绵！

此诗洋溢着赤裸裸的溢美之词，极尽阿谀奉承之能事，对一个女人的美貌与才华赞美得如此铺张奢华我还是第一次见到，虽然不能粗暴地将它称为艳诗，但比艳诗有过之而无不及，令马朵朵更不能接受的是，此诗并非巧合，而是早有预谋，专为马夫人而作。平心而论，诗写得不错，鹿小茸先生也非浪得虚名，但在大庭广众之下，在诗人几乎绝迹的世界里接受一次诗的洗礼并不是荣幸的事情，旁人怪异的眼神和服务员嘲讽的脸色让我们觉得难堪。我和闵良知先生按捺不住，几次要动筷子夹菜以暗示鹿小茸先生赶紧结束朗诵。但我们发觉鹿小茸先生并不把我和闵良知及马朵朵还有旁人放在眼里，他的眼里只装着马夫人。马夫人穿着藏青色旗袍，银色耳环大而得当，看起来比以前更具大家闺秀的气质。马朵朵三次让服务员给各位倒酒，试图以此提醒鹿小茸先生该坐到饭桌前了。而马夫人却颇有风度地听鹿小茸把诗念完。

"这是献给马夫人的诗。"鹿小茸再一次强调，"世界上没有几个女人配得上我的献诗，马夫人是其中之一。"

马夫人微微一笑说，鹿先生很有才华，朗诵也颇有天赋，可以到话剧团试试身手。

鹿小茸眼睛发亮，开始一改过去的孤傲和沉寂，像泄洪一样打开心扉，对自己的才能夸夸其谈：大学一年级时我演过《雷雨》，二年级时演过《等待戈多》，三年级时扮演过哈姆雷特，四年级我当导演排演我自己创作的剧本《死亡是爱的一种方式》，但我的才华更多地在诗歌领域，他们说我像里尔克，我觉得更像兰波儿，但如果说我像切·格瓦拉也许更准确一些……

马夫人优雅地说："其实我觉得你像金斯堡，也有点像波德莱尔……"

鹿小茸说："虽然我不喜欢这两个傻逼，但我还是感到非常荣幸。"

接下来的时间，纯粹是诗人鹿小茸的个人诗歌朗诵会，从《嚎叫》到《恶之花》，从里尔克到博尔赫斯……亢奋起来的鹿小茸先生手舞足蹈，口沫横飞，狭窄的餐厅无法满足他狂狷般的表演需要。我们除了佩服和妒忌鹿小茸先生的记忆力和表演艺术外，还为我们完全成了局外人而沮丧。由于担心他的心理承受能力和对设宴的懊悔，我和闵良知不得不不断向马朵朵敬酒。然而，马朵朵先生的气度要比他的酒量大得多，他自始至终没有表现出一点不耐烦和醋意来。马夫人不愧是外交家的女儿，在一个疯子面前也能表现出彬彬有礼、虚怀若谷的风范，还不时给鹿小茸轻轻鼓掌，大度和淡定得像中世纪欧洲的贵妇人。

"像驴打滚。"马朵朵凑近我的耳朵笑嘻嘻地对鹿小茸的表演做出了评价，"不过也挺有趣。"

鹿小茸先生并不是永动机，他终于像一头超负荷奔跑的驴，累了。但酒菜都已经被我们喝光吃光，马朵朵先生并没有继续上酒和加菜的意思，更重要的原因是，马先生晚上有一个讲座，马夫人得修改一个剧本，我和闵良知要回到实验室去发现可能存在的新大陆，我们都起身告辞。鹿小茸先生肚子空空的，更没有尽酒兴，对服务员嚷道："能给我来几只旺鸡蛋（注：鸡还在蛋中，不鸡不蛋，南京风味小吃）吗？"

话音刚落，对旺鸡蛋有着本能反应的马朵朵"哗啦"一声呕吐了，把刚才吃下去的全倒了出来。鹿小茸不解道："旺鸡蛋是好东西……"

马朵朵在我和闵良知的搀扶下落荒而逃。

鹿小茸对远去的马夫人说："我将在学院迎新晚会上再次朗诵《致爱情》，这首诗将很快传遍全世界。"

闵良知讥讽说，一头驴要走遍全世界不太可能，因为驴出了中国就不太受人欢迎，然而，一头驴朗诵的诗要传遍全世界是可能的。后来，《致爱情》被鹿小茸先生在各种晚会上、宴会上、课堂上、研讨会上、学术论坛上、校园的小树林等场合反复表演，终于传诵开来。而真正走向世界的是，鹿小茸先生的朗诵视频和音频像牛皮癣一样张贴到各大网站，引起了无数天生喜欢猎奇逐臭的网民围观。但他们热爱的不是鹿小茸先生的诗，而是献给的对象——马夫人。他们挖地三尺，终于找到了不同时期、不同场合、不同表情的马夫人的照片，果然引起了更大的围观，对马夫人品头论足，从脸容到胸脯，从额头到鼻梁，从牙齿到脖子，从嘴唇到脚趾，从仪态到肤色，煞有介事地推测她的婚姻生活乃至性频率。我的一个远在加勒比海多年从未关心过祖国兴衰的朋友突然打电话对我亲切询问，听说你们学校的马夫人——康香小姐貌若天仙、宛若皇妃？虽然相隔千山万水，但我朋友的声音依然热得发烫；还有一个肯尼亚的化学同行，黑胖子，先后给我发了十七次电子邮件，恳求我帮忙让我们的学院给他发邀请函，此兄十分坦诚，就是希望一睹马夫人的真容……闵良知先生也接到过类似于此的恳求，他像我一样断然拒绝，以表达对朋友马朵朵的坚定支持，并为他分担忧愤，共度时艰。而我们的朋友马朵朵先生早已经被潮水般汹涌而至的纷扰搞得焦头烂额，不堪重负。关于他的消息和传闻在坊间和网上此起彼洛。那些对马夫人想入非非的好色之徒通过马朵朵家的窗台或门缝往里张望，每天都有长枪短炮般的摄影工具对着教舍九号楼三单元。短短一个月，马朵朵先生就收到了无数封"马朵朵转康香小姐"的信。马先生在世俗中的知名度已经远远超过在神圣的化学界，但在世俗中，他是被作为康香的丈夫而存在，好像是，如果有一天他不再是康香的丈夫，他的知名度、关注度甚至存在的理由都将转瞬即逝。显然，在专业领域雄心勃勃的马朵朵无法消受如此庞杂、不邀而至和无孔不入的纷扰，他想躲藏起来，不回家，不上课，不参加学术研讨会，不出席任何会议，不接受任何宴请，不与父母女儿之外的任何人交往，不上网，不打开邮箱，不接受来路不明的信函，不接听陌生和可疑的电话，除了跟我和闵良知在秦淮河边散步外，不到其他可能引起不快的地方，不谈论与化学无关的话题……但马朵朵最终发现无处可藏，似乎是，陌生而庸俗的眼睛无处不在，时刻盯着他，让他不自在，哪怕他拉下实验室的窗帘将光线遮蔽，也无法阻止穿透力特强的风言风语。马先生变得狂躁了。

然而，更让马先生窝火和忍无可忍的是，鹿小茸像一只蟑螂随时随地伺机接近马夫人。无论马夫人的戏在哪里演出，他都会坐在离舞台最近的地方，并耐心地等到剧组全体成员出来谢幕，然后绕过演员和导演，把一束康乃馨送到编剧的手上。有时候，他守在马夫人所在的南京青年戏剧团的门口，一看到马夫人出现便张开无数条腿扑上去，给她递上一束廉价的玫瑰。有时候，在马朵朵家的楼下，在夜深人静连鸟都已经沉睡的晚上，或连鸟还来不及醒来的清晨，鹿小茸先生就张开喉咙歌唱

《致爱情》，将昨晚做实验到半夜才躺下的马朵朵惊醒。有一次，马先生正在跟马夫人做爱的时候，鹿小茸先生突然站在对面的楼台上对着马先生的卧室朗诵诗歌。马先生怒发冲冠，赤着身子走到阳台上对鹿小茸先生破口大骂，还对着鹿小茸先生抖动蔫萎了的生殖器。鹿小茸先生对马先生的举动根本不屑一顾，在谩骂声中把诗朗诵完，然后扬长而去，决不纠缠。有一次，鹿小茸在学校的小树林里举办诗歌朗诵会，来自五湖四海的对爱情有着强烈渴求的诗人云集在那里，诗人数量第一次超过了树木，地上撒满了诗歌的垃圾和酒瓶。围观者来去了一茬又一茬。每一个诗人都朗诵了一遍《致爱情》，有深情款款的，有歇斯底里的，有虎啸狼嚎的，但怎么看也像一群驴在狂欢或悲鸣。马夫人应邀出席坐在树林中间的石凳上，像一尊女神被诗歌和渴望爱情的驴群包围，她神态自若，保持着合适的矜持和孤傲。最后，他们表演了《午夜的地铁》里的片断，以此向马夫人献媚，马夫夫以微微一笑将所有的暗含着交配乞求的狂乱化为乌有。马朵朵深入驴穴，藏在槐树的背后目睹了那些疯子令人作呕的表演，他几次唤来保安，请保安驱逐这些流氓分子和性饥渴之徒。

"他们在大庭广众之下朗诵关于乳房、性交、肛门、精液的诗歌，比男盗女娼下流一百倍，扫黄打非的来不及管，你们为什么不管？"马朵朵质问保安科科长。

但令马朵朵想不到的是，保安科科长竟然是前诗人，当保安前在县报发表过诗歌，现在成了鹿小茸的崇拜者，理直气壮地拒绝执行马朵朵的命令。

"诗人都被逼躲到世界的角落里去了，你还要怎么样？"保安科科长大义凛然地反诘马朵朵，"你心里容得下整个世界，怎么就容不下诗歌呢？"

马朵朵第一次感受到了时代扭曲的力量。怪不得那么多声音在批判道德滑坡，连诗歌都这样了，还有不坍塌的吗？

马先生找到了行将退休的中文系主任霍友邻先生：

"兄弟，我本来对你们中文系没有成见，但自从你们养了一头驴以来，就严重影响了学校的声誉和本人的生活工作秩序。如果你们舍不得一头驴，那么请你们把它圈养起来，别让它出来践踏庄稼和半夜吓人。"

霍老先生是个明白人，知道马朵朵所指，可是他并不同意马朵朵把他手下的一个副教授比喻为一头驴："马教授，你指鹿为'驴'，可见你对鹿小茸先生的误解之大远远超出了对人与驴之间的差距，驴是不懂得爱情的，但鹿小茸先生需要爱情，他爱慕马夫人是他的自由，兄弟你是见过自由女神的，你一向叫喊自由和民主，但你为什么不能给鹿小茸先生自由和民主呢？"

"霍主任，您老昏头昏脑看不出鹿小茸是一头地地道道的驴，但你不能纵容他，否则你跟一头老秃驴又何异？"马朵朵先生毕竟是学化学的，不懂得修辞，致命的是他的直性子，冒犯霍老先生了。霍老先生年少成名，早被公认为学界泰斗，担任中文系主任已有二十年之久，地位无人能撼动，虽然早已经秃顶，但从没有人敢当面以"秃驴"讽之，马朵朵竟犯了忌讳。

好在霍老先生宠辱不惊，更无怒气，对马先生之言报以宽容之笑："兄弟我跟鹿小茸先生说过了。我对他说，人家说你的是一头驴，马夫人是一匹马，驴跟马不能在一起，因为驴跟马交配生下的是骡。骡就是怪胎，马夫人怎么会接受一个怪胎呢？但鹿小茸先生说不在乎，他说骡有骡的好处，骡不见得比马差到哪里去，彼此彼此。他就是一头犟驴，我拿他也没有办法。"

"你们是一丘之'驴'！"马朵朵听不出霍老先生的话是什么意思，不敢跟一个老谋深算的老头有过多的交锋，嘟囔了几句便拍马而去。其实，马朵朵对中文系的指责是多余的，而且有点冤枉了中文系。因为鹿小茸在中文系早已经成为害群之"驴"和众矢之的，没有人能容忍一个背经离道、放荡不羁的"下半身"派诗人。我们首先弄明白什么叫"下半身"诗歌。闵良知向银邦克先生讨教过。银邦克说："你读过用恶俗浅薄的、赤裸裸描写生殖器、性交、淫乱的分行文字吗？如果你读过，恭喜你，你已经不幸成为'下半身'诗派的读者了。"——时代堕落得太快，"下半身"诗派已经登堂入室，在高校里攻城略地占山为王了。文学本无罪，何必互攻讦？本来嘛，诗人和小说家是一丘之貉，但听说小说家银邦克与他形同水火，因为鹿小茸也对诺贝尔文学奖虎视眈眈，欲抢在银邦克的前面前往瑞典皇家文学院领奖。银邦克说，中国文学还没强大到在十年内两次问鼎诺贝尔奖的地步，因此，他把鹿小茸先生当成了最大的对手。诗人和小说家的争斗就像一头驴与一匹马的比赛，胜负已定但过程异常可笑。中文系没有人站在鹿小茸一边，因为鹿小茸先生跟银邦克先生处理可能即将到手的诺贝尔奖奖金的方式不同，他说不会拿出半分钱请他们吃一顿，而银先生愿意跟他们平分，就像平分那些轻易到手的课题经费一样，甚至他可以一分不拿，慷慨与吝惜日月可鉴。

闵良知提醒马朵朵，其实此事跟其他人没有关系，关键看马夫人的态度。如果一只鸡蛋严丝合缝光滑和坚硬得像一块鹅卵石，你会担心区区苍蝇吗？

马夫人和马朵朵先生在事业上各有追求，感情很好，相敬如宾，我和闵良知先生都没见过他们吵架，倒是他们夫妇经常为闵良知夫妇劝架。有一次，闵良知被他的夫人操着扫帚从教舍三号楼七楼一直追杀至大学生活动中心，闵良知先生抱头鼠窜，混在学生堆中试图脱逃，但失道寡助，时刻渴望婚外情的闵良知得不到学生的庇护，闵夫人在万军中直取上将之首，将闵良知打翻在地，要将他致命一击。在千钧一发之际，正好马朵朵和马夫人拍马赶到才帮他脱险。人高马大的闵良知怎么就不是老婆的对手呢？难道闵夫人正是传说中的柔道高手或跆拳道黑带？在对待夫人的问题上我也捉襟见肘，我夫人跟闵夫人一样有强烈的女权意识，争吵时绝对不轻易服输，乃至鱼死网破。我跟我夫人打架的时候，马夫人和马朵朵也挺身而出，将愤怒的公羊和撒泼的母羊分开。知识分子打架和猪狗打架毫无二致，一样丑态百出，但那是必须的，我和闵良知先生都是俗人。马朵朵本来也是一个俗人，性格率直还有些急，喜欢钻牛角尖，一急起来经常暴风骤雨，连我和闵良知都害怕。但马夫人真有吞吐日月的胸怀，从不和马朵朵顶撞，而是以柔克刚，能瞬间将一头发疯的公牛驯服，那是母性的力量。因此，马朵朵将她与维纳斯相提并论是有道理的。与我和闵良知对异性有非分之想不同的是，马朵朵从不接近其他女性，不会与她们有多余的往来。因此他们夫妻都全力以赴地爱着对方，像两块死死相吸的磁铁。鹿小茸先生不自量力地横插进来，犹如以头撞墙，除了增加笑柄外，能得到什么呢？我对闵良知先生说。闵良知先生赞同我的说法：蚍蜉撼树，螳臂当车。但问题在于，马夫人并没有急于拒绝鹿小茸先生。

马夫人不是一般的女性，在对待男人的问题上她比其他女人游刃有余得多，像一个外交官一样不会轻易跟别人脸红脖子粗，她永远是一副淑贤和落落大方的样子：男人们对她赞美，她只是微微一笑；对她损贬，她决不跟你计较；对那些空穴来风的传言和关于她或马朵朵的绯闻、是非，她总是不屑一顾。可以这样说吧，她是我们化学系乃至整个 N 大学的夫人楷模。从她对待鹿小茸先生的求爱态度上就可以看得出她的气度和风范。鹿小茸每一次给她送花的时候，她都会微笑着接过去并真诚地说声"谢谢，让你破费了"，但除此之外再无多言。每次听到鹿小茸先生给他朗诵《致爱情》的时候，她并无做出反感和厌恶的表情，而是从他身边款款而过，并向他点头致意。如果她正好和马朵朵先生在一起，她会对鹿小茸说："你下次能不能换一首新诗？审美疲劳啊。"鹿小茸先生回答说："一首诗可以改变世界，更多的诗会毁灭世界。"马朵朵代夫人回敬说："你说得有道理，因为如果化学家不出手相助，垃圾也是可以毁灭世界的。"马朵朵本想说些更尖刻的，但马夫人及时制止他，不让他失态、失言、失气度。

"你不能对诗人太残忍。"马夫人规劝马朵朵，"这个世界如果没有诗歌，我们将变得很可怜。"

马朵朵不能苟同夫人的说法，就像不同意少了驴动物园就不存在的说法一样，但他知道夫人之所以没有断然拒绝鹿小茸的自作多情，是因为出于对珍稀动物的怜悯。为了打消马朵朵的忧虑，马夫人用了一个浅显得连化学家也能听明白的比喻，诗人的爱情像母驴撒尿，来势汹汹，去势更汹汹，撒完便完，当膀胱的尿涨了，又会重新找一个地方撒去，驴决不在同一地方撒两次尿。马朵朵半信半疑，找到了生物系的教授请教。生物系的教授说，他们都在研究生物工程，不研究驴很久了，因为驴的习性太顽劣，简直无法改良——驴跟驴交配生出来的依然只是驴；但驴跟马杂交嘛，生出来的竟叫骡了，像橘逾淮为枳，无奈也。马朵朵不甘心，专门请南京市畜牧兽医局的两位权威专业人士吃饭，讨教，得到的结论是：如果有一个地方值得撒两次尿，无论走到哪里，驴都会回头找到那个地方。马朵朵无端沉重起来，忧心忡忡。他多次善意地提醒夫人，驴之所以蠢，是因为它可以无数次往同一个茶壶里撒尿。马夫人明白马朵朵的意思，但不愿意跟鹿小茸先生了断，哄他到别处撒尿去。她觉得她跟鹿小茸的关系像两个没利益瓜葛的邦交国那样很正常，纯洁得就像两盆清水，即使混在一起仍然只是一盆清水而不可能变成污泥浊水。马朵朵急了，却不敢跟马夫人争吵，因为他知道，即使争吵也不会改变马夫人的观点和处事方式。因此，他才动了杀戮之心。

"杀了他，一了百了，就像多年前那起校园分尸案一样。"马朵朵说。他所说的分尸案是指五年前一个年轻的女教授被奸杀后尸体被分成三百六十五块分别寄给了三百六十五个陌生人的事件，轰动一时，虽然惊动了公安部，动用了一切手段，但至今仍没无法破案。这个案件曾经成为我们制订"秦淮计划"的重要参考。

于是，我们一起密谋，才有了干掉鹿小茸的杰出方案。

从日常的言行举止看得出来，马朵朵随时都可能要动手了。

"杀一个人跟做一次实验是一样的，成功和失败都有价值。"马朵朵说。可是他很久都无法集中精力放在实验上了。

马朵朵心起杀念令我们忧心忡忡。但我们对这颗濒临爆炸的炸弹束手无策。炸药是诺贝尔先生发明的，马朵朵说过，每个人都有可能成为炸药桶，诺贝尔本人就是一个炸药桶，每年以发放奖金的方式爆炸一次。马朵朵要爆炸了。

"如果马朵朵逃亡了，"闵良知说，"我们这个实验仍将继续下去，那篇论文也将完成，只是马朵朵的名字没必要再出现在论文的作者里，你知道的，逃亡者不需要荣誉……"

我明白闵良知先生的意思，他是跟我协商，如果理所当然的第一作者突然消失了，那么这篇有可能引起轰动的论文新的第一作者应该是谁？我，还是他闵良知？

这是一个问题。我很在乎这个。因为也许就这篇论文使我功成名就流芳百世，甚至将我送上瑞典那个举世瞩目的领奖台。我犹豫着。闵良知先生看得出我的纠结，无奈地说，最好马朵朵不要逃亡，这样的话，我们就无须重新讨论署名先后的问题了。

我的愿望也正好如此。因为我和闵良知先生必须依靠马朵朵的声望和才华才有可能站在世界之巅。诺贝尔奖有个规定，同一个奖项，至多可以有三个获奖者，而且，三人同时获奖已经成为趋势。

事情终于往好的方向发展。

这一天晚上，马朵朵和夫人正要上床睡觉，有人敲门。马朵朵打开门一看，竟是鹿小茸先生，一股淡淡的旺鸡蛋的味道迎面扑来。

"正好，"马朵朵倒退回来，远距离对鹿小茸说，"我，我夫人正要跟你谈谈。"

鹿小茸先生头发乱七八糟的，身上的夹克皱巴巴的，浑身臭味。

"夫人，我是来告别的。"鹿小茸忧伤地对马夫人说，并不响应马朵朵要求谈谈的倡议。马夫人穿着性感的睡衣，曲线柔和，像母羚羊那样散发着馥郁的清香。

"你要去哪里？"马夫人关切地问，并示意鹿小茸坐下来。马朵朵觉得屋子里没有适合鹿小茸坐的地方，"你还是站着吧，说完赶快离开。我们得休息了。"

"你知道我经常游走四方。我的四方指的是世界各地。"鹿小茸悲壮得近似赴死的勇士士，"现在，我要到伊拉克去，美国入侵伊拉克，我要去帮助伊拉克人民。"

马朵朵差点儿没有笑出来，但马夫人笑了，笑得大方得体、恰到好处，赞赏、激励，充满柔情。

"这是我的护照和签证。"鹿小茸掏出一个本本，果然是他的护照和伊朗使馆发的签证，"我先到德克兰，然后想办法潜入伊拉克。伊拉克的诗人朋友会给我提供枪支弹药。"

马朵朵说："这是一个好办法，也许多了你一个帮手伊拉克就能战胜美国。"

鹿小茸激情地说："陀思妥耶夫斯基说过，美能拯救世界。爱情诗是最美的事物。诗歌是我最重要武器，我准备在巴格达中心广场举行一场和平与爱情诗歌朗诵会，到时将会有一千个诗人和一万名伊拉克民众同时朗诵我的《致爱情》，声震云霄，情动波斯湾，唤醒沉睡的木乃伊，所有的士兵，无论是美国的，还是伊拉克的，都会暂时放下武器聆听，他们会被爱感动，化干戈为玉帛，战火纷飞的战场将变成歌舞升平的友爱之海……"

马夫人始终微笑着，没露出任何轻蔑和讥笑的神色，像一尊女神，让鹿小茸先生心潮澎湃。

"缪斯引领我们前进！胜利属于我们！"鹿小茸先生振臂说。

马夫人起身送客，抚了一下鹿小茸的肩头叮嘱说："要小心点，但愿你的伊拉克朋友能给你提供防弹衣。"

"我不需要防弹衣，那是懦夫的衣裳。"鹿小茸先生说。

马夫人说："防弹衣，穿总比不穿好。"

鹿小茸先生突然生气了："我不需要！你见过诗人穿防弹衣吗？让诗人穿防弹衣跟强迫他舔驴屁股一样是种侮辱！"

马夫人笑了："既然这样，不穿也是可以的。"

"我不但不穿防弹衣，我还将祈求子弹穿过我的胸膛，让我在最爱……的时候死去。"鹿小茸慷慨激昂地说完，然后头也不回地走了。

马朵朵暗暗地窃笑，但被马夫人看出来了。

"你不应该鄙视一个有正义感的人。"马夫人说。

"我不但没有鄙视他，还恨不得送他一支枪。"马朵朵终没能够控制住自己，狂笑不止。

几天后，鹿小茸先生从伊斯兰堡打电话向马夫人报喜："我终于到达中转站，正跟伊朗伟大的导演和诗人阿巴斯·基亚罗斯塔米先生在一起，我终于当面称赞他的杰作《樱桃的滋味》和《橄榄树下的情人》，那是两部可以与我的诗歌相提并论的电影。"

马夫人惊喜地说："是吗？真好！"

"你还记得那个到处找人将他埋葬的男人吗？你还记得哈山跑过一大片橄榄树林追正要回家的塔荷莉吗？"鹿小茸兴奋地喊叫着，像一头驮着红衣女人从高原上走过的驴。

马夫人被鹿小茸调拨得也跟着兴奋起来："是吗？真好！1997 年，不，1998 年，我和阿巴斯先生在戛纳电影节上见过……"

"他用波斯语大声朗读了我的《致爱情》，你听……"电话里传来一个浑厚的声音，听起来是波斯语，虽然马朵朵听不懂，但从节奏就可以听得出来，是朗读诗歌。此时的诗歌跟化学一样是不分国界的。

"中伊两颗最巨大的心脏终于碰撞在一起！"那头驴意味深长又铿锵有力地说，"……明天，也许是后天，我将乔装打扮成穆斯林战士择机潜入伊拉克，与伊拉克人民一起并肩作战，伟大的真主和伟大的阿巴斯都将与我在一起！"

马夫人挂了电话，对马朵朵耸了耸肩说："我也喜欢阿巴斯。"

马朵朵迫不及待地打开电视，选定中央电视台国际频道，听张召忠先生解说如火如荼的海湾战争。那些装备精良训练有素的美国大兵正跟在坦克的屁股后面涌入巴格达。那些坦克，看起来像一头头任人摆布的驴，但比驴跑得快。街头除了断壁残垣还有尸体横躺，奔跑的逃亡者找不着方向……巴格达在急剧沦陷，那些钢铁制造的驴快要到达市中心。电视镜头再次转到总统府的记者招待会现场。萨达姆政府的新闻发言人萨哈夫先生镇静自若地对记者说，萨达姆总统还与我们在一起，局势还在掌握之中。马朵朵也确信，萨达姆能支撑到鹿小茸先生的到来，一个中国"下半身"派诗人能拯救这个即将再次沦陷的文明古国。

此后的几天，马朵朵一边密切关注伊拉克的局势，一边焦急地等待鹿小茸先生的消息。可是，伊拉克局势不断恶化，号称铁壁铜墙的共和国卫队与美国军队一触即溃，作鸟兽散，很快总统府换了主人。尽管萨哈夫先生依然镇静自若地对记者说局势还在掌握之中，但连马朵朵都相信了伊拉克政权灭亡的现实，因为美军在巴格达找不到萨达姆。与萨达姆同时失踪的还有鹿小茸先生。鹿小茸先生从不用手机，也不用博客，平时就难以捉摸不到他的行踪。马夫人担心鹿小茸的处境，在家里坐卧不安，手机一响就以为是鹿小茸打来的，但鹿小茸杳无音信。

马朵朵迈着轻松的步伐和我们漫步在秦淮河畔，欢声笑语。我们不再谈论杀人或逃亡方案。现在想起来，那些方案多么可笑，还多么多此一举，它浪费了我们谈论学术的精力，甚至拖延了我们获得诺贝尔奖的时间。在这里我可以负责任地说，中国虽然还没有学者获得过诺贝尔奖，但请你们相信，我们一直在努力——连中文系的人都说胜利在望了，诺贝尔奖离我们还会远吗？

闵良知说，鹿小茸肯定会死在伊拉克，校方很快会接到中国驻伊大使馆的关于鹿小茸被流弹击中身亡的通知。

马朵朵也是这样想的。"只是时间问题，"马朵朵像政治家那样有信心，像哲学家那样有深意，"时间会帮我们解决烦恼，包括生老病死。"

秦淮河恢复了她的妩媚和曼妙。这是生机勃勃的夜晚，河畔灯光闪烁，南京城金碧辉煌，根本看不出这里曾经发生过多次大屠杀；透彻的天空显得苍远而宁静，即使在伊拉克，如果鹿小茸先生还活着也应该能看到洁白如雪的月光。

美军开始清理战场，清除那些顽抗分子和潜在的威胁。鹿小茸生死未卜。马朵朵三番五次到校办打听有没有中国驻伊拉克使馆的电文。校办的人告诉他，暂时还没有。"你们知道鹿小茸在伊拉克吗？"马朵朵问。校办的人回答说，不知道。马朵朵对此回答很不满："你们不是声称要保护濒危动物吗？为什么就不关心它的安全？"马朵朵的责难是没有道理的，因为校办确实已经动用一切手段，但仍无法查知鹿小茸先生的下落。

"难道确认一个人的死亡有那么难吗？"一向善良温和的马朵朵厉声质问校办的人。但校办的人觉得他是猫哭耗子假慈悲，对他冷眼相看："死讯不需要确认，它会不请自来。"

这就是大学里的作风，即使你是一个诺贝尔奖获得者，在这些人面前也得低头。

"你们不能找伊朗的阿巴斯吗？"马朵朵语气尽量温和地提醒校办的人。

"阿巴斯也下落不明。"校办的人说，"连中国驻伊朗大使馆也找不到他。"

"看来那头蠢驴在劫难逃了。"马朵朵自言自语道，"我们就当他已经死了吧。"

然而，就在美军在提克里特抓获萨达姆的第三天，鹿小茸突然出现在马朵朵的家里。

那天晚上，马夫人听到了微弱的敲门声，打开门一看，她惊叫起来："鹿小茸！"

马朵朵正在洗澡。连衣服也米不及穿上便跑出来，看见一个头发紊乱满身炮灰散发着尸臭的人站在门口，马朵朵好不容易才认出这个消瘦得如同木乃伊的人便是鹿小茸。看得出来，是一个从战场归来的人。

马夫人情不自禁地上前给了鹿小茸一个拥抱。鹿小茸木讷地站着一动不动，像惊魂未定，又像是傻了。

"我战败了。这是我的滑铁卢。"鹿小茸说，"我刚到达巴格达战争便结束了。我未能阻止巴格达的沦陷，我的诗歌还没朗读便被美国人驱逐出境。但我把《致爱情》贴到了美军的坦克上，让它们减少了杀戮，它们果然停止了炮击。爱情和诗歌能使炮弹安分地待在炮筒里。但仅此而已，我还是一个战败者，我不配接受你的拥抱。"

说完，鹿小茸先生要转身离开。马夫人拉住他，"你坐一会儿……活着回来就好"。马夫人眼里早已经饱含泪水，像两朵雨后的海棠。马朵朵失望至极。

"我无颜见你。"鹿小茸对马夫人说，"我是一个多么无用的人，跟中文系那些沽名钓誉的驴没有区别。"

马夫人要安慰他，但鹿小茸执意不留，毅然走了，留下一屋子臭味。

马朵朵一下子蔫在沙发上。美国的炮弹宽恕了一个疯子。那一刻，他鄙视美国。

从第二天开始，马朵朵故态复萌，实验室里经常无端响起摔试管和金属材料的声音。秦淮河边又响起了激愤的叫骂和弥漫着杀气腾腾的气氛。

似乎是，马朵朵要重新启动他的"秦淮计划"了。

然而，奇怪的是，自从鹿小茸从伊拉克回来之后就再也没有纠缠过马夫人。鹿小茸的沉寂比他对马夫人的纠缠不休更令马朵朵揪心。因为他看不见对手，看不见的东西才具有可怕的力量，使得马朵朵常常心神不宁。终于有一天，马朵朵先生光顾了古老得像欧洲城堡一样的中文系大楼，感到有些荒芜和沧桑。鹿小茸先生的办公室在五楼东边尽头，对面是厕所，门口堆满了来不及清理的垃圾，快餐盒、鼻涕纸、鸡蛋壳、旧《诗刊》、撕毁的诗集、扔掉的信封和女人的裤袜，弥漫着旺鸡蛋的腥臭。门牌上挂着"世界先锋诗歌研究所"。马朵朵捂着鼻子敲门，很长时间没人开，正要离开时鹿小茸光着身子站在门口。

　　"欢迎光临'世界下半身派诗歌研究所'。"鹿小茸说，"系办的蠢材把我的牌子写错了，先锋不等于下半身——你知道下半身吧。"

　　屋子里脏乱得如同垃圾场，臭不可闻。鹿小茸收拾好折叠床，从一箩筐乱七八糟的衣服中好不容易才找到一件干净的穿上。墙壁上贴满了诗歌和曾经获得过诺贝尔文学奖的外国诗人的照片。

　　"我想和你谈谈。"马朵朵说，语气冷若冰霜。

　　"我也想和你谈谈马夫人。"鹿小茸说，"坦白地说吧，我很喜欢她。"

　　"但她不喜欢你。我已经警告过你，不要干扰我的婚姻家庭生活。"马朵朵说，"你知道我不是特别能忍耐的人。"

"所以我得忍耐。我们总有一方需要妥协。"鹿小茸说，"怪只怪世界上只有一个康香。"

"如果你不知难而退，也许会发生流血事件。"马朵朵说，"你完全明白我的意思，也听出来我是认真的。"

鹿小茸冷笑着说："我从来都不怕流血。在伊拉克我用我的身体堵截过美军坦克。"鹿小茸露出他胸膛上的一个伤疤，圆圆的，跟坦克的炮眼大小相当，"只有美军一开炮，我就灰飞烟灭了。"

在气势上，外表并不强悍的马朵朵落了下风，面对一个疯子显得束手无策。

"你听说过'秦淮计划'吗？"马朵朵的话冷得像冰碴。

"没听说过。"鹿小茸说，"跟诗歌有关吗？"

马朵朵说："跟诗歌无关，但跟你有关。"

鹿小茸莫明其妙："要喝茶吗？"马朵朵摇头。"咖啡？"还是摇头。

"给你朗诵一首诗吧。"鹿小茸先生从废纸堆里翻出一张皱巴巴的纸。

"我不需要诗歌。"马朵朵冷冰冰地回答。

鹿小茸先生颇感失望，突然悲愤和绝望地说："连一个化学家都不需要诗歌了，我活着还有什么意义！"

马朵朵说："只有中文系还在养驴。"

"马先生对诗人充满了傲慢和偏见。既然你把诗人比作驴，那么，你见过驴打滚吗？"鹿小茸说。

马朵朵真没见过驴打滚，甚至从没见过真正的驴，只从书本上知道"黔驴技穷""卸磨杀驴"。驴打滚仿佛是一种食品的名称。

鹿小茸突然躺在地上，在狭窄的地面上来往打滚，身上沾满了污秽之物。鹿小茸滚到了马朵朵脚下，马朵朵无处可避，只好退了出去。

"这就叫驴打滚。"鹿小茸满口尘埃和垃圾，要让马朵朵见识驴打滚，但马朵朵走远了。

马朵朵的焦虑与日俱增。他终于忍不住问马夫人："你不会爱上鹿小茸吧？"

马夫人正坐在沙发上看阿巴斯的诗集《随风而行》，没有抬眼看马朵朵。

"我会吗？"马夫人把问题交回给马朵朵。

"不会。"马朵朵说。

马夫人不再作声。她的新剧本《赶往巴格达》已经完成初稿，明年准备在美国曼哈顿首演。

"你听说过'秦淮计划'吗？"马朵朵板着脸问。

"没听说过，是不是与南京大屠杀有关的计划？"马夫人仍然没有抬眼看马朵朵。

"不是，"马朵朵说，"但差不多。"

马朵朵打听鹿小茸近期都在忙什么。有人告诉他，鹿小茸一直在埋头写诗，写炮火纷飞的巴格达，还忙于向联合国和海牙国际法庭递交要求公正对待萨达姆的请愿书。但他的努力还是没有好结果，萨达姆被送上了绞架。马朵朵目睹了这一令人战栗的镜头，当萨达姆脚下的木板突然断开，马朵朵禁不住心脏一缩，发出"呀"的一声惊叫。这比枪毙更惨不忍睹，马夫人自始至终不敢看，那会让人做噩梦的。

"那一刻，我真希望没有发生，真希望鹿小茸当初能阻止这一切。"马朵朵说，那一刻，马朵朵先生有着兔死狐悲的伤感，第一次期待诗歌能拯救世界。但马夫人对萨达姆的下场嗤之以鼻，她压根就不关心伊拉克和萨达姆的命运，却对美军坦克充满了兴趣，在电视画面上仔细辨认坦克的型号和外壳上的涂装以及一些细微的装饰。

"你是在寻找鹿小茸的《致爱情》吧。"马朵朵冷冷地说，"他压根就没有贴到美军的坦克上去。"

"或许他是用墨水写上去的。"马夫人说，"有什么不可能的呢？十年前谁会料到萨达姆会死？"

"那首诗对你就那么重要？"马朵朵忍不住了，跟马夫人摊牌。

"诗歌对这个世界很重要。"马夫人不置可否地说，"你想想，如果在炮火纷飞的战场上，在冰冷的坦克上看到一首诗，一首关于爱的诗，多么激动人心！它不能阻止战争，但能减少杀戮。"

"幼稚！荒唐！不自量力！"马朵朵感到妻子不可理喻，此时他才觉得学校把一个诗人养起来的原因是他们跟马夫人一样也是热爱幻想和心灵幼稚的人。马朵朵感到了孤独，那是智者的孤独。

"康香已经出轨了。"马朵朵说。

闵良知反对他的猜测："无凭无据的怎么能冤枉马夫人呢？"

"她的心已经贴到了鹿小茸的胸膛。肉体是否出轨倒不是最重要。"马朵朵说，"一首诗阻止不了战争，却毁了我的爱情。"

闵良知劝慰说："事情并没有坏到那种地步，局势还在掌握中。"

我赞同闵良知的判断。

"不，我要下手了。"马朵朵严肃地说，"我的判断比你们准确，因为她是我的老婆。"

我们知道马朵朵先生对马夫人的爱像大海一样宽阔、汹涌和深沉，没有任何东西能取代马夫人在他心目中的位置，即使诺贝尔奖也不能。说通俗一点，如果失去马夫人，马朵朵宁愿死一百次。这才是问题严重性的所在。对能否说服马朵朵放弃"秦淮计划"，我和闵良知毫无把握。他的固执既成就了他在化学界的地位，也使他的个性和生活变得充满不确定性。因此，我和闵良知先生除了尽力劝阻马朵朵不要冲动和鲁莽之外，还得告诉鹿小茸先生：现在你危机四伏，生命随时会可能被结束。

我和闵良知约鹿小茸先生在新时代咖啡馆坐了一个下午。

鹿小茸先生没有跟我们谈诗歌，也没有炫耀他的伊拉克之行。他在沉思，一直没动面前的那杯咖啡。我们谈什么呢？我跟闵良知先生对"下半身"派诗歌一窍不通，对现代诗的鉴赏水平还停留在"有的人已经死了／有的人还活着"的层次上。驴唇不对马嘴，我们不敢对诗歌多言。那就直奔主题吧。闵良知先生说："鹿小茸先生，我们的朋友马朵朵先生制订了一个秘密计划，名曰'秦淮计划'，他跟你提过，是针对你的，充满了危险性，虽然你能在伊拉克侥幸脱逃，但未必能躲得过'秦淮计划'，虽然我不能吓唬你说，你已经死到临头，但危险正无限逼近。"我附和说："我的朋友马朵朵先生是为了爱情不计后果的人，一根筋，死倔，杀人的事情也能做得出来，关键是，他已经动了杀念。"

鹿小茸先生没有回应我们，反而问起了另一个不是我们专业领域的问题。

"驴有罪过吗？"

我和闵良知面面相觑。

"我问的不是宗教问题。"

闵良知张嘴要回答，但话到嘴边又强咽回去。

"那让我回答吧。"我说，"驴没有罪过，折磨驴的人有罪过。"

鹿小茸再也没有吭声。因此我们不知道他对我的回答是否满意，也无从得知他是否意识到死期将至。

闵良知认为，这次咖啡约会没有瞎忙，至少已经将危险的信息送到了鹿小茸的内心深处。

"我察觉到了鹿小茸的手在颤抖。"闵良知在回路上对我说，"当初在绞架前萨达姆的手也是这样颤抖的。"

有一天，闵良知在北京参加学术研讨会，突然接到一个电话，说南京 N 大学刚刚发生一起凶杀案，一个教授用手术刀将另一个教授的喉咙割断，光天化日之下提着一颗脑袋往秦淮河方向逃奔，那血一路滴在中山路上，像一条散落的红丝带。闵良知当即中止了正在进行的精彩发言，心急如焚地给我打电话。我正在给学生上课，介绍本年度诺贝尔化学奖获得者的学术成就。

"出大事了，你知道吗？"闵良知惊慌得语无伦次，"未征求我们的意见，他就鲁莽实施'秦淮计划'了！"

我撒腿就往教室外跑。外面的气氛看上去很紧张，午后的阳光重重地压在地上，行人的脸色凝重，步伐像逃命一样快。我拉住刚好经过的中文系教授银邦克先生。他走路很匆忙，很快，我差点一把将他的左臂拉脱臼了。

"出大事了？"我问。

银邦克先生揉着疼痛的臂膊，不满地说："什么大事？除了诺贝尔奖，这个世界还有什么大事？"

看来小说家银邦克先生对刚刚发生的凶杀案并不知情。他埋头走路，步伐急切，仿佛正在赶往瑞典的路上。

我想给马朵朵打电话，但怕泄露了他的行踪。此刻，他的手机肯定被警方监控着。而且，我的电话他不得不接，一接电话就影响了他逃跑的速度，我的惊恐或许还会影响他实施"秦淮计划"的周密性和镇静性。

校园里听不到警笛的尖叫，除了篮球场上传来的吆喝，没有更多的声音。我给校办打了个电话："学校里是不是刚刚发生了大事？"

"是呀。"一个女人的声音，可能是郭美艳，也可能是张晓娴，听上去激动人心，"我们的校长刚刚当选为省××（此处听不清）的副主席！"

我给马夫人打电话。马夫人正在苏州修改剧本。

"出了什么大事呀？"马夫人平静地问，"你能让我把剧本修改完再说吗？今天晚上就可以修改完了。"

我说："那到了晚上再给你电话吧。"

"你代我向你夫人问好呀，我都半个月没见着她了，她的黑眼圈消失了吗？"无论什么时候马夫人说话都八面玲珑又善解人意，"过几天我携几只阳澄湖大闸蟹给她补补身子，到了我们这种年纪的女人，都得补补。"

我往中山路跑。中山路上没发现血迹，可能是被太阳蒸发了。一只头颅能有多少血啊，洒到几公里长的路，太阳一晒就没有了。我跨过隔离带正要往北走，一辆红色法拉利差点将我撞飞。一个小脑袋探出来，对我破口大骂。我仔细一看："你不是萧小山吗？"那脑袋愣了愣："方老师呀，失敬失敬。"萧小山把车靠到一边，让我上车。

萧小山是马朵朵的学生，南京市一个房地产集团公司董事长的儿子，在校时就没正经读过书，整天要找我下围棋，学习成绩奇差，被马朵朵训斥过无数次。

"我去秦淮河。"我对萧小山说。

"你想去美国也成，我送你去。"萧小山说。话没说完，车已经飞翔起来。

"你知道马老师出事了吗？"我说。

"出什么事？"萧小山说。

"他杀人了。"我说。

"他终于杀人了？"萧小山笑嘻嘻地说。

"我说的是真的。"

"我没有说不相信呀。"

"那你为什么笑？"

"好玩呗。"

……

秦淮河边上没有马朵朵，也没有警车，寂静得如同梦境。

"我们来一盘围棋如何？三年了，现在你未必能赢我——如果我输了，这辆车归你。"萧小山坐在河畔的长椅上，向我挑战。

也许我也需要一辆法拉利。我跟萧小山下棋。从午后一直下到黄昏，杀得难分难解，直到马朵朵的电话打进来的前一分钟，我终于将萧小山的一条大龙围住，他几乎没有逃生的可能。我在想象着我开着法拉利回家时老婆目瞪口呆的样子，如果她对红色不感兴趣，我可以改为银色。然而，此时马朵朵的电话打进来了。

"你在哪里呀？"马朵朵急切地问。

"这个问题本来是我先要问的。"

"我们到秦淮河散步去。"马朵朵说，语气像平时那样不容商量。

"我已经在秦淮河。"我问他，"没发生什么事情吧？"

马朵朵兴奋地说，事情发生了……在下午的实验中我有重大的发现，肯定是属于世界上的第一次发现。

电话持续了五分钟，这五分钟里，一辆几乎已经到手了的法拉利得而复失。萧小山成功脱逃，反败为胜。作为失败者，我得向萧小山交出三年前"王者"牌。这是我身上最尊严的东西，它证明我是 N 大学的围棋之王。我沮丧地给闵良知先生打电话："事情已经发生，一切无可挽回！"

事实上，什么事情也没有发生，我却白白丢失了百万宝贝。

又事实上，今天确实发生了一起如闵良知描述的凶杀案，但地点是 D 大学，凶手是医学院的教授，死者是他的情敌。凶手没有逃往秦淮河，而是逃往长江，提着别人的头颅跳到了江里，当时没有警察追他，甚至没有人注意到他，目击者说，因为他手里的头颅太小，头发遮蔽了脸，以为他提的是一只面具或木偶。既然他跳到了江里，水面没起波澜，那就当什么事情也没发生过。

马朵朵没有激动多久就被自己否定了，那次实验发现的东西根本就不是重大发现，只是一个假象，一文不值，都白忙了一场。

此后的日子反倒风平浪静。原因是，鹿小茸还在埋头写诗，因为银邦克又出版了一部长篇小说，他的前两部刚刚在英国出版，获得了很大的成功，被提名"布克奖"。更令鹿小茸睡不着觉的是，瑞典皇家文学院马悦然先生正着手将它们翻译成瑞典文。鹿小茸先生称他的下一部诗集首发式将在瑞典皇家文学院举行。这部诗集的书名已经定为《致爱情》，爱情是不分国界的，甚至不分阴阳界。诺贝尔文学奖需要爱情。届时拟邀请参加首发式的国际知名人士包括所有还在世的获得过诺奖的诗人、各国著名持不同政见的作家，或许还包括美国总统。总之，一定要在声势上压倒银邦克。马朵朵似乎也在跟鹿小茸较劲，钻图书馆、泡实验室的时间明显比我和闵良知加起来还多，我们共同研究的课题由他承担了大部分工作。我和闵良知有点过意不去，而且我们已经跟不上他的思路和步伐了，那我们就多为他的生活分担一些责任吧。因此，我和闵良知努力寻找马夫人不会爱上鹿小茸的证据。比如说，我们通过一些小恩小惠买通了马夫人单位收发室的老沈，让他留意马夫人都收到过什么信件，有没有字体像鸟爪的寄信人。闵良知每天都装作办事的样子悄悄混进中文系大楼，看收发室分发信件，凡是鹿小茸的信都要辨认一下字迹，看是不是马夫人的手笔。结果还比较乐观，他们没有书信往来。闵良知甚至跟踪起马夫人来，剧场、茶馆、咖啡馆、西餐厅、半坡村、夫子庙、莫愁湖、燕子矶、奥体中心、先锋书店、紫金山等，凡马夫人独自出入的地方闵良知先生都悄然尾随而至。她会过各式各样的人，包括男人，但没有鹿小茸。

马朵朵如释重负，一副沉重的枷锁终于解除了。

"今后，谁也不要跟我提'秦淮计划'了，尢聊，幼稚，极端主义。"马朵朵说。

马朵朵确实过上了一段风平浪静、心安理得的日子。

这段日子也许很长，也许很短，这样的日子我们都没有太在意。搞化学研究的都知道，实验室一日世上已千年。时间风干一切，掩埋一切，淡忘一切。

然而，有一天早上，马朵朵还在梦中，那个旺鸡蛋嗜食者便敲开了他的家门。马夫人睁开惺忪迷离的双眼迎接鹿小茸先生。

鹿小茸先生长发披肩，背着行囊，穿着军靴，一副出远门的装束。

"巨著已经完成，伟人还须锻造。现在，我听从内心的召唤，要向阿富汗出发了。"鹿小茸先生说，"朋友，再见，这是最后的告别！我已经拟好我的《墓志铭》……巨著和伟人将在正义的战火中获得不朽！"

马朵朵从温暖的被窝里跳起来时，鹿小茸先生已经离开。马夫人怔怔地看着门口。马朵朵说："我明明听到了驴的声音……"实际上，他是闻到了旺鸡蛋的气味。

马夫人裹紧身上的睡衣对马朵朵说："其实你可以多睡一会儿。"

马夫人单薄的睡衣无法遮掩丰满柔媚的乳房，因为没戴文胸，那两只粉色奶头得到了久违的自由似的，像火焰在跳动。

一向沉迷于实验室的马朵朵开始关心国际时事，对基地组织和伊斯兰教产生了兴趣。办公室，在他座椅对面墙上居住了数年的居里夫人终于被一幅阿富汗地图取代。他跟我们谈论的话题转移到了阿富汗混乱的局势、崇山峻岭、错综复杂的部落和宗教，半月之内他竟成了阿富汗问题专家，他在地图上标出了一百三十六个本·拉登可能的藏身之处。其实，我们都知道，马朵朵心里是估算着"巨著和伟人"什么时候"在正义的战火中获得不朽"。

但"巨著和伟人"的锻造比想象中漫长得多。鹿小茸先生自从与马夫人告别后便音讯全无，既没有他还活着的消息，也没有他已经"不朽"的噩耗，反常的是，他也没有兴奋地打电话给马夫人报告他在阿富汗的情况，大概是因为他还没有找到阿富汗诗人的缘故吧。他还会不会把诗歌贴在美军坦克的屁股后面？马朵朵觉得会。他还会联络阿富汗的诗人举办诗歌朗诵会，如果他还活着的话。马朵朵想象一头驴在崎岖苍凉的阿富汗深山中跋涉穿行的图景："看鹿小茸走路的姿势简直就像一头直立行走的驴。"马朵朵笑道。闵良知善意提醒，不要人身攻击，不要污辱动物，驴虽滑稽却能忍辱负重，没有驴人类也没法走到今天。马朵朵不以为然，轻薄地说："黔之驴而已。"但马朵朵异常关心鹿小茸的安危，因为马夫人也很关心。

"他已经葬身阿富汗。"马夫人强忍住悲痛说，"昨晚我梦见他死在一条干涸的河床里，一颗子弹穿过了他的左胸膛，他仰面倒下，洁白的诗稿散落在河床上，流沙正轻轻将他掩埋。"

马朵朵假惺惺地劝慰马夫人："那只是梦，阿富汗不相信梦。"

"你得帮我证实梦的虚实。"马夫人说，"鹿小茸是我们的朋友，如果他死了，我们得为他举行追悼会，他值得悼念。"

马朵朵试图联系到阿富汗的诗人，但隔行如隔山，我们都不知道哪个阿富汗人会写诗，况且，我们与阿富汗人素昧平生。闵良知咨询了中文系诸君，他们也不认识阿富汗的诗人，但银邦克告诉闵良知，有一部著名的小说《追风筝的人》，后来被改编成电影，风靡一时，小说作者就是一个阿富汗作家，叫卡勒德·胡赛尼，他也许有自己祖国的诗人朋友。只可惜，卡勒德·胡赛尼已经成为美国人，生活在曼哈顿，舒适而自由。马朵朵想通过美国的朋友找到卡勒德·胡赛尼先生，让他通过阿富汗的朋友查找一下鹿小茸的下落。但美国朋友问马朵朵先生："你站在哪一边？"马朵朵斩钉截铁地说："我站在你的祖国一边。"美国朋友颇为失望地说："很遗憾，我们政见不同，我没法帮助你。"

　　马朵朵很无奈，又请在联合国难民署工作的朋友帮忙，但依然没有人伸出援手，他甚至动身前往上海会见《泰晤士报》的一名记者，请她帮忙，她答应了："即使鹿小茸先生被流沙埋葬了，我也能帮你找到。"

　　那一天，马朵朵从上海兴致勃勃地赶回到家里，发现夫人不在，她书房里的电脑还开着，桌面上有一张字条：

　　"朵朵：当你看到这张字条时，我已经在去巴基斯坦的飞机上。祝我一路平安吧。"

　　马夫人娟秀的字迹像子弹一样穿透了马朵朵的心脏。电脑显示屏上是马夫人已经登录的电子邮箱，上面是她与鹿小茸先生三百二十八封的通信。当然，日期是两三个多月前，那时候鹿小茸先生还没有去阿富汗。显然，这些秘密邮件是马夫人故意让马朵朵看的。她觉得是该让马朵朵知道的时候了。

马朵朵随便看了其中的几封邮件，便被马夫人对鹿小茸炽热的爱压迫得无法喘息。他们早已经是一对爱得死去活来的恋人。但他们爱得很痛苦，因为马夫人只是爱，还没有和鹿小茸发生过性关系，没有性的爱是痛苦的，他们的痛苦那样撕心裂肺。马夫人坚守住了底线，这让绝望中的马朵朵稍感欣慰。

我和闵良知看到了失魂落魄的马朵朵是在马夫人远赴巴基斯坦后的第三天。他把自己关在实验室里三天三夜。当他打开门的时候，我们看到他整个人都像变了形，惊魂未定，目光呆滞，孤立无助，如果他说他刚刚杀了人我们绝对相信。

"我应该怎么办？"马朵朵问。

"我们一起想办法吧。"我和闵良知一时也无法想到好的办法。

"我想去巴基斯坦。"马朵朵说。

我和闵良知断然否决了他的想法。

"一个女人去追求她的爱情，被遗弃的男人在她身后穷追不舍既于事无补，又尊严尽失，何必呢？"闵良知说，"你唯一要做的事情，就是等她迷途知返。"

马朵朵觉得闵良知所言有理，但又于心不甘："我们不是还有'秦淮计划'吗？"

闵良知笑了："秦淮河离开南京就不叫秦淮河了。就像鹿小茸离开中国就不叫鹿小茸而叫国际主义战士。"

马朵朵瘫软在楼梯的台阶上，像一堆烂泥无法扶起来。

在马夫人突然不辞而别的不太短的时间里，马朵朵先生做了四件不同寻常的事情。

第一，给新当选的美国总统奥巴马写了一封信。据说信写得很长，从化学研究为人类进步做出的巨大贡献说到核武器与世界和平，然后是阿富汗局势与中国的关系，能源与环境，战争与人性、文明的冲突与融合，等等；他直截了当地质疑美军的作战策略和作战能力，甚至动用了奥巴马先生并不懂的诸如"窝囊""笨卵""傻帽"等词语，以及南京方言"蠢得 EB"，"如果不能歼灭他们，你们至少不要让他们把诗歌贴在坦克的屁股后面"。他还将标出了一百三十六个本·拉登可能的藏身之处的地图作为附件一起寄到了白宫。马朵朵说："这是一封可以载入世界史册的信，多少年后你们的子孙可以在美国国家博物馆的醒目位置看到它。"

第二，竞选校长。我们的校长还没有死，甚至任期尚没结束。校长还高高在上，马朵朵先生便厉兵秣马，明目张胆地窥视校长宝座。他已经将竞选声明和竞选纲领发表在他的博客上，引起了校内外的轰动。我们的系主任曾找他谈话，劝他收回声明，说是一时冲动闹着玩的等等，以挽回影响。但遭到了马朵朵的拒绝，他还建议校长竞选要采取全校师生投票产生的直选方式。系主任非常恼火，但不好对马朵朵有冒犯之言，转而批评我和闵良知，责怪我们知情不报，以致闹出了荒唐事，让兄弟大学和其他系笑话。对于此事，我和闵良知虽然有"燕雀焉知鸿鹄之志"的疏忽，但马朵朵说他是突发奇想还来不及跟我们商榷，因此我们完全不知情，怎么能责怪我们呢？系主任很快对我们的过失做出了制裁，我们的研究项目经费被紧急削减了三分之一。马朵朵一气之下，揭发系主任跟一名女研究生私通引起了轩然大波，系主任灰头土脸地到处辟谣，他的老婆大闹化学系，和那名女研究生扭打成一团。真是乱七八糟。

第三，宣布"解雇"我和闵良知先生。理由是我们名义上是他的助手，实际上对他的工作毫无帮助，对他甚至是一个累赘。他要将累赘割除才能轻装前进。这件事情我和闵良知始料不及，因为在任何人看来，我们都是牢不可破的"铁三角"，是黄金组合，即使不是三驾马车，也是马车上的三只轮子，而且成功近在咫尺，他一脚把我们踹掉，既不合理也不近人道。我想不通，不知道在哪里得罪了马朵朵先生。但闵良知劝我忍气吞声，忍辱负重，因为我们和马朵朵先生确实并无不可调和的矛盾，或许这只是他的一时意气，很快会改变决定，重新召集我们归队，天才必然有其独特的个性，我们断不可与其斗争，常人与天才的斗争往往是常人获胜，但会导致天才的凋谢。我们都是爱护天才的人。

第四，成立秘密的"冲刺诺贝尔奖三人组"。从名称上就知道这个小组使命崇高，而且应该列入"机密"范畴，但我们还是知道了名单上没有我和闵良知，而是马朵朵、银邦克和物理系的萧萧鸣。他们制订了集体冲刺诺贝尔奖的"长江计划"，有纲领，有计划，有经费，近期正在争取从学校的蓝图上升为国家战略，据说如果升格成功，每年可以得到巨额的经费支持。还听说，踌躇满志的银邦克先生正在草拟即将在瑞典皇家文学院颁奖会上的演讲词，这也有一定的道理，因为银邦克先生的英文水平确实不高，面对那么庄严的大场面，他总不能说曲高和寡的中文吧。但也有人反对他在那种神圣的场合说英文，而应该把中文独一无二的优美、高贵和准确展现在全世界面前。大江健三郎的一篇《我在暧昧的日本》演讲便使日语赢得了世界文坛的尊重。大江能做到的事，银邦克为什么做不到？

真是世事纷扰，众声喧嚣，使人无法安静。闵良知先生走在寂寥的秦淮河畔，无法掩饰浓烈的失落感，但他不谈化学，也不谈马朵朵，只谈诗歌。

"其实，我也喜欢鹿小茸的《致爱情》。我能背出来。"闵良知对着潺潺流水，果然能背诵出《致爱情》，抑扬顿挫，感情饱满。

我禁不住轻轻地为他鼓掌。

"这个世界真的需要诗歌。"闵良知说，"我有点想念鹿小茸先生。"

我看得出来，其实，他还有点想念马夫人。

我早就看出闵良知先生对马夫人动过心，就是鹿小茸先生在餐厅里第一次给马夫人朗诵《致爱情》的时候，马夫人楚楚动人的样子让闵良知产生了一瞬间的迷乱，他看着马夫人，一不小心走神了，向马朵朵敬酒时错拿了我的酒杯，还将烟灰缸当成了味碟。

马朵朵与我们渐行渐远，我们不在一起散步，一起聊天，甚至无缘见上一面，他似乎是在故意避开我们。实验室是他的实验室，我和闵良知进不去。化学系大楼里鲜能听到马朵朵的声音，他办公室的门也是紧闭的。他的研究生也找不着他。他显得异常神秘起来。

直到有一天，传来九个中国公民在巴基斯坦被基地组织绑架的消息，马朵朵才出现在我们的面前。我们有些生疏和隔阂了。

"你们也听说了吧，他们是中国桥梁工程师，是在与阿富汗不远的边境被绑架的。"马朵朵说，"但又不全是，有一个女的混在其中，且女的身份不明。"

"不会是马夫人吧？"闵良知惊慌地问。

"我也正在通过外交部和公安部核实。"马朵朵说，"我一直没有她的消息。可能她要通过巴阿边境进入阿富汗寻找她梦中的河床。"

闵良知说："有最新的消息吗？"

"绑匪要三百万美元赎金。巴基斯坦方面正在营救。"马朵朵说，"但很危险，绑匪经常收了赎金后将人质杀害。"

闵良知显得异常焦虑，关切地询问近来马夫人是否跟马朵朵联系过，有什么线索。马朵朵说，没联系过，音讯全无。"我们一起去巴基斯坦吧。"闵良知说。我表示支持。但我们去巴基斯坦能帮上什么忙？马朵朵否决了我们的提议。巴基斯坦是中国最铁的盟友，除了相信他们别无选择。对于远在千里之外的异国，我们无能为力，但马朵朵愿意跟我们商量，说明他对我们恢复了有限度的信任。

"你们的支持对我很重要。我孤立无援，我不被理解，我走投无路。"马朵朵绝望地说，"一切都比你们想象的艰难。"

我们不明白马朵朵想说什么。当然，马夫人"叛逃"对他打击甚大，这个我们能理解。但除此之外，他显得强势呀。在校长的干涉下，系主任撤销了对实验室削减经费的决定，学校正在张罗为他申报国家科技进步奖。化学系主任更适合担任后勤处处长，校长已经向马朵朵暗示，像他这样的栋梁之材应该挑栋梁之担；而校长之位，先由校长暂且替他占着，时候一到，便会交给他。现在系主任还没有离任，他已经在系里发号施令，甚至对校务说三道四。

尽管外交部和巴方已经竭尽全力，通过正常和非正常渠道与绑匪谈判，但巴基斯坦中国公民绑架案解决得出乎意料的艰难。直到案发第五天，绑匪才答应释放那名女人质。凤凰卫视最先播放了女人质获释的画面。

"果然是她。"马朵朵表情怪异地说。闵良知如释重负，狠狠地在我的肩头拍了一巴掌。

三天后，马夫人悄然回到了南京。她没有直接回家，而是在金陵酒店住了下来。据追踪而至的记者透露说，与她一起回来的还有一个乱发披肩、面黄肌瘦的年轻人。毫无疑问，这个年轻人就是鹿小茸。

马朵朵躲在实验室里。我和闵良知劝他放下架子，拉下脸皮，去酒店迎回马夫人。如果他不主动，她就变成了鹿夫人。

"我不去。"马朵朵坚决地说，"她要回家，她认得路。"

我们反复劝说也无法打动马朵朵。

"那我替你去接她回家。"闵良知自告奋勇说。

马朵朵没有反对。闵良知来到了金陵饭店十七层，敲开1723房。

只有马夫人一个人。经此一劫，惊魂甫定的她，花容失色，憔悴不堪，额头和臂膊上还有伤痕，眼神没有了往日的妩媚，但她穿着吊肩式粉色裙子，戴着铜色大耳环，高雅、雍容华贵的气质仍在，即使她坐在空旷的角落里，仍然是房间最明亮的存在。

"怎么是你？"马夫人故作惊讶。她坐在椅子上，给闵良知先生倒上了一杯咖啡。

"马朵朵先生委托我接你回家。"闵良知先生说，"马朵朵先生正在做一个重要的实验，走不开。"

马夫人沉默了一会儿，叹息道："不知道我家阳台上的那盆海棠枯萎了没有。"

"你女儿很关心你，在法国每天给他爸打几个电话，你应该向她报平安。"闵良知说。

"刚才我已经告诉过她。下周她在凡尔赛有一场演出，如果可能，我想去看看。"马夫人说。

"我帮你提行李，车在下面等着我们。"闵良知先生热心地说，"我先告诉马朵朵先生，说你半小时后到家，今晚我们为你接风洗尘。"

马夫人猛然站起来，有点粗暴地阻止了闵良知："你别打电话，也别动我的行李箱。"

闵良知吃了一惊，把手机放进口袋里："好的，不急……我们先聊聊，先聊聊。"

闵良知先生竭尽全力也没能说服马夫人回家。马朵朵早已经预料到了结果，平静地说："没什么，真的没什么。"

"我也没看到鹿小茸，事情也许没有你想象中那么糟。"闵良知说，"马夫人是有道德底线的……关键是，他们还没有发生性关系的机会。"

闵良知试图论证他的观点，但马朵朵说，没什么，就算发生了性关系也没什么。

闵良知对马朵朵的豁达大度感到不妙。因为马朵朵不是豁达到那种程度的人。闵良知建议我去劝劝马夫人。我说不去，但可以让我爱人去。我爱人见到了马夫人，结果也是无功而返。

"问题不在马夫人身上，而是在马朵朵身上。"我爱人明察秋毫。

马朵朵并不接受我爱人的劝告。我只好再次劝马朵朵："你亲自去接马夫人回家吧。"

马朵朵断然拒绝了我的建议，斩钉截铁地说："没有女人，人类同样会进步！"

闵良知安排了马朵朵和鹿小茸的一次历史性会面。时间：下午。地点：新杂志咖啡馆。生怕发生不测，我和闵良知在相隔不到三米的厢子，密切关注他们的一举一动。

鹿小茸先生神态自若，枯黄而紊乱的长发没有诗意，但写满了沧桑和磨难，与过去的形象不同的是，鼻梁上横贴着创可贴，说话的时候能清楚地看到他的本就不整齐的牙齿如今又少了一颗门牙。闵良知评论说，那颗门牙像受尽了屈辱的女人终于逃亡了，再也不会回到他的嘴里。

我们无法听清马朵朵和鹿小茸说话，不知道究竟在谈论什么。马朵朵喝了一杯又一杯的咖啡，而鹿小茸一口也没有喝。他曾说过，只有在写诗的时候才喝咖啡，天才诗人兰波也是这样。庆幸的是，整个下午新杂志咖啡馆风平浪静，连马朵朵也没有闹出什么乱子来。暮色降临时，马朵朵起身主动跟鹿小茸握了握手，然后离开。鹿小茸这时候才引用了陀思妥耶夫斯基的关于普希金的演讲对马朵朵说："顺从吧，骄傲的人，首先摧毁你的傲气！"但马朵朵还是傲慢地消失在咖啡馆的尽头。

鹿小茸从我们身边走过时，微笑着向我们致意。闵良知多此一举地起立与鹿小茸握手，当他的手收回来时，发现多了一样东西。是一张信笺。信笺上头印着一行红色的波斯文。信笺洁净，中间只写着三行诗文：

祝福我的爱人
在别人的床上幸福
……安全

这三行诗不是鹿小茸先生的原创，我记得是多年前一个叫花枪的诗人写的，我曾抄录在笔记本上给自己的心灵疗伤。

晚上，在实验室里，我们试图从马朵朵嘴里知道一些他和鹿小茸谈论的内容，但是一无所获。我们无法理解他为什么对此秘而不宣，也不理解他为什么冷落马夫人。

三天后，马夫人离开了南京，飞往法国，从此再也没有回来。

据我们所知，在马夫人离开南京前的一天晚上，马朵朵曾在金陵饭店门口徘徊片刻。他的两个女研究生无意中看到了他。她们不知道导师为什么要在那里惆怅独徘徊，拉着他要他进去喝酒，他好不容易挣脱了，逃之夭夭。

不久后，马朵朵突然醒悟似的，对我说，那天闵良知到金陵饭店劝马夫人回家，实际上他说了相反的话，在她面前献尽了殷勤，鹿小茸比他光明正大，他比鹿小茸更可恶！我质疑道："知先生不是这种人吧？"马朵朵说："你不知道金陵饭店里藏着多少秘密和阴谋，闵良知的脑袋瓜子相当于十个金陵饭店！"

金陵饭店是南京最好的饭店，马夫人曾经在那里住了数天。关于它，我就只知道这些。化学家往往把自己并不知道的事情统称为秘密，把自己没有直接参与的事情都误为阴谋。闵良知是一个值得我们共同信赖的朋友，尽管他有很多小毛病，尽管他暗地里喜欢马夫人——我也喜欢马夫人——这根本算不上问题，就像我们都喜欢居里夫人一样。我们经常庆幸马夫人是马朵朵而非其他男人的夫人。

"算了吧，兄弟。"马朵朵感慨地说，"幸好我们还有化学。"

既然如此，事情终于可以告一个段落。

鹿小茸先生仍然留在 N 大学，但由于我们所不知道的原因，诗集《致爱情》无限期推迟出版。出乎意料的是，听说马朵朵将他列入了秘密的"冲刺诺贝尔奖三人组"，本来应该改作"四人组"，后来听说银邦克先生不屑与鹿小茸先生为伍，主动退出了，结果还是"三人组"。但据闵良知调查，情况不是银邦克所说的那样。前段时间诺贝尔文学奖评委马悦然先生公开了一些秘密，其中有一条与中国作家有关，说大陆某小说家给他寄去小说集的同时也给他汇去了美元。这是一则让中国作家在世界文坛丢脸的丑闻。虽然马悦然先生没有说破是谁给他寄美元，但坊间猜疑四起，有人暗指风头正劲的银邦克。银邦克大喊冤枉，恼羞成怒，为洗脱强加在他身上的污蔑之词，宣布从此不再参与文学圈子的一切活动，不参评任何奖项，即使诺贝尔奖砸到他的头上也拒绝接受，显示了正气凛然的决断和决裂。而此时，诗歌与小说的地位产生了逆转。几乎与马悦然先生同时公布秘密消息的是，诺贝尔文学奖委员会前任主席卡耶尔·艾斯麦克在上海和中国诗人交流时说"中国有世界级的诗人"，并且透露了一个内部机密：诺贝尔文学奖的评委们"已经在关注，并且正在阅读他们的作品"。这给中国诗人注入了一针兴奋剂。由此看来，中国诗人距离诺贝尔奖的距离估计比小说家更近一些，因此马朵朵跟校长说，鹿小茸从过去诗歌只关心上半身发展到关注下半身，从而开辟了一个诗歌的新时代，使他成了世界级的诗人。校长对马朵朵"举贤不避仇"的胸襟和气度感到吃惊并大为感动。因此我们可以轻易理解鹿小茸先生为什么补了银邦克留下的空缺。

从阿富汗回来后，地球上仍然战火纷飞，鹿小茸先生却突然没有了拯救世界把诗歌张贴到坦克屁股后的热情。我们的理解是，他怕死。听他说，在阿富汗的时候，他差点被美国的阿帕奇炸死。还有一个秘而不宣的秘密，鹿小茸在阿富汗曾经被美军俘虏，还被关禁了几天，但他口袋里的诗歌救了他，关键是，口袋里除了诗歌没有别的，连一把刀子也没有。两天前，一个塔里班分子曾送给他一颗炸弹，但他嫌它太笨重扔掉了，幸好扔掉了。美军对诗人还算仁慈，没有送他到俘虏营，而只是勒令鹿小茸限期离开阿富汗。就在他离开阿富汗前往巴基斯坦边境的时候听到了中国工程师被绑架的消息，而且他看到了被绑架者的照片，马夫人赫然其中。据鹿小茸自己吹嘘说，是他通过与塔里班的关系率先救出了马夫人。

"你们不知道，塔里班里有我的诗人朋友！"鹿小茸先生说。

但没有几个人相信鹿小茸所说。人质的获释完全是外交部努力的结果，跟鹿小茸没有丝毫关系，至多他只是在一旁看了热闹，还恰好身无分文，便冒充马夫人的亲属什么的跟着她的屁股回来了。

对于国人的不信任，鹿小茸很不以为然。他发起了"诗歌美化城市"，曾经尝试将诗歌张贴到南京的大街小巷，但刚进行即被城管禁止。在城管看来，诗歌跟汽车尾声是一样的，喷出来自己好受却让别人受苦。鹿小茸才在电线上张贴了几首诗，便被城管抓到，罚他清洗了半条青岛路的"牛皮癣"。鹿小茸觉得委屈和无奈，"我在坦克屁股上张贴诗歌，美国大兵也没有罚我清洗坦克"。为此，他创作了一首谩骂城管的诗，张贴到城管大队办公楼前，结果别人将他痛打了一顿。据校办的人透露，自从鹿小茸从阿富汗回来后，先后已经有五部门十七批次的人来对他进行了调查、约谈、诫勉，看上去后果很严重。校方要对他动真格了：今后如果再给学校增添麻烦，即使是诺贝尔奖获得者也要驱逐出门。马朵朵为鹿小茸被警告和威胁愤愤不平，好像被警告和威胁的是他本人："我真不明白，偌大一个学校曾经容下了数十个汉奸，怎么容不下一个未来的诺贝尔奖获得者！"

他所说的汉奸，那是许多年前的事情，那时候，日本人还占领着南京。

有一天，在湖南路上突然有人拍打我的肩头："兄弟，装作不认识我啦？"我仔细端详了一番，才从他闪亮的门牙得到启发，原来是鹿小茸先生。他的披头散发剪掉了，胡子也剃了，装上了一颗金色门牙，一身黑色唐装，精神焕发，但显得更加精瘦，唯一不能改变的是他身上年久不去的旺鸡蛋臭味。鹿小茸把我控制在马路中间，与我闲聊一些芝麻蒜皮的事："我再也不吃旺鸡蛋了，身上的臭味都是过去遗留的，现在我洗心革面了。"由于我们阻碍了交通，那些行人和车上的人对我们怒目而视，鹿小茸不管他们，好像有说不完的话，但没有一句与诗歌有关，也没有一句与马夫人有关。

"不赴阿富汗啦？"我说。

"算啦，不去了，诗歌拖了我的后腿，诗歌将我束缚在祖国大地上。"鹿小茸说，"我跟诗歌妥协了，下半身死了，但我的上半身还要吃饭。"

"我没记错的话，你说过要在南极举办诗歌朗诵会，对企鹅朗诵《致爱情》，融化千年古冰，这个想法不错，明天有一艘南极科考船从南京下关码头出发，你不跟随前往？"我说的科考船是真的。

"装不下了。"鹿小茸说，"这个世界已经装不下诗歌了。"

"世界装不下诗歌并不重要，重要的是你心里要装得下整个世界。"我说，"说实在的，我蛮喜欢诗歌的，包括你们的'下半身'派……"

"从此以后，我再也不写'下半身'诗歌了。"鹿小茸说。

"怎么说变就变呢？"我说。

鹿小茸跟我说话心不在焉，馋眼看一个美少女从身边款款而过，唐突地喊了一声："爱人。"

那少女回头惊愕地看了鹿小茸一眼，鹿小茸笑呵呵地说："我叫的就是你。"少女突然镇怒道："爱你妈的 ×。"

鹿小茸若无其事地说："我也爱我妈的 ×。"那少女骂了一句"神经病"便走了。我的脸火辣辣的，生怕那少女就是我们学校的学生，哪一天坐在我的课堂里。

"我们谈到哪里了？"鹿小茸又拍了一把我的肩头，另一只手扬了扬手中的手机，"我开始跟世界妥协了、沟通了。"

"我们谈到……有没有马夫人的消息呀？"我说。

"没有。她在这个污秽的世界消失了。"鹿小茸说。

"你不追求她了？"我笑道。

"算啦，不管她了。镜中花水中月。"鹿小茸无奈地说，"只可惜她没有成全我，让我在最爱她的时候死去！"

"只有永恒的诗人，而没有永恒的爱情。"我惋惜道，"可惜呀，马夫人，多好的一个女人。你们在巴基斯坦发生了什么事情呢？一回来便形同陌路，以致让她远走他乡。"

鹿小茸摇摇头，长长地一声叹息。没有了长发虚张声势，他的头显得特别小，像一只倒置的小葫芦。

"不谈感情。多不合时宜呀。"鹿小茸叼起了一根烟，"嘘"了一声说。

我们的谈话戛然而止。鹿小茸才意识到我们阻塞了交通，赶紧往边靠，而我往另一边躲，很快我们互看不到对方。等行人和车都过完了，他也消失在了对面。因此，这是我和鹿小茸先生的最后一次谈话，尽管此后我经常能在湖南路看到他在那儿闲逛，有时候他俯着身子，跟一个烧羊肉串的维吾尔族姑娘瞎扯；有时候，他在避风塘餐馆一个人自酌自乐；还有时候，他跷着双腿坐在街头的长椅上看报纸，还自个地笑。

有一次，闵良知气冲冲地告诉我，他看见鹿小茸搂着一个妖艳的胖妇在秦淮河东张西望，像乌衣巷里觅食的鸟。

"那女人玷污了秦淮河！"闵良知生气地说，仿佛秦淮河是他家的一样。

我说，那个"妖妇"是不是鹿小茸先生的新女友？

"她只是鹿小茸诗歌里的一个感叹号！"闵良知不屑道。

马朵朵先生一直没有等到美国总统奥巴马的回信，感觉事情不太圆满，自然有些沮丧。系主任被调到后勤处当处长了，比在化学系的油水更足，他的只有初中学历却在图书馆享福的老婆比过去更丰乳肥臀，也不跟丈夫吵闹了。只是马朵朵先生迟迟未见提拔，申报国家科技奖也没见结果，甚至铁板钉钉的院士居然也没有选上。"长江计划"申请升格为国家战略的事情也没有下文，听说是因为有人抗议说那是骗取国家科研项目经费的伎俩，马朵朵对"蜀道难"感慨万端。至于竞选校长的事情早已经被人忘记，他自己也从没再提起。令闵良知失望的是，马朵朵最终没有重新召他和我归队，我和闵良知也各自开辟自己的研究领域，"秦淮三驾马车"最终分道扬镳，秦淮河畔星光暗淡，重陷沉寂。

让我们意外的是，马朵朵和鹿小茸先生的关系迅速升温，成为一对良友知己。他们经常从朝阳门登上南京古城墙。一个化学家和一个诗人像一匹马跟一头驴在暮色中并肩行走，指点江山，欢声笑语。他们在谈论什么呢？

闵良知经常跟他的留学海外的学生联络，似乎是在打听马夫人的情况。有一次，我在实验室的门外见到他喜形于色地跟谁通电话。

"请你代我向康香老师问好!"他在挂电话前说了最后一句。

康香过去是马夫人,现在依然是马夫人,因为她跟马朵朵还没有离婚。

"她的话剧《赶往巴格达》在曼哈顿引起了轰动!她不仅是编剧,还是导演!"闵良知兴奋得手舞足蹈,比发现了新元素还要兴奋。

"她的才华不容置疑。"我说。

"她的女儿马元元在剧中担任了一个重要角色,也很成功。"闵良知说,"她有这样的一个女儿太幸福了。"

闵良知也有一个女儿,但智商和天赋都不高,还没成年便经常在酒吧夜不归宿,他根本管不着,"有时候我恨不得杀了她!"他说到女儿曾经绝望地说。

闵良知尝试将马夫人在美国的近况告诉马朵朵,但又觉得多此一举,马朵朵对自己的夫人近况难道不知道吗?即使马夫人本人不告诉他,他的女儿也会告诉他嘛。但闵良知还是亦步亦趋地跟在马朵朵的身后,笑呵呵地说:"你不祝贺马夫人?"

"祝贺她什么?"马朵朵装作吃惊地说,"她嫁给外国人了?"

闵良知说:"不是,她的话剧在美国首演取得了成功!很快会在全世界取得成功!"

"是吗?我怎么不知道?"马朵朵轻薄地说,"我也不想知道。你说的是话剧?我对话剧早就没兴趣了。"

闵良知自讨没趣,既感到失落,又暗自得意。几天后,在半夜里，我突然接到他的电话："我正在纽约歌剧院看话剧《赶往巴格达》，你听听观众经久不息的掌声……"电话里果然传来雷鸣般的掌声，还有夹杂着英语的议论声。

"康香出来谢幕了。"闵良知激动地说，"我要跟她合影……"

通话戛然而止。

我觉得闵良知有点疯狂。

两天后，闵良知出现在我的办公室，神情没有我想象中那么飞扬，相反，还有几分沮丧。

"那是一部专为某人而作的话剧。"闵良知说，"与我们无关。"

这是意料之中，单看剧名就知道。闵良知一脸醋意，何必呢？

"我要离婚了。"闵良知说，"我跟一头骡实在过不下去。"

这是我第一次听到闵良知把自己的老婆贬损为"骡"。我一想到骡的样子就发笑。

"你笑什么？"闵良知说，"你不相信？"

我说相信，可是马夫人毕竟还是马夫人，而且可能永远都是马夫人。

"我没有说我要娶她，鹿小茸追不到的，我更追不到——你把我当什么人？"闵良知无辜得以为我什么也不懂。

"我给你带回来了一件小礼物。"闵良知递给我一张照片，"康香的签名照。"

马夫人在剧院谢幕时的照片，背面有她的签名。她依然是那样落落大方，端庄秀雅，富有东方韵味。

但我不需要。我把它退还给闵良知。

"你这是什么意思？"闵良知以为是我不愿意与他分享快乐，实际上是认为我不愿意与他分担风险。

"她是马夫人。"我反复强调了这一点。

一个月后，闵良知果然离婚了，房子和车子及女儿都给了前妻，他自己在湖南路的一个旮旯里租了一间民国时期的破旧房子安了新家。与离婚前不同的是，闵良知喜欢上了喝酒，像和尚爱上了女人一样令他不能自拔。有好几次晚上喝了些酒，他竟然找不到回家的路，要打电话给女房东让她引领才能回到家，而很快就传出他借酒壮胆调戏了又老又丑的女房东的消息。有时候，实验室里没酒，他竟然用酒精勾兑水喝，差点儿把自己喝死。然而，正如炮火不能吓阻诗人一样，酒同样不能阻挡一个优秀化学家前进的步伐。闵良知抢在马朵朵之前发表了一篇关于"核糖体的结构和功能"研究的最新成果的论文，在化学界引起了热烈反响，令马朵朵大为光火。

"这是趁火打劫！这是公驴干母猪，乱套了！"马朵朵气急败坏地破口大骂。

我也觉得闵良知有些不够厚道，这个课题本应该是我们三人共同研究的，虽然已经分道扬镳，但我们做了大量共同研究，他不能将成果窃为己有呀。损失最大的当然是马朵朵，这已经意味着他现在所做的研究基本上前功尽弃。除了激愤、悔恨，马朵朵觉得可疑的是，闵良知怎么会在那么短的时间内就得到了相关的实验数据？而且，闵的分析怎么会跟他的推理如此相似？马朵朵仔细勘察了他个人实验室和电脑及办公桌，感觉到被人动过，就连他的椅子上也残留着那个人的影子。马朵朵马上报案，但派出所说，你的实验室和办公用品完好无损，没有什么可查的。马朵朵说，闵良知入室盗窃！警察说，那得证据，你的电脑和实验仪器都没有他的指纹。马朵朵马上想到了实验室的监控录像，可是要调出来看的时候才发现它已经年久失修，蛛网都厚厚地把它包裹起来。马朵朵一下子枯萎了。

闵良知先生有意躲避我，但我抓住了一次机会将他逮住。

"马朵朵很生气。"我说。我也很生气。

"你们可以告我的，现在学术也可以上法院论理的。"闵良知变得厚颜无耻，"马朵朵也可以主动跟我谈合作嘛，现在我的研究走在他的前面了。他还神气什么呀？是他先把我们抛弃的，你不怪他，我可咽不下这口气。"

"可是我并没有得罪你呀，闵良知先生。"

"你是受害者。我可以补偿，你可以当我的助手，我们合作，谁说我们就不能获得诺贝尔奖？"闵良知说。

我说，我再也不跟谁合作了，我已经开辟新的研究领域。实际上，我正在考虑改行，我的一个学生在昆明办了一家大型化工公司，邀请我去当总工程师，不仅给我高薪，还承诺给我巨额科研经费，关键是，这个项目是世界首创，前途广阔，我可以技术入股，占公司百分之十的股份。下个月，我就打辞职报告。

就在这个月的最后一天，康香回到了南京。她率她的《赶往巴格达》剧团准备在南京举行国内首演，海报已经张贴满 N 大学的醒目之处。南京的主流媒体对康香等主创人员进行了全方面采访报道，对该剧在美国取得的成功也作了大肆意渲染。本来我对话剧兴趣不大，但闵良知喜冲冲地送了两张票给我："兄弟，不容错过。"

"你不给马朵朵送票？"我略带嘲讽地说。

"还有鹿小茸，我都送了。"闵良知慷慨地说，"今晚，我请康香吃饭，下个月，她就不是马夫人了。马朵朵终于提出离婚诉讼。"

那天我没有去看话剧《赶往巴格达》，因为那天晚上闵良知的老婆把我缠住了，罗列了闵良知数十箩筐的罪状（或者叫罪恶）：从不做家务，从不教育女儿，从不关心老婆的乳房（她患乳腺增生），从不在老婆需要的时候跟她做爱……虚伪、做作、势利、自私、粗暴、利欲熏心等等，其中最罪恶深重的是，他竟然效仿鹿小茸给康香写了三百首诗。那些诗，有的是模仿徐志摩，有的是抄袭聂鲁达，更多的是改写自鹿小茸的《致爱情》。那些诗，肉麻，自作多情，每一句都散发着性交的渴望。

"一条最后一次发情的老公狗！"闵良知的老婆用一句精辟的话结束了那晚的控诉。等她说完，那边的话剧已经散场。这是我缺席的原因。

然而，就在这一晚，发生了一件震惊南京的大事：著名化学家马朵朵在 N 大学校园的一条幽静的林间小道上被袭击，头部受重伤，生命垂危！

我是在半夜得到的消息。马朵朵是在《赶往巴格达》首演结束后被袭的。听说，首演盛况空前，激动人心，所有的观众都被一个凄美的爱情故事感动，没有一个观众不落泪，甚至有人看见闵良知在剧院里号啕大哭。

　　我赶紧赶往鼓楼医院看望马朵朵。但他在重症室里，除医生外谁也进不去。走廊外站着不少带着哀伤面孔的人，有我们的校长、原化学系主任，还有其他同事。康香和她的女儿坐在长椅上，相互偎依在一起。我走上前去，向她们打招呼。康香抬眼看了我一眼，说了声谢谢。我不好多言，退出了众人的视线。

　　第二天，我便知道了全部的真相。

　　原来，那晚在剧院里号啕大哭的闵良知被坐在旁边的观众嘲笑了。

　　"你又不是鹿小茸，你哭什么呀？"

　　一语惊醒了矫情人。闵良知仿佛才明白，这部戏是以鹿小茸为原型，作者对他倾注无限深情，那是作者与鹿小茸的爱情颂歌，他闵良知确实只是一个局外人，一个为别人爱情喝彩的人。这是闵良知痛苦和疯狂的根源。

　　一场爱情悲剧刚刚落下帷幕，另一场现实悲剧悄然开始。

　　人尽散去，闵良知在剧院外头遇上了马朵朵。马朵朵手里捏着票，却一直没有进剧院。此时的闵良知要与马朵朵一笑泯恩仇。

　　"你还记得'秦淮计划'吗？"闵良知拉住马朵朵说。

　　"你想干吗？想干掉我吗？"马朵朵故作警惕地说。

"我们干掉鹿小茸！"闵良知阴险地说，"如果刚才你看了戏，你也会干掉鹿小茸。你为什么不敢看戏呀？"

马朵朵说："我看了，我心里看了一百遍……"

闵良知说："那你还等什么呀？要不要叫上方昌吉？"

方昌吉是我的名字。马朵朵说："我在等我女儿元元。"

闵良知突然大喝一声："你还等什么！"

马朵朵发现闵良知目露凶光，不像是虚张声势。他有点害怕了。

闵良知搀扶着马朵朵上了的士，回到了 N 大学校园。马朵朵要回家。闵良知说："你怎么能回家呢？"马朵朵不能回家，鬼使神差地听从了闵良知的指使，给鹿小茸打了一个电话。大概是十分钟后，鹿小茸来到了这条偏僻的林荫道。此时，闵良知手中抓住了一根坚硬的木棒，躲在黑暗里。

鹿小茸睡意还在，问马朵朵："有啥急事？"

马朵朵说："你没看《赶往巴格达》？"

鹿小茸说："没看。我对过去的事情没有兴趣。我告诉你吧，那些东西都是假的，我从没到过巴格达，连伊拉克也没有到过，当然，也没到过阿富汗，可是你们都相信了，是康香最先发现了我的秘密，所以她恨我……"

鹿小茸的话一下激怒了闵良知，他从黑暗中斜冲出来，举起木棒往鹿小茸砸去。马朵朵一把将鹿小茸推开："快跑！"木棒重重地砸在马朵朵的头颅上。鹿小茸还没看清袭击者的面目撒腿便逃，高度近视的闵良知在追赶中掉了眼镜，看不见没入黑暗中的鹿小茸。但闵良知并不解恨，对着马朵朵的头又砸了几下，然后逃之夭夭。

好一会儿，惊魂未定的鹿小茸带着保安和警察返回案发现场，将马朵朵送往医院。警察从闵良知遗留下来眼镜断定了此案的凶手。警察全城搜捕，可是闵良知不知所踪。

如果马朵朵永远不醒来，那么只有我知道，闵良知已经启动了"秦淮计划"。那意味着，警察很难将他捉拿归案，而且，我将面临生命危险。但我不能将"秦淮计划"告知警察，因为我是它的缔造者之一，它会使我身败名裂。况且，我说出"秦淮计划"，警察也未必能抓到闵良知，因为它严密得连我们也无法找到破绽。

好在，马朵朵很快就摆脱了危险。他只是脑震荡，只有少许内出血，并非想象中那么严重。康香和马元元都忙于话剧的演出，《赶往巴格达》在南京连续演出了十七场，场场爆满。因此，她们很少到医院来探视。马朵朵格外孤独，只住了一个星期便吵嚷着要出院，如果不是女儿安抚他，他在医院一秒钟也难待下去。在这期间，我去医院探望过两次马朵朵。第一次是去看看他的生命能否继续下去；第二次是去和他谈谈闵良知，这一次，当然只有我们两个人在说悄悄话。

"也许我们能找得到闵良知。"我说，"'秦淮计划'再严密也是我们制订的。"

马朵朵反对我泄露天机："让他永远逃亡吧，祝愿他快乐、幸福、安全。"

鹿小茸成了惊弓之鸟，生怕闵良知在半路上将他截杀，躲在办公室里不敢出门，甚至不允许送外卖的人进门，他从门缝把钱给送外卖的人，等脚尖声走远了才敢开门，小心翼翼地取饭，然后关上门狼吞虎咽。

有一天夜里，妻子起来小解，突然惊叫一声。我猛跳起来，抄起床头的钢管，戴上头盔，虚张声势地喊："闵良知！我跟你拼了！"冲出房门，妻子惊恐万状地说："卫生间里有一只耗子！我们家好多年没出现过耗子了。"

"你看清楚没有，是耗子还是人啊？"我举起了钢管，严阵以待。

"只是一只耗子……不过，看上去像人。"妻子语无伦次。

我重新检查了一遍门窗和下水道，觉得不可能有人进来才放心地脱下头盔。

妻子说："昨天我在楼下好像遇到了闵良知，他浑身脏兮兮的，好像从下水道钻出来的。"我惊讶问："你不会看走眼吧？"妻子犹豫了一下："我……好像是梦里见到的。"

半个月后，马朵朵出院了，精神焕发，兴致勃勃地来给我们一家饯行："我要远赴昆明，投身实业。"马朵朵劝我留下来与他继续做研究，"没有闵良知，我们的研究会更纯粹。"我婉拒了他。

"如果可能，你还是把闵良知找回来，冰释前嫌，再次牵手，他是一个蛮有才华的人。"我握着马朵朵的手说。

马朵朵想了想说，这是一个好建议。

大概是半年之后，闵良知还是杳无音讯。马朵朵说，他曾经多次去寻找闵良知，但一无所获。但我和马朵朵都知道，他还在南京，可能变成了耗子，也可能变成了蟑螂，在那些缝隙中苟且偷生。马朵朵和康香离婚了。康香跟北京的一个诗人兼出版商结了婚，听说在诗人丈夫的运作下她已经被提名角逐诺贝尔文学奖。马朵朵问我是否知道那个诗人。我说，这个世界上我只知道一个诗人，那就是鹿小茸。鹿小茸已经变得神经错乱，经常在湖南路当众表演"驴打滚"，严重影响了学校声誉，终于不适宜待在Ｎ大学，但Ｎ大学并没有将他赶尽杀绝，而是安排他到一个偏远的分校当图书馆管理员，他只上了几天班便不辞而别乃至销声匿迹。我终于认为，世间再无诗人，诗歌再也无从谈起。大概又过了两个月，有一天，我接到一个国际长途，原来是马朵朵从美国打回来的，他出国了，在曼哈顿一所化学研究所工作。

　　"先当几年访问学者。"马朵朵踌躇满志地说，"等成大事了再回去，到时地位才更高，这也叫'曲线救国'。"

　　在美国的马朵朵有两种业余爱好。第一，喜欢上街示威游行。有时候他手持"驴"旗支持民主党，有时候手持"象"旗支持共和党，政治立场很不坚定，他只把上街游行当成了一种娱乐和健身活动。他发了几张参加示威游行的照片给我，有一张是被警察踢倒在地上的照片，"好爽，好发泄！就像一次驴打滚"。有一张，他额头上缠着红布在白宫的草坪上抗议美国的金融政策，手里抓着的鸡蛋随时准备扔出去，手持盾牌和警棍的警察在一旁虎视眈眈，"好酷，好刺激，就像大象发情"。还有一次，他给我发来了一张他与奥巴马握手言欢的照片，下面依然写了一行字："就这样吧，我终于和美国讲和了。"

"兄弟我在美国什么都好，只是缺少一点点爱情。"马朵朵感慨美中不足，但听起来爱情对他并没有那么重要和迫切。

远在他乡，我们都想念秦淮河，想念 N 大学，想念实验室，想念梧桐树，想念古城墙，也想念闵良知。

"南京，就靠他守护了。"马朵朵意味深长地说。看起来，他对仍下落不明的闵良知已经心无芥蒂，毕竟，那并不算什么血海深仇。

他从没主动提起过鹿小茸。只有一次，我提起了。

"他是一个懦夫和变节者！"马朵朵在美国那一边吼道，听起来像咆哮。从此以后，我再不敢提起鹿小茸，就当他已经死了。

不可逆转的是，马朵朵跟我的联系逐渐少了，他的音讯也逐渐趋无。很久后的一天，在报纸上无意中看到一则与他有关的消息：著名化学家马朵朵实验数据造假令美国蒙羞。从此我再也无法联系上他。

好像所有认识的人突然间都消失了，我顿时觉得无比孤独，像黄土高原上一头无家可归的驴。

骑手的最后一战

　　父亲骑着马追随火车消失在漫长而黑暗的隧道里，再也没有回来。

　　这是他弥留之际的最后时刻，饱含着激情、隐喻和诗意。很久以前我便告诉他，铁路经过了家乡，隧道从雄壮的槐山底部穿过，一眼望不到尽头。父亲对此充满了向往，回家那天，我、哥哥和妹妹搀扶着他从火车上下来，然后从镇上租了一辆微型面包车把他送回到了家。哥哥把他从面包车上背下来，让他坐在轮椅上，好一会儿，他耷拉着的头才缓缓地抬起来。

　　"这就是槐庄呀。"看着到处的残墙断壁和破破烂烂的瓦房，父亲仿佛不相信自己已经回到了老家。当然，他已经十二年甚至更久没回来了。

这是旧槐庄。母亲说，只有我们家还住在这里，其他的人都搬到那边去了。母亲说的那边，是指离此几里外的渡口。自从火车从槐庄中间经过，噪声便将乡亲们赶跑了。火车从遥远的北面呼啸而来，村庄便处在惊惶的地动山摇之中，连狗都抱头鼠窜。那些没有拆除的破房子空无一人，比时间还荒芜。

母亲将一张蓝色的毛毯盖到父亲的腿上，然后和哥哥一起将他推进了屋。

黄昏的屋子有点暗了。这是一座普通的院子，中间一排瓦房，两侧各有两间附属房，前面一堵围墙，围墙外是荒废的庄稼地。院子里长满了青草。屋顶上的狗毛草也在迎风飘扬。屋子里有点紊乱，主要是堆放皮革的缘故。母亲靠着给皮革厂针织手套赚钱，她早已经拒绝我们的接济，能自给自足了，甚至还经常询问我们兄妹有没有经济上的困难。母亲已经六十岁了，比父亲小九岁。

我们抬头，便看到对面的一条明亮的铁轨和铁轨下面铺满石子的路基，还有沿着铁轨延伸的笔直整齐的澳大利亚桉树。村前原来有一条河，河水泛滥时整个槐庄及附近的农田都成为泽国，现在河不见了，农田也支离破碎，没有了茂密的蕉林，与许多记忆一样，被黑洞吞噬了，因此我对这里感到了陌生和孤独。

妹妹的智力并不好，因为她猜不出父亲到底还能活多久，甚至不知道我们家还有这座房子，尽管她也出生在这里，童年的时候掉到塘里差点淹死。因此，她充满了好奇，除了四处张望，还兴致勃勃地动手拔除院子里的杂草。哥哥首先听到了马的响声，我也闻到了马的气味。

妈妈没告诉过我家里有一匹马。哥哥说。马在右边尽头的一间房里。这是一间后来堆上去的房子，原来是一间柴房，也养过猪。现在一匹又老又瘦的马住在这里。它不停地用舌头舔着嘴唇上的两三个疮，身上长满了癞，苍蝇肆无忌惮地在它的身上安营扎寨，强盗一般吸着这具干瘪的肌体。妹妹说，妈妈，这匹马快死了。

"是我从一个屠户手上买回来的。眼看它就要挨刀子了。"母亲欣慰地说，"我也不知道买它回来干什么，它身上没有干活的力气，但我还得天天伺候它，唠叨它。"

"是一匹公马。"妹妹兴奋地叫着。

"是的，"母亲说，"三年了。算是奇迹。"

看上去母亲比这匹马还要苍老得多。从城里回来后，母亲已经在乡下生活十二年了，正好跟父亲在狱里的时间一样长。

"让我看看。"父亲在屋子里喊。

父亲是想看马。母亲生疏地走近父亲，抓住轮椅，试图推动它。但她推不动。我跑过来帮忙。

"让我再试试。"母亲轻轻地推开我的手。

母亲憋足了气，手腕上的青筋像脸上的皱纹一样争先恐后地跳出来，她的右腿顶住地上的一个泥坑，咬紧牙关，使尽了力气，轮椅终于动了。

那匹马将嘴伸向父亲。父亲本能地往后退了退，然后才缓缓地抬起右手，抚摸了一下马的嘴巴。

"这是我的马。老朋友又重逢了。"父亲说。他试着从轮椅上站起来，我和哥哥想帮他，被母亲制止了。

父亲努力了几次，终于依靠双手的支撑，颤巍巍地站住了。看得出来，他的内心有一匹马在奔腾。

"你本来就应该站起来的。"母亲说。这是十二年甚至更长时间以后母亲第一次跟父亲说话。我们都不适应这种状况了。父亲也不知所措，双腿挺起来，双手离开了轮椅，沿着走廊往前走了两三步，在走廊的尽头停下来。这是半年多来父亲第一次离开轮椅行走。

父亲只是虚弱。他做了第三次化疗。肺部出了问题，他却提前获得了自由。

"幸好得了肺癌。"父亲对我们说。

他甚至不愿意继续待在医院里了。与其在医院死，倒不如回到老家等死。那么多年了，自从母亲离开他回到这里，父亲就已经再也没有回过。几乎已经忘记这里是他的老家，十九岁前他仍在这里种地，因为懒惰和不谙农活被祖父骂得狗血喷头。

父亲不知道怎样回答母亲。她与父亲已经没有感情。他伤透了她的心。他们离婚好多年了。他们早已经形同陌路。顺便要说的是，父亲的第二个妻子在父亲入狱的第二年便去向不明，有人说去了北京，也有人在成都见过她。她与我们已经毫无瓜葛。

父亲往走廊的尽头望去，努力寻找昔日熟悉的东西。

走廊的尽头是一畦荒地。荒地之外是一片废墟，堆放着杂乱的腐梁和瓦砾，一个鸟巢筑在两棵橄榄树中间的枇杷树上。

"好大的废墟。"父亲说。

妹妹在给马喂草。母亲面无表情，随时准备扶住摇摇欲坠的父亲。

暮色骤降。突然一阵急促而巨大的呼啸声往背面扑来，父亲措手不及，被一股并不存在的风带倒，母亲刚好将他的屁股送到轮椅上。

火车经过。一节又一节蓝色的车厢，一张又一张模糊的面孔，快速地驶向南面，很快它将被漫长的隧道吞没，像进入了地狱之门。

"火车不知带走了多少魂魄。"母亲说。

哥哥在一家企业供职，虽然收入不高却是一个大忙人。第二天他便回城里去了，留下我和妹妹。我刚刚失业，又不愿意马上重新找工作。妹妹是不用工作的人，因为她的智力达不到哪怕最轻易的工作的要求。在此之前，哥哥照顾着她，母亲急切地希望她嫁出去，哪怕找一个在农村种地的丈夫，只要待她好就成。如果在十二年前，妹妹的婚事一点也不成问题，不用担心她找不到一个好人家。现在景况有点不同。父亲什么事情也不担心，甚至连自己的性命也不在乎了。他知道死神在不远处向他招手。从狱中，到医院，火车上，然后到槐庄，它就在我们的身后。我听得到它断断续续的脚步声，像跟踪而来的密探。父亲也听到了的，他经常要回过头去瞪着它的影子咋口水。

休整后的父亲慢慢恢复了力气，看上去显得精神焕发。每天他总起得很早，似乎是，比马还早。他坐在轮椅上看母亲忙碌。母亲像平常一样，摘菜，喂马，洗衣，生火做饭，将绿豆和咸菜放在墙头上见太阳。父亲好几次想出手相助，都被母亲刻意避开。我从母亲久经风霜的脸上看到了怜惜、悲伤和埋怨。没有合适的事情可做，一天显得异常漫长，父亲能做的便是等待黄昏的来临。

　　每天黄昏，总有一趟列车经过。每天只有一趟。

　　黄昏将至，嵯峨的群山披满了金光。开始是我给他注射吗啡，后来是母亲。注射的时候，父亲总要握住母亲颤抖的手，害怕她下手太重。注射后，父亲轻轻地抚慰一下母亲又黑又瘦的手臂，然后说，好了，可以走路了。父亲迫不及待地沿着屋前杂草丛生的小路往铁路那边走去，尽管每走一步都很吃力，磕磕碰碰，气喘吁吁，甚至随时随地都可能摔跟头。旺盛的草帮了他的忙，抓住草他可以独自爬上小坡。

　　然后沿着铁轨旁边的一条小路往南走。我和妹妹跟随在后面。母亲站在围墙里面踮脚远眺，表情紧张，但一言不发。妹妹，有时候跟不上我们的步伐，或者她会停下来等待火车的到来。她似乎比我们更早地听到火车的声音。铁轨首先传来火车发动机和车厢跑动的轰响，妹妹过早地捂住耳朵，我喊她，她已经陷入惊恐中听不到了，丰满的胸脯耸得更高。父亲没有像我想象的那样回过头来，而是一直往前走，比刚才还要急促，仿佛是跟火车赛跑。尽管打了几个趔趄，他都能撑着铁轨站直了。我担心的是，他会掉到铁轨里去。但父亲并不觉得有多危险。

火车首先从妹妹的身边经过，然后离着我的身子十公分之距往前狂奔。火车与父亲擦身而过，火车带起的风差点将他吹倒——他的黑色小帽子被风扔到了杂草丛里，父亲无暇顾及这些，全力以赴地站稳。四十二节的火车对他来说过于漫长了。他向火车招了招手，火车上的乘客对他根本不屑一顾，甚至没有谁看他一眼。他觉得火车以及火车里的人太过于傲慢，轻蔑他了，他朝火车嚷了一声：

"去死吧！"

这是我们从父亲口中听到的最粗野的一句。火车消失在隧道尽头。一切恢复了宁静。妹妹终于愿意放下捂耳朵的双手，向我们跑来。妹妹脸色蜡黄，显然是受了惊吓的后遗症。父亲向她吼叫："你害怕什么？"实际上，父亲的双腿也还在微微颤抖。妹妹可怜而茫然地站住了，不知所措，像一头无知的母驴。

"你们站着干什么？"父亲对我们吼道，"你们去把马给我牵来！"

我也不知所措。三个人在铁轨的边上僵持着。暮色从天而降。

第二天黄昏。父亲牵着马来到铁轨旁边。马并不愿意靠近铁轨。妹妹在马屁股后面拍打并吆喝着，让马知道没有退路。父亲让马站住，然后绕着它端详着。父亲是在掂量着是否能骑到马的身上去。他犹豫不决。火车却如期而至。排山倒海的轰鸣使马感到惊惧，在火车经过身边之前它便从斜坡逃之夭夭。

"它哪里是马，简直就是一只老鼠。"父亲失望地说，"你妈怎么养了一只老鼠！"

妹妹去追赶逃跑的马。马逃进一座荒废的房子里去。我记得原来这是地主庞四住过的大房子，后来分给了十几户人家，现在已经崩塌得像经历了一场震灾。

父亲还在嘟囔着，既埋怨又懊悔。火车要第二天才来。第二天比一年还要漫长。

此时从铁路那边过来一个妇人。我几乎认不出她来了。

"市长。"她谦恭地问候父亲。

父亲错愕地看着她。

"我是桂芳。"她自我介绍说。父亲恍然大悟，拍了拍自己光秃秃的头颅说："记起来了，我离开槐庄那年你刚嫁过来，现在住哪儿啦？"

桂芳说："我原来住庞四的房子，前几年搬到渡口去了，新建的楼房。"

"挺好。"父亲说。

"泽秀让我给你们的女儿介绍对象，我物色了一个，很匹配的。"桂芳说，"我正好要去告诉泽秀。"

泽秀是我母亲。父亲说："挺好！"

说话间，庞四旧居那边传来一声沉闷的巨响。仿佛是，一堵墙倒塌了。

然后是一匹马从一个缺口跑出来，往我家跑回去。

桂芳说："市长，我就不过去了，说好了，明天我把对象带过来让你们过眼，如果没有意见，男方要求月底就结婚。"

父亲说："挺好！"

桂芳依然谦恭地转身越过铁轨，消失在另一边。

我担心妹妹，赶忙跑过去。妹妹被倒墙压在下面，只露出一双白嫩的脚。母亲号叫着跑过来狂扒泥土，她本想唤来更多的人，但呼救声只在废墟上空回旋，像一朵要下雨的云。

妹妹已经死了。她是一个对生与死一无所知的人。

父亲惘然不知所措，惨白的脸上看不到哀伤。

那匹该死的马回过头来嘶叫了几声，似乎是，它与此无关。

没有了妹妹，我感到痛苦和孤独。虽然是那匹马害了妹妹，但我对它毫无恨意。父亲每天都要将它牵到铁轨旁边，然后模拟火车通过的轰鸣，以此考验和训练马的勇气，让它跟自己一样对火车充满蔑视。但我的理解完全不同，我认为那是父亲对马的报复和折磨，因此，我也乐此不疲地追随着父亲。马取代了妹妹的位置，陪我度过孤寂、宁静和无聊的下午。父亲的努力没有白费，真的火车经过，马再也不像过去那样惊恐万状，它镇静地抬头看着火车与它擦身而过。火车带来的风将它稀疏的鬃毛掀起，它岿然不动，眼神充满了轻蔑和傲慢。父亲非常得意。这是他最后的成功。

但显而易见的是，父亲并不满足于此。他开始训练马沿着铁轨奔跑。他跑不动，他只是指挥，我来执行他的意图。我骑上马背，挥鞭向南。马沿着小路奔跑起来，一直朝着隧道方向。

"还可以快一点。"父亲在身后喊道。他希望马跑得比火车还快。

但马不可以再快了。因为路太窄小，而且石子和杂草太多。

父亲唯一不满意的是速度。他汗流浃背，由于疼痛，他的脸变得扭曲。但他忍着。

我感觉得到母亲在背后的遥望和责备。在离隧道还很远的地方，父亲便呼喊我回来。

我骑着马回来。父亲试图要爬到马背上去。但努力了几次，没有成功。不是马太高大，也不是马不配合，是他太虚弱了，如果火车经过，一阵风就会将他带走。父亲对自己很失望，一下子蔫了。

那时候，我和母亲都知道，父亲离生命的结束已经不远。

有一天晚上，父亲疼痛得实在无法安睡，竟像挨了刀的猪惨叫起来。母亲给他打了大剂量的吗啡，又服了止痛酊，他才稍微安静。我摸黑去镇上请来一个医生。医生检查了一遍，摇摇头，没收我们的诊费，赶紧走了。

第二天，来了几个乡亲。有我认识的，也有不认识的。他们都恭敬地叫父亲"市长"。其实，父亲早已经什么也不是了，一无所有，在城里几乎无家可归，医药费也无法解决，我和哥哥的生活都比较艰难，加上他的性格固执、怪僻，刚愎自用，他不愿意跟随我们。早在十二年前，父亲已经声名狼藉，乃至锒铛入狱。我们整个家族一下子掉到了深渊，像现在的院子一样凋零、破败。乡亲们从渡口那边过来，似乎是，出于礼仪来见父亲最后一面。他们当中，有受惠过父亲的，也有父亲没施过恩的，还有给母亲的面子而来的，其中有两三个是我家的亲戚。父亲疲惫不堪，坐在轮椅上，用和善的面容向看望者报以谢意。我觉察到了他的眼角闪烁着泪水。母亲给他披上一件薄外套，并在他耳边低语了什么。父亲谦卑地对乡亲们说："打扰你们了，给你们添麻烦了。"

父亲的衣着很干净，脸也很白净。他坐在堂屋的中央，正对着铁轨。稻香飘来，满眼绿色，让人忽视了桉树干的白。看望者纷纷安慰父亲。谁都明白，那是客套话。也有安慰母亲的。母亲没有过多的表情，她似乎不需要安慰。她将看望者送走了。炎热的午后，父亲的呼吸开始出现困难。母亲用湿毛巾擦拭他的身体。他发出哎哟哎哟的呻吟。我不知所措。

对父亲进入生命的倒计时母亲也无法镇静，她手忙脚乱，她知道擦拭无法减轻父亲的疼痛，但仍全力以赴。

"打扰你了，给你添麻烦了。"父亲抓住母亲的手诚恳地说。

母亲不知道如何回答，默认了这是父亲对她的道歉，轻轻地俯下身来，抱了抱父亲，抬起头时，她的眼里饱含了泪水。

"我没有其他事情要做了。"父亲哀求说，"黄昏到来前，你们让我骑到马上去。我要跟你们告别了。"

父亲是认真的。他一辈子都是这样，刚愎自用，想干就干。母亲同意了。父亲为最后的告别作准备。他嘱咐我整理了他的个人物品，一些旧书信、笔记本和狱中的忏悔书。在忏悔书中，他不忘对自己的贡献和成就大书一笔，十九岁参加革命，打过三年游击，当过"红色哥萨克骑兵团"团长，在淮海战役中受过重伤，指挥修筑枝柳铁路，先后把两个城市治理得井井有条……而对自己所犯的错误轻描淡写，好像那些错误与他的功劳相比根本不值得一提。他让我把这些物品捆绑在一起，将来将它烧了。从他的一件大衣的衣兜里，找到了他跟母亲的结婚照。发黄了，破损了，模糊了。

"将它也烧了吧。"父亲一挥手。

处理好父亲交代的一切，黄昏刹那间便迫近。我将马牵出马厩。母亲搀扶着父亲，从屋门口走向铁路。这一段路过于漫长和坎坷，高高的杂草和灌木几乎将父亲和母亲淹没。我和马提前在铁轨边上等候着。我心情异常焦急，因为火车马上就要来到，而我们还没有准备就绪。

父亲艰难地爬上斜坡，颤巍巍地走近马，无助地端详着这匹在他看来是巨无霸的老马。他试了一下，但根本骑不上去。我和母亲合力将他送上了马背，但他无力坐稳马鞍和抓牢缰绳，摇摇晃晃得要坠下来。母亲无计可施，扶着父亲的腿。

"这样吧，"父亲伏在马背上，命令道，"你们将我绑牢！"

我们照做了。将父亲与马严严实实地绑在一起，使他成为马的一部分。我们确信父亲不会从马背上掉下来了。马也做好了准备，随时可以奋蹄飞奔。这时候，铁轨在颤动，火车的汽笛由远而近，轰隆的声音像滚雷呼啸而来。

"再见了。"父亲信心满怀而又知足地说，"我这一辈子终于圆满。"

火车风驰电掣，比往日更迅猛。父亲腾出双手拼命拍打着马："驾！该死的，快跑！"

马狂奔起来，沿着小路，与火车赛跑。我们对马的速度很满意，但估计它很快就会散架。

父亲向我们挥手。

我也向父亲挥手。母亲突然撒开双腿，追赶着父亲。我来不及犹豫，也跟着母亲奔跑。

马使尽了最后的力气，它的争强好胜使它并没有落后火车多少，临近隧道时，它甚至使得三节车厢落在自己的身后。真了不起。

马、父亲和火车一起冲进了漫长而黑暗的隧道。

我不知道隧道的尽头是什么，也不知道火车将把父亲带向何处。

但可以肯定的是，第二天黄昏火车还会回来，而父亲永远不会回来了。

逃亡路上的坏天气

我的故事有三个主角，除了我自己，还有黑狗、臭卵。我
的外号比他们更难听。他们背后肆无忌惮地称呼我贪污犯，虽
然我还没有被判刑，甚至还没有站到被告席，因此谁也不能说
我是"贪污犯"。但从进入云南境内起他们就这样叫唤我，想以
此证明我跟他们是平等的，是一丘之貉，就像穿着已经破了的
鞋子和肮脏的衣服走了很长的路一样感觉很不舒服。然而这些
都不重要了，因为我正在逃亡，身份、地位、背景早已不值一
钱，唯一在乎的是被警察抓到之前逃到缅甸去，黑狗说去投靠
他在缅甸做玉石生意的叔叔。而我，有一个在金边一所大学里
教授中文的远房外侄，虽然从没联系过，但他是我唯一的海外
关系。听说他在缅甸神通广大，各方面都吃得开，但我不会在

缅甸待太久，我的最终目标是在外侄的帮忙下逃到美国或者欧洲。

一个多星期，又或许是十多天前，我们从安徽出发，经上海，迂回石家庄、北京、大连、青岛、武汉、广州、南宁，才从贵阳进入云南，像进行了一次漫长的星际旅行。途中历经了很多艰险和惊慌，包括在广州火车站黑狗差点被联防队认出来，因为墙上到处贴着五花八门的通缉令，我估计是经过一次失败的整容帮他逃过了此劫，他脸上布满的红疹使联防队最后时刻对自己的判断产生了动摇。一路上我同样惊心动魄。也许很多报纸和互联网上都刊登了我携款潜逃的消息并配发了醒目照片，很多人都认得出我了。在武汉开往广州的火车上，坐在我对面的一个操马鞍山口音的中年妇女一惊一乍地盯着我，还将信将疑地问我："你是不是司图市长？"我紧紧地搂着装满了现钞的箱子，心虚地摇摇头，嘴里禁不住不断地说"你认错人了"，而乘警一次又一次从我身边走过，我感觉到他们冰凉的目光充满了狐疑……经验丰富、老奸巨猾、号称安徽偷渡的人中有一半是经他策划组织的蛇头臭卵在中途却意外地栽了，在昆明的夜市撞上了一个被他欺骗过的客户，两人当众扭打，结果进了公安局，但只是被训斥了一顿就出来了。我们对此的理解是公安局欲擒故纵放长线钓大鱼，只好赶紧收拾东西连夜离开昆明，改变出逃时间和路线，像丧家之犬往西北方向逃之夭夭。沿澜沧江逆流而上，从康普左拐，越过怒江，翻过贡山，往北抵达迪布里，然后又折向南，我们是要逃到缅甸的阿勒翁市。辗转途中依然险象环生，幸运的是，我们都有惊无险地避过，现在离目标都很接近了。虽然我和他们之间没有友谊，即使同舟共济了不短的时间，如果不是为了同一个目标和路上有个照应，我甚至不愿意与像他们那样粗俗的人为伍，因此我和他们没有多少交流，只知道他们一个犯了命案，一个得罪了黑社会，但我还是同意了他们提出来的一个约定：越过边境后痛饮一顿，以此宣告摆脱了国内警察的纠缠和新一天的开始。

但始料不及的是，那天的天气很不好。在离边境还有十几里路的藏族人居住区，在黄昏突然降临的下午，一场暴雪从北面方向席卷而来，铺天盖地，还夹着冰凉的小雨。刚才还觉得有点热的气温像发动机突然熄火的飞机急剧下降，似乎要让一切都顷刻之间变成冰块。我们从没遇过这种坏天气，被困在崇山峻岭一个叫不出名的山坳，进退两难，不知所措，几近绝望。

我们把遇上这样的处境归咎于貌似老实的向导老宋。他的老迈迟缓和过分自信使我们比原计划延迟了一个多小时，这段被延误的时间足够我们赶到边境并乘着雨雪的掩护顺利穿过国境线，远走高飞。不仅如此，老向导有点坏心眼，一路上不断以各种理由，如边防部队加紧了巡逻、可能遇上泥石流甚至雪崩、驮行李的母马有了几个月的身孕等，跟我们讨价还价，目的是想多敲几个钱。我们警惕地意识到过于在乎钱财的人是不能相信的，因此我们在进入藏区之前把他解雇了，预防他向警方告发带来的厄运，我们再次改变了逃跑的线路，并请了一个藏族姑娘带路。

藏族姑娘还是一个小女孩，黝黑的脸，蓬乱的头发，包裹得严严实实的藏袍，赶着一匹还算结实的矮母马，十二岁了，但看起来跟我八岁的女儿差不多，马鞭似乎比她的身高还长。她会说一些简单的汉语，但我们说话的语速必须比爬行这种崎岖泥泞的山路还慢才能让她听懂。她说她叫格桑，不上学了，每天就在山口等要进山的游客雇她和她的小矮马。她把我们当成一伙普通的喜欢猎奇的游客，因此她以习惯性的口吻告诉我们，三年前父亲死于一场雪灾，母亲的腿不好，下不了床，在家带着小妹妹，而她对这一带了如指掌，已经带领和帮助无数游客越过喀拉山到达缅甸边境。我猜，她肯定也是这样跟其他雇主说的。因此，我知道，一家的生存重担压在格桑的肩上，就像当初一个城市建设和发展的重担压在我身上一样，因此只有我才明白瘦小的格桑为什么在这种恶劣的天气里还愿意冒险。

格桑像久经风霜的长者告诫我们，到了冬天，这种天气是常有的，不过现在还好，还没到大雪封山的时候，到了那时，连狼也跑不了这种路，但是，即使是现在这种天气也是不能赶路的，那雨太冻，淋湿身子会冻入骨髓，将肉身化为雪水，不要说是人，连马都会冻垮。

我们已经领教了这种雨雪的厉害。臭卵浑身发抖。黑狗牙齿打架的声音彼此可闻，脸上的红疹变得恶黑，痛得他不断地呻吟。我们用默认的方式无可奈何地听信了格桑的奉劝，停止前进，闯在一间废弃的牧人小石屋里躲避。

"这是我父亲留下的房子。他是一个牧人。"格桑自豪地说，像介绍自己的家一样。

狭窄的小屋像冰窖一样，我们三个人弓着腰进来，一下子塞满了黑暗的空间，但格桑坚持把她的小母马也拉了进来。

"让马也暖和暖和，它们不穿衣服，比人还难受哩。"格桑忧郁的脸上露出少女式的俏皮神色。

除了黑狗骂了一句马的气味太臭外，我们没有对小母马表现出过多的反感，因为大家都知道，要翻山越岭还得靠它。但屋子里确实太窄了，马嘴和人的嘴巴几乎吻在一起，互相感受得到对方体内吐出来的暖气。我们又累又饿，掏出包里的干粮，干粮不多了。格桑不接受我们的食物，她自己有。她把糌粑一块又一块地送到马的嘴里，让它咀嚼得吱吱地响。自始至终，她自己才吃一小块。

外面的雪没有停下来的意思，世界惨白，寒气逼人。墙角里有一小堆牧人留下的木柴，格桑悄悄地点燃了几根。我们突然觉得困倦，都蹲下来打盹。才一会儿，我便做了一个短暂的梦，梦见我的女儿了。我猛地惊醒：原来，我没来得及跟她告别。

那天早上，我准备到政府开一个重要的会议的时候，忽然接到一个电话，声音有点熟悉，只是想不起是谁了。他压着声音，慌张而急促地说：

"检察院马上要动你了！还不快逃！"

我还来不及问对方是不是我在检察院的一个同学，对方便把电话挂了。这种事情也不能多问，他冒着多大的风险给我通风报信！这段时间，我做梦经常看到自己戴上了冰冷的手铐，从家里被检察官押出来，女儿哭着抱着我的腿，不让我走……想不到，这一天来得那么快。突然感到天旋地转，我根本来不及思考，头脑里一片空白，稍回过神来，只想到了一个字："逃。"

我摔门而逃，慌不择路，差点摔倒在楼梯上。一个邻居看到我脸色苍白的样子，要强送我去医院。我粗鲁地摆脱了他，仿佛他是要扭送我去使人身败名裂的地方。在车库里，四下无人，本来想给妻子打个电话隐晦地向她告别，但整个世界风声鹤唳、草木皆兵似的，只好作罢。我需要帮忙。但这个时候才发现，没有一个朋友或心腹是值得信赖的。突然众叛亲离。甚至不知道往哪里逃。我开着车，慌慌张张，感觉到满大街的车和人都是对我围追堵截，千夫所指，一个个面孔都因愤怒而狰狞。我必须摆脱他们。从去市政府的人民路掉头，往东拐过中山北路，避开检察院所在的淮海路，如丧家之犬，往南狂奔。出了城区，在无人注意的地方，把车牌摘了下来扔到臭水塘里，然后把车开进一家疗养院的停车场，打的来到一个十字路口，招停一辆武汉开往 X 城的长途班车，在 X 城下了车，然后赶到 Y 城火车站，跳上了开往上海的火车。惊魂甫定，便认识了一个自称做东南亚国际贸易生意的巢湖老乡。

他人高马大，满脸横肉，有着生意人的精明和市侩，并一不小心便露出固有的浅薄和猥琐来，然而，却装作见多识广、满腹经纶。一开始，他夸夸其谈地跟我谈论"9·11"、美元跟人民币的兑率、国家出口退税政策甚至安徽外向型经济发展……

虽然时有谬误，但对于一个体制外的人来说已难能可贵。然而，他喋喋不休的样子让我无所适从。要是平时，我是不屑跟这样的人有过多交谈的，但他好像看透了我的一切，非常谦虚地与我探讨问题。我也需要一个陌生人跟我聊天以缓解我内心的惊恐和慌乱，因此我没有拒绝他，慢慢地我从一味点头敷衍到主动发表一些见解，他对我的见解奉若圭臬，就像一个下属领会我的意图一样虔诚。我们越来越谈得来，不知不觉间，呼啸在辽阔的平原大地上的列车过了一个又一个站点，驶向暮色苍茫的尽头。我绷紧的神经得到了暂时的舒缓，谈兴渐浓，能不时听到自己发出的谨慎而节制的笑声。后来，我们很自然地不知不觉地谈到了 A 市……他从没到过 A 市，却对 A 市了如指掌，甚至对官场也洞若观火，对一些并不广为人知的传言和我所不知道的内情他也明察秋毫。长期在东南亚做生意的他怎么会对 A 市如此熟悉？他对 A 市的很多问题的看法是颇有见地的，特别是看官场他有着与众不同的生意人的角度，令我耳目一新。我想听他对谁最有可能在下一任 A 市市长的竞争中脱颖而出的分析，因为在此之前，坊间的议论都集中在我和另一个副市长赵忠诚身上，而且令人鼓舞的是，这几年这个城市发生了巨大变化，面貌焕然一新，群众和领导对分管城市建设的我评价都相当高。政绩和口碑就是我的优势。我也通过一些途径印证了坊间的传闻，上面已经基本定调，将由我来挑起 A 市的重担。赵忠诚也知道自己胜出的机会不多，多次在心腹面前露出了泄气和沮丧。但他是一个坦荡的人，在县里就跟我同事过，跟我的关系不错，前几天还到我办公室跟我聊天，非常真诚地说做好了当我副手的准备。我有些感动。然而，形势急转直下，天崩地坼像梦一般。事到如今，但我还是想听听民间人士对我由鞭入里的分析。

"照我分析，如不出意外，司图森稳操胜券。"

"为什么？"我精神一振，却很快便被一阵汹涌而来的悲凉取代。

他却戛然而止，没有往下说，转而谈他从事国际贸易的成败和甜酸苦辣以及周旋于东南亚各国官场的心得体会。我不得不对这个散发着狐臭味的家伙刮目相看，并产生了信任。当我小心翼翼地试探着请他想办法通过不正常渠道带我出境时，他仗义地拍着胸膛，满口答应，并把嘴巴凑到我的耳边悄声地说：

"我早就看出来，你就是司图森！"

阴森，得意，神秘。四周坐满了身份不明的乘客。我惊慌失措。但他稳住了我："其实，我也不是什么好东西，我的真正职业是蛇头。我们是一丘之貉。"

整个车厢里塞满了像夜色一样浓烈的狐臭。我比一个自以为高明的罪犯被警察识破还垂头丧气。原形毕露。瓮中之鳖。蛇头似乎是有点后悔揭露了我的身份，压着声音说了很多让我对他深信不疑的话。

"这个世界上，除了我，不会有第二个人知道司图森出逃！"

最后我确实相信了他。除了相信他，我还能怎么办？

"你不必知道我的名字，"蛇头说，"别人叫我臭卵，你也可以这样叫。名字虽然难听，但我做过很多好事。"

黑狗是从上海跟我们一起走的，也是巢湖人。他刚刚从美容院里出来，表情痛苦，却有点得意。

"上个月 A 城星湖花园出了一个命案，公安局查到真凶了。"臭卵说，"告诉你也无妨，是黑狗干的。因此，我们都不是好人，谁也不要嫌弃谁。"

我没有嫌弃谁的意思，即使跟猪在一起也不要紧，只想快点离开险境。但和一个杀过人的人为伍，我浑身不是滋味，总是觉得他的手上还沾着血，他的瞳孔里还留着死者惊恐的影像。因此他伸手过来，我没有跟他握，甚至没有正眼看过他。我们在上海换了十一次的士，绕了七八个圈子，好像是要摆脱什么似的。快半夜了，臭卵才神秘兮兮地把我们带到一个弄堂的小旅馆。三个人挤在一起。身边躺着一个杀人犯，我怎么也睡不着。黑狗也睡不着。我看得出来他是心情紧张。

"我去找个女人来。"黑狗突然从床上跳起来，"你们要不要？"

本来已经睡着了的臭卵被惊醒："你说什么呀？都几点了？"

黑狗说："我睡不着，我要嫖娼。"

臭卵责备说："你就不怕出事？"

黑狗狠狠地擂了一拳床板："出事好，出事就不用逃了！"

臭卵妥协了。

黑狗开灯找鞋。臭卵推了我一下。我说："我没有兴趣。"

臭卵对黑狗说："那……你也帮我带一个吧。"

我只好起来，穿上衣服，到阳台外躲避。

阳台破破烂烂的，下面是一条杂乱的小巷，对面是高楼的屁股，但也不影响我看夜景。这一切是宁静的。但宁静很快被两个女人的到来打破。她们嬉笑着嘲笑旅馆的破旧和简陋。关了灯，接着便是男女交配的混乱。我不愿回头看一眼，要把目光放得远远的，但沮丧的是，高楼挡住了我的视线，耳朵里一下子塞满了淫荡的声音。

好不容易等那种声音都结束，世界又恢复了宁静。我想好好睡一觉。

"妈的，谁的皮箱？差点绊倒老娘了。"一个女人狠狠地说并用力踢了一脚箱子。

我大惊，转身破门而入，把两个来不及穿衣服的女人吓得惊叫起来。

"箱子是我的，谁也别动！"我厉声叱喝，一把把箱子抱到怀里，像抢回我的命。

臭卵和黑狗被惊呆了。两个女人慌乱地穿上衣服，夺门而去。

箱子本来不是我的，是两个月前一个房地产商趁我喝得半醉送我回家的时候硬塞给我的，就放在我的车上。他嘴里也喷着酒气对我说："市长，非常感谢你对我公司的大力支持。"我糊里糊涂的，但遇到这种事情还能保持一贯的警惕。我说："支持你们是我的工作，你把这东西拿走，你不能陷我于不义……"

"这本来就属于你的……"

我推托着："你想干什么我知道，但我不能这样，你拿走吧。"

可是，他硬是要把箱子留了下来。推扯间我累了，说到底是晕了，最后连箱子也拿不起来。

第二天，我打开车库，打开车门，箱子还在车的后排座位上。这是一个黑色的嵌着金属边的崭新的真皮旅行箱，看起来庄重、大方、气派。拎了一下，沉甸甸的。我意识到，肯定是一箱子钱，掂量掂量，至少也有一百万。我慌了。从没那样慌过。在此之前，我以廉洁闻名，也是得到重用的原因之一。但我经济拮据，我的意思是说，跟那些富裕阶层相比，跟那些官职比我小却比我富足得多的人相比，我很寒酸。因此，我过得很矛盾，底气不足，信念经常动摇。在车库里犹豫了很久，经历了长时间的剧烈的思想斗争，我终于说服了自己。我告诉自己，这是第一次，也将是最后一次。但我不敢把箱子拿回家，甚至不敢打开箱子看一眼，生怕白花花的钞票使我的内心和我的家庭同时陷入慌乱。最后，我把它扔到车库的杂物堆里，每天回来都心惊胆战地瞧它一眼。它在杂物堆里熠熠发光，我却不敢去碰它，仿佛它是一颗定时炸弹，只要轻轻一碰，它就会爆炸。直到现在，我也没有打开过箱子，并不仅仅是因为我不知道它的密码。

我曾经想过，把箱子还给那个房地产商，让自己回到过去那种安贫乐道的平静生活。但总下不了决心。它是一个魔箱，它装着另一个世界。诱惑力实在太大了。因为有了这笔钱，我的家庭将生活得前所未有的从容、宽松，无论世道如何变幻我也稳坐钓鱼船。而且，那个房地产商的关系在安徽根深蒂固，做事情踏踏实实，出不了大问题。何况，这点钱，和我一直以来为他所作的努力相比，远远不成正比，如果按市场规律，我应该得到更多。因此，留下这个箱子，应该心安理得。我的侥幸心理一次又一次错过了为自己保持清白的机会，直到前两天，妻子严肃地质问我："社会上有关于你腐败的传闻，是不是真的？你可不要为几个臭钱弄得身败名裂，还让我们母女抬不起头来做人啊！"妻子的质问如醍醐灌顶、惊天迅雷，我心里一慌，那一刻，我才下决心，把箱子退回给那房地产商。那天我本来就是要去办这件事的。可是，竟然来不及了。

……

火光里，格桑脱去身上的棉袄，把它轻轻地盖在小母马的身上，轻轻地抚摸着它的头，还把马嘴拉进她的怀里。小母马轻轻地摆脱了她，朝她的身子轻轻地舔了一口。格桑笑了笑，走出小石屋，一会儿便听到她轻轻地哼起了一支又一支的小谣曲，自然、舒畅、悠扬，略显忧伤。听不懂内容，但听得出是简单词句的轮回反复、一咏三叹。小歌谣的旋律很美，像山峦和天空交会处的弧线；很轻，轻得像雪花飘在空中；安谧静和，像小夜曲那样。逃亡十几天来，第一次享受到如此美好的天籁之音，开始时，我不禁坐起来，专注地倾听她的吟唱，后来不知不觉地站起来走到了她的身边。

外面是白茫茫的，大地像白昼一样明亮。雪停止下了，甚至山顶上挂着一弯钩月。

格桑看着远处，有节奏地挥动着沾满了雪花的马鞭，她的歌声是为一个诗的世界配上的乐曲。我禁不住轻叹一声。格桑戛然而止。

"你唱得真好。"我由衷地赞叹。

格桑笑了笑:"你看,通往边境的路已经被雪覆盖了。"

我想踏出去试探一下雪究竟有多厚。格桑用马鞭轻轻地拦住我:

"你一踏出去,就玷污那雪了。"多洁白多纯净的雪!

我暗吃一惊。这小姑娘是什么意思?我注意到了,我的皮鞋已经出现多处裂口,还沾满了污泥,连衣服也脏兮兮的——我都好多天不换衣服了。在格桑的眼里,我肯定显得滑稽和猥琐。

"看得出来,你跟他们两个不一样。三个差别那么大的人怎么会一起旅行呢?他们连歌都不会听,能看得见风景吗?"格桑说。说罢自己笑了起来,像跟自己开了一个玩笑。

我说:"格桑,你真像我家的小姑娘——我的女儿,她嘴巴像小鸡似的,经常啄人。"

格桑收起笑容:"你女儿也会唱歌吗?"

我说:"没你唱得好,不过她琴弹得不错,演奏肖邦的《小夜曲》得过奖。"

格桑沉默不语。我意识到我刚刚流露出来的自豪感可能刺伤了她,"我女儿比不上你,她连真正的马也没见过"。

格桑说:"你真该让她见识见识真正的马。"

我说:"我答应了她,下个周末带她去一个马场骑马的……"

格桑把马鞭上的雪抖掉,然后收起来:"其实,今天也不算坏天气，你看，雪下得多好。"

　　还不等我回答，她已经转身进屋。等我进屋，她已经倚靠在小母马身边轻轻地睡去。柴火还在燃烧，屋子里暖和得像一个家。臭卵和黑狗围着火堆熟睡，鼾声交替响着。只有马是醒着的，它和它的主人紧紧地依偎在一起。

　　黎明的时候，是马首先把我拱醒。我猛一翻身，发现头枕着的箱子不见了，取而代之的是黑狗的行李包。被调包了！我惊叫着到处找箱子。臭卵和黑狗已经不知去向。格桑爬起来。我们走到屋外，只看到一行崭新的足印一直往边境延伸。

　　"他们还走不远。"格桑说，"他们怎么会扔下你不管呢？"

　　我焦急地拉过小母马，不顾格桑的阻拦，要跨上马去追那两个混蛋。

　　但马把我从马背上抖了下来。我重重地摔在雪地里，右腿还崴了，痛得动弹不得。估计是骨折了。格桑扶我起来，让我坐到石屋的门槛上："你不要欺负马矮小，它的脾气可大呢。"

　　我束手无策，近乎绝望。

　　"我不能让他们偷走我的箱子！"我声嘶力竭地说。逃亡十几天来我的精神虽然极度紧张但还不至于崩溃，是因为箱子还在，现在，一无所有，我真要疯了。

　　"格桑，你能不能帮我追回那个箱子？"近乎乞求。对一个比女儿大不了多少的小姑娘寄予天大的希望，我觉得自己窝囊透顶，一辈子也没有过如此厚颜无耻。

　　"他们过不了野狼崖。"格桑自信地说，"他们找不到通过野狼崖的小路，雪把它覆盖了，除了我，你们都摸不准它的位置。"

我知道野狼崖。臭卵说过。很险。只有一条小路通过。

"我父亲就是从野狼崖掉下去的。雪欺骗了他，连他也认不出路来。"格桑说，"所以，我比谁都熟悉那条路，我不会跟父亲死在同一个地方。"

我将信将疑。格桑说："我去把你的箱子要回来。"

一个小姑娘，即使跟上他们两个亡命之徒，也要不回来那箱子呀，弄不好还有危险。但我竟然自私而狠心地默许格桑，让她骑着她的小母马循着臭卵、黑狗的足迹追赶。而我，只能绝望、悲凉、无助地呆坐在门槛上，孤零零的，忍受着大腿骨折带来的钻心的疼痛，看着格桑瘦小的身躯和小母马一起消失在雪的尽头。

我管不了那么多了，想冒险给家里打个电话。妻子和女儿也许还没起床。但手机早已经没有电池。我狠狠地把手机砸在雪地里。一只老鹰从山顶掠过，发出一声低鸣。我开始悔恨，一个人捶胸顿足，用最恶毒的话咒骂自己，最后在这个空旷的山谷里号啕大哭。我想，那时候我已经彻底崩溃。

然而，奇迹像海市蜃楼般出现。格桑出现在了视线的尽头，慢慢地清晰，马背上，除了格桑，还有一只箱子。毫无疑问，那是我的箱子。她居然追回来那只箱子！

格桑跳下马来，衣服已经沾满污泥。箱子也脏兮兮的，她用衣服去擦拭，箱子更脏了。我试图站起来迎接箱子，但右腿根本无法动弹。格桑把箱子送到我的面前。我先是掂量了一下，还是沉甸甸的，赶紧查看。锁被撬坏了，肯定被打开过了。

"他们把箱子扔到了路上。"格桑说。

我赶紧打开箱子，傻了眼。里面全是衣服，我的衣服。一套黑色旧西装，一件灰色羊毛衫，一套花白色丝绒睡衣，一本《欧洲城市史》，一只橘色飞利浦剃须刨。衣服散发着我的气味，书上密密麻麻地写满了我的阅读随想，剃须刨里还残留着我的坚硬的胡须。这确实是我自己的东西，怎么会跑到箱子里去呢？我冷静地想，终于想起来了，这只箱子不是什么房地产商送的，是妻子给我买的，那天她知道我要出差了，便帮我收拾好衣物放在箱子里，还把它放到了我的车上，似乎她还叮嘱过我，箱子的锁密码是我手机号码的后六位数字！后来由于特殊原因取消出差，那箱子就一直搁在车上。出逃前，有一天妻子还有意无意地问起，箱子呢？我以为她察觉我"受贿"，心里不禁一慌，正好手机响了，我转身接听电话，轻轻地掩饰过去。

我竟然提着自己的箱子仓皇逃窜！我真疯了！

格桑看到我破涕为笑，也自豪地笑了："我早就看出来，他们两个不是游客，不是什么好东西，你就不应该跟他们一起。"

我拉着格桑的手，不知道说什么，竟一把将她拉倒在我的怀里，紧紧地抱住她，泪水哗啦地流到她的脸上，并很快凝结成薄薄的冰片。

我就经常这样抱着女儿，甜蜜蜜的，有时通宵达旦。

……

后来。格桑把我扶上了小母马。我伏在马背上，她轻轻地挥动着马鞭，吟唱起我已经熟悉的小谣曲，我们像一对相依为命的父女，行走在回家的路上。

后来，真相查明。事情简单、幼稚得令人难以置信和羞于启齿。那天打电话给我叫我"快逃"的人并非检察院的同学，而正是臭卵！赵忠诚才是这一切的背后策划者。臭卵和黑狗都没有逃脱，在边境被边防战士抓获。黑狗根本没有杀过人，他犯过最大的罪行是欺骗过十三个女人上床，他最大的梦想就是到周游全国；臭卵也不是做国际贸易的，更不是什么蛇头，他只是 A 市一个小混混，多年前在国有机械厂干过维修工，去年曾经为赵忠诚修理过热水器和煤气炉，因为和赵的老婆同一姓氏而暗称赵为姐夫。

现在，我还在 A 市，已经成为一市之长，人们茶余饭后虽然常常拿我的荒唐故事作为取乐的谈资，但碰面的时候他们都亲切地称我为司图市长，并且没有一点鄙薄的意思。

感谢何其大

我不喜欢高速公路，除非它通往富贵。

这是何唐山的父亲何其大最后一次从县城回来后反复玩味的一句经典。他就坐在米庄的家门口，在高高的石阶上，孤独地抽着水烟筒，在烟雾中不断地吐着口水，苍蝇盘旋下的地面湿漉漉地散发着腥臭。他似乎在苦思冥想，一声不哼，忍看一条崭新的高速公路从他的裤裆下呼啸而过。

1

何其大回想起来，二十多年前，这还是一条泥石路，何唐山就是从这里戴着大红花跨过风烛残年的石拱桥向法卡山进发，复员回来时就佩戴着一枚比一百瓦的电灯泡还要耀眼的一等功勋章。那天是他一生中最幸福最神采飞扬的时刻，湛蓝的天空把黄金一样富贵的阳光当作破棉絮毫无吝惜地全奖赏给他并小心翼翼地照在那温暖的勋章上。二十一岁的何唐山身穿别着雪白衣领的军装，戴着军帽，怀抱鲜花，坐在颠簸摇摆得像走过田埂的母猪的拖拉机里，不知天高地厚地模仿领袖当年阅兵的姿态向敲锣打鼓的乡亲挥手致意，并肆无忌惮地向着何其大微笑。但就是那一次灿烂而奢侈的微笑后，从此何唐山就没有向他微笑过了。那天，全村的乡亲都来到了他家，镇政府、大队（后来的村公所）的领导也来了。为看热闹而早退的学生围着恋恋不舍地从拖拉机的拖斗里下来的何唐山，幼稚的眼里充满了无穷无尽的疑虑：三年前还是一个天天在河里捉鱼的丑陋的"水鬼"，今天竟摇身一变成了像岳飞一样的大英雄了？简直就是神奇！

一帮小朋友撒开双腿争先恐后地追逐着寻根问底："水鬼"，你打死了多少个越南人？你的枪法准不准？一颗子弹能打死多少敌人？

村里的人都叫何唐山"水鬼"。

镇政府的人为何唐山挡住蜂拥而至的人们，一个脸皱巴巴的人站在屋檐底的一块大石头上，先吐了一口口水，然后前后侧仰着身，发布规范准确的官方消息："何唐山同志英勇善战，单枪匹马炸毁了越军的工事，为我军占领 12345 高地立下了赫赫战功，荣获一等英雄勋章。这是我们县在这次自卫还击战争中唯一荣获一等功勋的战士，是我们谷镇的无上光荣。"末了，还奉劝人们："你们今后不能再叫一等功臣'水鬼'，叫了嘴巴会烂到耳朵根的。"

小朋友们哈哈大笑：不叫就不叫呗，反正不叫他也是"水鬼"，就算穿上龙袍还是"水鬼"。

何唐山跟这些小朋友太熟悉了，平常在河里玩都互相摸对方的卵。

没有人提起英雄的父亲何其大。他躲在墙角里接二连三地抽着水烟，把烟雾吹到最大，使人仿佛置身于炮火连天的法卡山。但此时人们的眼光总是能穿越浓厚的烟雾，聚焦在一张比烟雾更黑的脸上。何其大生怕别人遗忘他了似的，终于忍不住充满得意地在大伙的身后说："唐山其实不想当兵，三年前是我逼他去的。"开始人们并不留意他这句话，他就不断找机会重复，重复多了人们就来了兴趣，无所事事的时候坐下来听听他讲述何唐山的一些旧闻逸事。

2

此时何其大所说的三年前，应该是广为人知的1978年春天，那年繁花似锦，满河缤纷，何唐山像一头健硕的水牛躲在清爽得还有点冻的河水里，用泥沙塞住耳朵，平躺在水面上，像一张芭蕉叶铺盖在那里。从泥石路和石拱桥上悠闲而过的征兵宣传车没有注意到他，却吵醒了他。他嘟囔了一声，一个鲤鱼翻腾潜藏入水中，浮出水面时，等待多时的何其大拿着一条长长的竹竿，一竿往何唐山身上打去。

何唐山像他的水牛一样强壮、水鬼一样油亮，乌鸦般黑的脸孔让何其大在他身上找不到与富贵有关的任何线索，但何其大并不因此而死心，一竿子打在何唐山的肩膀上，把水牛吓得逆水而逃。

何唐山有点生气地说："老爸，你打我干什么？我说过我不当兵，宁愿做一头牛也不当兵——不当兵也饿不死我，米河的鱼一百年也捉不完。"

何其大说："你小小年纪就怕死了，注定是条贱命。"

何唐山争辩说："我不是怕死，我怕什么死？我是你何其大的儿子不怕死。"

何其大说："那你为什么不当兵？一人当兵全家光荣，全村的青年都争着去。我们家就三个男人，我当过兵了，你和何昆明也要当兵。自古以来，只有饿死种田的没见饿死当兵的。当兵易富贵，不当兵贱如泥。"

何唐山说："谁说的？"

何其大说："林子进。志愿军三师一团八连连长，就是现在的林县长。我的老上级。"

何唐山不耐烦地说："你不要再提林子进，他害你。林子进他早就富贵了，但你当了几年中国大兵，富贵在哪里？你还不是跟没当过兵的农民一样，谁把你当回事？"

何其大说："我在朝鲜跟美国佬打过大大小小的仗不下三十次，但像穿着金刚罩一样居然连皮毛也没伤，寸功未立，未能如愿得富贵就退伍了。还是怪林子进，他帮我挡了几次子弹，否则我就立功受奖，就富贵了——说到底是林子进耽误了我。"

何唐山说："你说得有道理，但我还是不想当兵。"

何其大说："你怕死。"

何唐山说："我不是怕死。"

何其大说："那你为什么不当兵？"

何唐山说："我要娶程定贵的女儿程金香做老婆，我要是去当兵，她就要跟张小节睡觉，她像熟透了的桃子要被男人摘了，我不摘就被张小节摘了。当兵不能睡女人了的，我咨询了镇政府的人，是他们说的。"

何其大说："不当兵你就找不到老婆，程定贵说了，他的女儿宁愿嫁给讲话结巴的张小节也不嫁给何唐山那个'水鬼'。因为你没出息，看不到前途，他的女儿可不能天天只吃鱼，还要过上城里的生活，吃完猪脚炖豆腐后还要上影剧院看电影。"

何唐山斗气地说："那我不要她做老婆。让她被张小节摘去吃腻了再让城里的痴呆吃。"

何其大说："如果你去当兵，情况就大不一样，我就跟程定贵说，让他把程金香留给你，就像养着过大年夜的猪，谁也不让碰。"

何唐山说："不关他老爸的事，是程金香自己要男人了。"

何其大说："那也不成，我帮你守着，哪个男人靠近她，我就跟他拼命。"

何唐山犹豫了一会儿，说："这样也许苦了她，但这也是没有办法的事情。"

何唐山最终因为他能在水里像青蛙一样能潜伏上二十分钟的特殊功能让征兵的头头无法割舍而荣幸入伍，他的弟弟何昆明在镇上体检时因为鸭掌脚被无情地推下开往梦想的吉普车，郁郁寡欢，躲在一棵大榕树上三天不愿下来，骂镇政府，骂征兵的，一直骂得自己口吐泡沫。他说："我又不是去做仪仗队，我是去打仗，凭什么鸭掌脚不能当兵？"

何唐山出发前何昆明仍在树上，他刚刚撒了一泡尿，晶莹剔透的尿液从这片叶子滑到另一片叶子像珍珠般调皮地旋转、滚动，然后不小心砸到了从部队来带新兵入伍的一个军人的头上。

那军人怒目圆睁，几乎要拔枪，是村长打了圆场："他神经出了问题，革命军人不必跟一个神经佬过意不去。"

何其大也说："你和我的一个儿子也就是他的哥哥何唐山同志已经是战友了，战友的家属就是你的家属……过去有个故事，说一个坐轿的从树下经过，碰上树上有个小孩向他撒尿，他就给了赏钱，对小孩说，下次……"

那军人扫兴地、不屑地说："下次……下次撒尿给骑马佩枪的会得到更多的赏钱，是吗？"

何其大笑道："是，是，他就是被人教坏了，所以才冒犯了你。但你不是过去的旧军阀，你不会……"

那军人抢过何其大的话大声嚷："你难道要我给他更多的赏钱？军人是至高无上的尊严，岂容一个疯子撒尿？等我们请示了领导，再来收拾他。"

何唐山突然觉得很耻辱，向何其大吼叫："我不想当这卵兵，宁愿做一头牛也不当兵。"

何其大无言以对，村长凑到何唐山的耳朵轻声说："你不去当兵，昆明马上就要被他崩了，你看他的手都摸到了枪柄。"

何其大刚才兴致勃勃的表情突然郁闷起来，对着何唐山欲言又止。那军人气呼呼地找水洗澡去了，村长唯唯诺诺地在前面领着路，径直把他带进了何其大的灶房。何其大迟疑了一会儿，快速跟上去，大声说："同志、村长，让我来，我来，我……"何其大操着一只勺子，从灶房的水缸里舀出一勺清水，那军人低下高傲的头，但何其大不敢往他的头上浇水。

那军人不耐烦了，大声嚷："浇呀，怕死？"

何其大小心翼翼地说："水有点凉。"

那军人伸直腰，瞟了一眼何其大："只有像你这样没卵的人才生了个神经病！"

何其大怔怔地站着，似乎在反复回味那军人刚才所说的话。村长见状，赶忙夺过何其大手中的勺，把水轻轻地浇到那根本没有一点尿味的头上。如此几下，头洗干净了，何其大从麻绳上扯下自己的洗脸面巾帮军人擦头，擦干头发又擦绿军装。那军人推了一把何其大的手："去，不用擦了，弄脏了我的军装。"说罢，大步走开，村长弯着腰尾随而去。何唐山觉得何其大有点可怜，但他不会去安慰，反而郑重其事地对父亲何其大声明说："我当兵不是为了富贵，是为了程金香。"

何其大点点头说："我会为你守住她，但你一定要立功回来。立了功你就富贵了，富贵了就有人帮你擦头，程金香也会像麦芽糖一样黏住你。"

何唐山说："那你要我立几等功？"

何其大伸出一根坚硬的手指头。那是一根盛开着委屈、愤怒和强烈期待的指头。

何唐山读懂了那根指头的意义，眯着双眼，迎着好得像鲜花一样的阳光说："你也太贪婪了。我能满足你的贪婪，但你必须先给我粉刷新房，养肥两头摆酒席的猪，还有，告诉程定贵，让他为程金香准备好嫁妆，一回来我就要结婚，不能再等了，再等下去新鲜菜也会发馊。"

3

三年后，何唐山迫不及待地回来了。在欢迎的队伍中没有发现扎着牛尾巴瓣子、喜欢噘着樱桃嘴说到底就是有点娇媚冷艳的程金香，只发现她的父亲程定贵远远地躲在角落里痛心疾首地长吁短叹。何唐山要质问父亲，但何其大得意忘形地周旋在道喜和妒忌的人们中间，像行走在大年夜前夕的镇圩上忙得无暇顾及杂乱而久远的往事。直到人尽散去，何唐山追到房间门口一把拉住要上床睡觉的疲惫不堪的父亲。

何其大猛地吐了一口浓痰，忽然想起了当年令何唐山锲而不舍的那件事情，吞吞吐吐地告诉他："程金香嫁到城里去了。简而言之，你离开村里第二年，张小节就使出浑身解数勾引程金香，程金香是水性杨花，与张小节闹出了事，肚皮鼓得比气球还快。张小节却是小公鸡，只管别人肚子大不管她人名声臭，溜之大吉搞野马去了，两年未见踪影，程定贵料到我们不会要他的破鞋女儿了，干脆把她嫁给了县氮肥厂的一个也当过兵的残疾工人。"

何唐山生气地说："何其大，我真想不到你这样的没用，连自己的儿媳妇都守不住，还吹嘘当年守住了上甘岭，你还口口声声地说要富贵，我呸，你骗我去当兵，我还以为今晚我可以和程金香进洞房了。"

何其大说："唐山，你怎能直呼父亲的姓名呢？我还以为你当了三年士兵，长了见识，觉悟提高了。"

何唐山说："觉悟再高也不能让自己喜欢的程金香给张小节搞，早知这样我就不当兵了。"

从此，何唐山没跟他的父亲笑过，连后来何其大在何唐山的婚礼上连放三个响屁所有的人都笑了何唐山也始终没笑。

但何其大逢人便说："我的儿子立了一等功勋，是血战法卡山的战斗英雄，富贵近在眼前，马上就成农转非了，县城里的单位将会任他选择，我让他选财政局，管钱好，不用懂太多字，会数钱就成，全县的钱都由他管，他就是财神爷，连县长也要向他要钱。我在朝鲜战场上一无所获就回乡了，唐山在中越战争中一战成名，富贵垂手而得，这是他的福分。所以，对儿子不能听之任之，比如说唐山不愿当士兵，是我半逼半骗他参了军，等于老父逼他富贵。你们别看唐山的脸黑，那黑脸里隐藏着'富贵'二字，二十年来我居然看不出来，但一逼就出来了，哈哈。"

人们开始有点嫉妒，但仍然恭维地说："能把一个'水鬼'变成一个大英雄，把一株水稻变成牡丹，说明大叔高明呗。"

何其大谦逊地摇摇头，披着一件没有纽扣的白衬衣，双手叉着瘦腰，挺着空无一物的小腹，抬头看对面的山。平日满山光秃，一丝不挂，一夜之间突然开遍了万紫千红、雍容华丽、只在梦中见过的牡丹，一团团、一簇簇，从此山绵延到彼山，直与天地连接，花香携着歌声沁人肺腑，灿烂的艳丽炫目得让何其大张不开双眼。何其大伸出一根坚硬的指头，轻盈地点了两下，自信地说："十万牡丹必定是排列成'富贵'二字，并且一直排队到天堂，排到三百里之外的南海……"何其大抑制不住愉悦，甜蜜地畅想，仿佛他才是何唐山。

忽然有人喊："喂，'水鬼'。"

何其大慎怒说："你们不许再叫'水鬼'，何唐山就要转非农，和我们不一样了，虽然我是他的老子，也不能叫他'水鬼'了。你们看，满山牡丹，比水稻还多——但牡丹不能叫牡丹，要改叫富贵。"

黄昏，程定贵躲躲闪闪地在一条林荫道上拉住了放牛回来的何唐山："水……水……唐山。"

何唐山昂首挺胸说："你是不是求我原谅你？"

程定贵说："唐山，我……"

何唐山不耐烦地说："我的右耳被炮震聋了听不见，你对我的左耳说。从此以后，你只能跟我的左耳说话。"

程定贵转到何唐山的左边，满怀歉意地说："其实金香爱的是你，她是被张小节用妖术骗了——张小节算什么东西？他哪能跟你比？你讲一分钟的话他要讲半天才讲得完，人又不老实，他父亲张大权瞒天过海偷过队里的秕谷，母亲吕中竹装聋作哑偷过别人的红薯，他的姐姐张小惠十五岁就跟人睡觉，比金香还早两岁。反正他们一家人都不是好东西。张小节搞大了金香的肚子就溜之大吉，除非他永远不回来，只要我一见到他，非打死他不可——我可吃不下这个哑巴黄连亏。"

何唐山说："张小节得了便宜，可我连程金香的头发也没碰过，我才吃了哑巴黄连亏。"

程定贵愧疚地说："这个，你叫我怎么补偿呢？好在我还有一个女儿，就是程银香，虽然才十七八岁，嫩是嫩了点，但也得嫁人了，不嫁人又要出事了。如果你喜欢，明天我就叫她搬到你那儿住。"

何唐山厌恶地说："我家的牛栏还有空，打扫干净牛屎，你叫她跟我的牛睡吧。"

程定贵这才转愁为喜，笑嘻嘻地说："好吧，先住牛栏也好，能住上一等功臣的牛栏也是她的福分。"

何其大每天起早第一件事就是把牛从牛栏里放出来，拴到一棵老龙眼树下。这天，何其大在昏暗的晨光中推开牛栏的门，牛习惯地先跪着前脚然后用力爬起来。何其大像平常一样拿着铁铲在清扫牛屎。突然，牛栏的一角传来懒洋洋的一声："大叔，天还早呢，你吵醒我了。"

何其大吓得一跳，铁铲一抖："你是人是鬼？"

此时有一个人从地上爬起来，头发乱七八糟的，是个女人。

那女人说："我是程定贵的二女、金香的妹妹银香，小时候我到过你家玩，你对我可能没有大的印象——不过，我很快就是你的媳妇了。"

何其大说："你……你怎会睡在我的牛栏里？"

程银香一边将席子折起一边拍身上的污泥，底气十足地说："是你家的大功臣何唐山叫我睡这里的。"

何其大说："他怎么会叫你睡这里？这不是人睡的地方，脏不算还挺危险，牛不小心会踩到你的肚皮，肠子会从屁眼、鼻孔流出来。"

程银香一本正经地说："那你叫我到你家唐山的房间里睡吧，反正迟早我是你家的人了。你总不会叫我定居在这里，哦？"

何其大说："要是过去，我还能做主，现在我可不敢做主了，唐山是大功臣了——我不敢肯定唐山会不会要你？"

程银香说："嗬，何唐山昨天亲口告诉我爸，叫我到你家来住，不是我主动来的，我才没那么贱格送货上门。但到你家住就是你家的人了——这个规矩是你们大人一直以来定下来的，大叔你最清楚。"

何其大说："既然是唐山亲口请你到我家住的，我无话可说，他看上你是你的福分，虽然我主张找个城里的媳妇，但我总不能再干预我的功臣儿子的婚姻大事。既然这样，就不要住牛栏了，到我家正屋右侧第三间房间住，能做些家务就帮着做些，你总不能再叫唐山做了吧，他马上就是非农户口了，你跟着他不用种田打柴，能穿鞋穿袜子，有享之不尽的富贵。说到底你比我有福气，我是他的父亲也未必能跟着他到县城里享福。"

程银香被美好生活的感觉包围着，眼前闪烁着城市里的幸福画面，禁不住泪花飞，抽泣着说："大叔，你也知道，我是远近有名的孝顺女，我会孝顺你的。还有，我会经常提醒唐山，他的富贵是你逼出来的，他的功章也有你的一半。他的母亲死得早，他要把孝顺父母两个人应该花的心思全部集中放在你一人的身上，一丝也不能减少。"

这几天来，何其大沉浸在儿子立功受奖的亢奋中，他总是为儿子感到高兴，但就没有为他自己想想，至少得让唐山深刻认识到他的作用，富贵不能忘父，这才是深层次的问题。然而在巨大的幸福中，谁也没有提及这个问题，倒是程银香提出来了。何其大感到有些欣慰，脸颊上有了红光，显然他对程银香的印象来了一个一百八十度的转弯，觉得她比她的姐姐金香好，好媳妇比儿子顶用，幸而唐山没有娶金香。此时那头母牛终于忍不住哗啦地拉尿，尿液如瀑布一般散发着浓烈的腥臭。何其大对母牛说："你这泡尿总算没有忘本啊。"

何唐山还在梦中，就听到有人叫他："唐山，你可以放心睡懒觉，你不同其他人要出工，你快是非农了，听说要分田到户也与你无关，你睡你的懒觉，等通知来就到县里上班。我跟着你也可以像我的姐姐金香那样，吃了猪脚炖豆腐后到影院看电影。不过，你放心，我不会白白吃你的，我会帮你生孩子，你想要多少个我就生多少个——我没有什么本事，但我腰杆坚实肚皮有弹性，生孩子的本事我不会输给金香，我还要帮你洗衣服做饭孝顺大叔，古言说：富贵不能忘父……"

何唐山梦里依稀听出是程金香的声音，一骨碌爬起来，穿着一条短裤从房里出来，一看是有点陌生的程银香："我还以为是你姐姐呢。声音很像。"

程银香说："金香这个时候应该到县城的东门菜市买猪脚豆腐了，去迟了就不新鲜了。"

何唐山侧着左耳说："你来我家干什么？刚才是你在吵嚷？"

银香说："昨天你让我爸请我到你家的牛栏里住，我想来想去就答应了，你是一等功臣，我不能顶撞你，你叫我住牛栏我就住牛栏，没有什么大不了的，先苦后甜，你的富贵来之不易，我也不能白白占便宜。今天大叔说让我住牛栏怕别人笑话，就叫我搬迁到你家的房间来住，有活就帮你做。但我首先声明，我不能学金香，未进洞房之前我不能跟你睡在同一张床上。"

何唐山哭笑不得，有言难辨，黝黑而清瘦的脸上露出不耐烦的神情。

银香说："你赶紧穿上衣服，天还早，别人看不顺眼，还以为我和你早早就黏在一起了，无端拿我跟银香相提并论。"

何唐山说："你到我的左耳边说话，我的右耳被大炮轰聋了。从此以后，你只能跟我的左耳说话——你是我的什么人？"

银香说："你是功臣，全县全省全国都出名了，你爱拿我当什么人就当什么人，反正我从今天起就住你家了。但你不能对我呼之即来挥之即去，我可不是金香。金香有时也不能被随便呼喝，连牛都有自尊，何况是人，我还是女人呢，女人都是有自尊的，没有自尊就不是好女人了。"

何唐山说："你不要老说你比金香好。你有什么比她好？"

银香说："我就有一条比她好，我十七岁，她二十，她比我老。关键是，我还没跟男人睡过觉。"

何唐山说："但你的脸皮比金香厚，你的嘴巴比金香的阔。"

程银香说："嘴阔有什么不好？你不善于说话，我不怕，我就善于说话，什么都敢说，一个嘴巴顶两个，我生来就是帮你说话的。今后你的嘴巴只管吃饭，说话就让我代劳，这样你便省去一大笔麻烦事。"

何唐山说："我还是不会跟你结婚。"

程银香说："我们石根村所有的人都知道我搬到你家住了，我就是你的人了，没有女人敢与我争。你迟早得和我结婚，迟结不如早结，早结你们米庄就得分我一份田，结迟了我的田就分在石根村我爸那里了。"

何唐山说："你真不要脸。我要不是一等功臣，我真想揍人。"

程银香对这种态度始料不及，有点害怕，但仍理直气壮地说："你不要凶嘛，人家也不一定就要嫁给你。红旗村的阉猪佬冯达昌追我半年了，隔天给我爸送猪卵下酒，还说要带我去一次桂林，你逼急了我干脆嫁给冯达昌。"

4

何唐山的弟弟何昆明成了隐形人，他在哪里都引不起别人的注意，没有人当他存在着。他收割着猪菜，跟成群结队的青蛙们斗殴，把一片片的水稻糟蹋得满田狼藉。有时他抓回几条颜色不同的蛇，吊在榕树的树杈上活生生地剥皮，血淋淋地，他还娴熟地抠出蛇胆一口吞了，甚至连蛇眼也吞下去，剩下的蛇肉就放火烤着吃，吃饱了就爬上树上睡觉。

村长兴致勃勃地来通知何其大："大叔，大功臣呢？县里叫他后天出发，参加县里举办的战斗英雄事迹报告会，要他准备一个小时的报告稿，在县人民大会堂上读，要讲得好一点，因为县里的领导和干部学生两千多人都听他讲，还要录音在县广播上播。"

何其大又被另一个接踵而来的巨大的喜悦冲击得手足无措："村长，你得老实告诉我，该怎么办？"

村长说："大功臣得马上写讲话稿，得准备充分，不可掉以轻心。讲得好，他今后前途无量、富贵无边；讲不好，全县的干部群众笑话，玷污他的一世英名不算，还给我们镇、我们村抹黑。"

何其大更加紧张："可是唐山认得的字少，不爱读书，他写不了六十分钟的讲话稿。"

村长觉得也是，但时间紧，又不知找谁帮忙，想一想去，只想到镇文化站的朱秀才，但朱秀才最近被抽到县里搞新闻了，平时跟他也没有大的交情，就说："要不让大功臣自己说，让高校长帮他记，把立功的过程讲清楚就成了。"

　　何其大突然发现了正在烤蛇的何昆明的存在，就叫他找放牛去了的何唐山，昆明说："不去。"何其大要亲自出马，刚好程银香干活回来，何其大就说："银香，你得马上叫唐山回来，还放什么牛？县里找他，他很快就是全县英模了，好事将一件接着一件来，像四五月的洪水，挡都挡不住。"

　　程银香说："昨天我跟他吵架了，我不理他了。大叔，你自己找他去。"

　　村长惊奇万分地说："哎哟，我的妈呀，你这妇女怎么能跟大功臣吵架呢？你算什么资格？你是大功臣什么人？"

　　此时何唐山正好也回来。何唐山说："我不去作报告。我不喜欢那么多人看着我讲话。"

　　村长说："大功臣，这是任务，也是你走向富贵的命运转折，讲得好，县政府面上有光，会给你好安排，说不定还能当官。"

　　何唐山说："我不当官，我想在米庄放一辈子牛捉一辈子鱼，哪里也不去。村里马上分田地了，你得给我一份。"

　　村长说："不得，村里不准安排你放牛，哪有一等功臣放牛的？这不是天大的笑话吗？我这个村长不当也罢了，县长的乌纱帽恐怕也戴不稳啰。"

　　何唐山说："我就是不想到县里作报告。越南人被赶回去了，仗打完了，部队散伙了，还作什么报告？"

何其大有些光火，要是平时，他早就骂娘了，甚至要打何唐山，而现在得忍气吞声，他耐心地说："唐山，立这个一等功不容易，差点连命都搭上了，你不能把到手的富贵扔掉喂狗，这个报告你得作，马上就写报告。"

何唐山说："我不会写。"

程银香自告奋勇地说："我会，我帮你写。读书时我的作文就经常得高校长表扬，虽然比不上你的一等功，但村里就我能写，你们不用找其他人了，找别人写人家传出去岂不灭了一等功臣的威风！"

何其大自然高兴："唐山识字少，银香你就拣好读的字写，写好了还要教唐山念。不念错是不可能，尽最大努力减少差错就成了，村长你说对吧？"

5

程银香很想进县城探她的姐姐程金香。何其大认为银香要为何唐山壮胆，因此应该与唐山一起进城。何唐山一声不哼就离开米庄，何其大本想说些什么却找不到时机，就交代银香："唐山没见过大场面，你得壮他的胆。"程银香说："谁说唐山没见过大场面？他在法卡山……"何其大打断银香的话："他不怕死，但怕人，两千人听他作报告他会手颤脚震。"银香说："我给他写的报告容易念，我叮嘱他在台上什么人都不看，只低头看稿照读就是了，不会有大问题。实在他不敢上去，我就代他作报告，我谁也不怕。"何其大说："不成，你不能上主席台，你还不是军嫂。"

程定贵看着何唐山、银香他们走远，对何其大说，等唐山和银香从县城回来就把婚事给办了，免得住在一起不便，反正大家都知道他们已经住在一起了，总不能一定等到肚皮大了再办嘛。何其大更加觉得银香是个不一般的女人，不怪她能攀上唐山，她天生就有这种福分，这婚事应该快办。

到了县城，何唐山找到了县政府招待所报到。正好武装部马部长也在。马部长关切地问何唐山明天的报告稿准备得怎样了，不成的话现在可以马上组织人修改。程银香从何唐山的衣袋里摸出报告稿，递给马部长。马部长就在一旁看。一会儿，说："不错嘛，你们镇的张部长看过，说写得不错，我也粗略看了，是不错。是你写的吧，功臣？"

程银香忙说："是他写的。我只是帮他查了一下字典。"

马部长欣赏地说："好，就这样，今晚好好休息，明天好好作报告。"说完马部长就走了，走远了又回头说："何唐山，把你的讲稿当成12345高地，给我死死地保管好直到明天大会结束。"

程银香帮何唐山应了一声。何唐山走到服务台，拿出镇武装部的证明。女服务员狐疑地问："她是你爱人？有结婚证吧？"

程银香说："他是一等功臣。"

女服务员说："这明写着还用你说？你以为我不认识字？一

等功臣怎样？一等功臣也不能乱来，没有结婚证男女不能混住在一起。我的工作就是把关，不让那些狗男女睡在政府招待所的床上——我把关一放松世界就会乱。"

何唐山赔笑脸说："她不跟我住，她不是我爱人，她只是石根村的未婚农村妇女程银香。"

程银香脸色一沉，拿起自己的行李就走。她是真的生气了，生起气来的样子有点让人生畏，冬瓜圆脸红红的，喘着粗气，头也不回，不容劝慰，走起路来屁股像风摆，似乎要跟谁一刀两断地决绝了。

何唐山首先着了慌，追上去："你要去哪里？"

程银香坚决而气愤地说："我回家去，车站还有最后一趟班车回去。"

何唐山说："你不能到你姐金香家里住？"

程银香说："我不去，我为什么去她家住？我来县城是帮你的，不是专程来探金香的，你得管我吃管我住管我的工钱，否则我就回去。"

何唐山说："你生气了？你不生气就好了。"

程银香说："我不生气，谁敢生你一等功臣的气？我找贱啊？你不缺女人，镇里、说不定全县的女人都排着队等着你拣，我这就回去搬走我的东西回我家里住，我就不相信不嫁你何唐山我就变成大年夜的腊肉了！"

何唐山忍不住"嘿嘿"地贼笑了两声。

程银香停了下来，她万万没想到此时何唐山还敢贼笑，便将行李袋往他身上一掷，大吼："水鬼！"

　　二人边走边离开了县政府招待所，穿过县政府门口，拐过东门菜市，就是热闹的供销社门市部和各类商店。天黑时，县城里的男男女女从不同的方向出来又从不同的方向散去，抱腰揽颈，嬉皮笑脸，有的简直就是放荡。程银香说："你看城里人怎样生活？你要慢慢适应，学习休闲学习放荡，不然人家不把你当城里人。"何唐山忽然觉察到程银香的双手已经抱住了自己的胳膊，他几次要丢开却丢不掉。何唐山本要找到传说中的著名的人民饭店，那里有更著名的腊肠砂锅饭，到了县城吃不上砂锅饭就算白来了，但转了几圈仍找不到，便在一条小巷坐下来，每人要了一碗桂林风味的辛辣的瘦肉粉，何唐山辣得满头大汗直咽口水，程银香却津津有味，饱得打了几个嗝，满足地说："估计金香姐的日子也不过如此。何况猪脚炖豆腐也未必比得上瘦肉粉……只不过是，今晚我们要睡在哪里？"

　　何唐山当然不会自己回县政府招待所住而留下程银香，如果能在街上逛逛就能度过一个夜晚多好，但把县城所有的商店都走遍后甚至所有的商店都关门后仍然不太晚，离鸡啼还远着呢。何唐山和程银香觉得确实没其他地方可去了，不知不觉就来到这条叫南流江的河边。

　　此时月已当空，一座破旧的石拱桥横跨而过。凉风习习，倦意越来越浓。何唐山决定在这座比家里河上的桥长不了多少的石拱桥下的拱上过上一晚。结果程银香也爽快赞同，说这比牛栏好。其实何唐山此时仍不知道这是一个陷阱。就是这一晚，程银香借口被一只远距离而过的老鼠惊吓，将他死死地抱住，像牛筋一样富有弹性的双乳有节奏地弹在他的背上，纵使他的背多么结实，也将被她弹成松软的棉花失去抵制渗透和挑逗的能力。此时此刻，何唐山想到的是那天南宁市文工团慰问法卡山部队时的那个能歌善舞的圆脸的湖北女演员，她弹着一把吉他站在他的面前，扭着腰，眼光在他的身上绘画一样缠绕，还张口唱一首很好听的歌。那时，如果能抱一下她就算马上叫他去死也干。但她没有让他抱，而是主动去拥抱了他的连长，一个曾立过二等功刚提拔为连长的胖子。尽管那胖子长得不怎么样，平时跑得也不快，打起呼噜来能吵醒对面的越南人，全连队都为此担惊受怕。如果脱光他的衣服，还能看到从心脏到肚脐的狭长地带有一条隐蔽的羊肠小道，那是被越南人的刺刀留下的弯月形伤疤。就是从那一刻起，何唐山才发誓要做一个英雄，立功受奖，然后有机会让湖北女演员拥抱一下。那种想法在猫耳洞里传染、弥漫、膨胀，每个男人都焦虑地等待战斗号角的吹响。何唐山看到他们手握钢枪，就像梦中抓住了湖北女演员的奶子，激动而紧张，一刻也不愿放松。何唐山自私而庆幸地占据了有利的位置，确保任何时候他都能第一个冲锋在前，号喊着将越南兵杀光、剁烂。现在，程银香就像那湖北女演员一样，大胆而风骚，热烈而温柔。而此时的何唐山像一个被别人拉燃了导火索的炸药包，巨大的炸药包压得他四脚朝天，在寂静得如米庄的田野的桥洞上，他闻到了导火索越烧越急促的声音和炸药包快要爆炸时的焦味。

他双手颤抖，汗流浃背，心里狠狠地说："弟兄们，我快要死了！我要跨过凉山、杀到河内去！"

程银香越来越放肆，舌头如钢铲般活生生地撬开了何唐山的嘴跻进去搅动，并一把抓住了他的鸡巴……"轰隆"一声，炸药包已经爆炸，整座桥梁可能为此崩塌。

三年前，何唐山就是这样扛着炸药包炸掉了越南军的碉堡，结果，红色的泥土将他埋在地下，起来时嘴里全是他妈的烧黑的泥土。

程银香看着还在犹豫的何唐山，挑衅地、狐妖地说："你不敢！"

何唐山说："你说什么？我的右耳聋了，你对我的左耳说。"

程银香像蛇一样蜿蜒翻越到何唐山的左边大声地说："你怕死！"

何唐山说："我不怕死。我是何其大的儿子，我什么也不怕。怕死不当兵。我真的要学习放荡了。"

程银香就是一条蛇，她的腰像蛇，眼睛像蛇，舌头也像蛇，冰凉冰凉的，水一般缠绵着，何唐山成为一只老鼠，挣扎着被蛇的唾液淹没。

6

完事了，就像一场痛快淋漓的战斗结束了，敌我双方都已精疲力竭。

硝烟散尽，程银香突然发现下半身湿漉漉的，用手一摸，借着淡雅的月光和微不足道的路灯光，她意识到那是血，便惊慌失措地喊："何唐山，你快活得像头公牛，但我快死了，你要救我！你不要把我扔到河里喂鱼。"

何唐山断然想不到会发生如此大的麻烦，赶忙从裤袋里掏出一叠皱巴巴的纸，为程银香拭擦。那地方像被蚂蟥咬过，血汩汩不止，一张又一张的纸由黑白变成鲜红，散发着淡淡的腥臭，被一张一张地抛到空中，简洁、优雅而隆重地飞舞了几下，然后无声无息地降落在泛着粼光的河面上，随水漂去。

血终于是止了。像堵住了决口的大堤保住了整个世界，何唐山和程银香都大大地松了口气。程银香毕竟是程银香，她突然看到水中红色的纸是那样亲切，幡然醒悟后不禁大惊失色："不，何唐山，你不仅糟蹋了我，还把我写的讲稿也糟蹋了！"

何唐山此刻也觉察到自己慌乱中丢掉了武器，竟然要从高高的桥拱上跳到险不可测的河里去抢夺，但发现自己手中仍有半叠，庆幸地说："这里还有，还够用。"

程银香一把夺过去，一看，笑了："还好，你的立功过程还在，丢掉的只是你的成长过程，那些东西不说也罢，你的成长过程不值一提，说出去还引起别人的笑话呢。"

何唐山说："那你为什么还要写？"

程银香说："写出来让你自己和别人都知道你原来是什么东西。别以为佩上一等功章就是将军了。'水鬼'还是'水鬼'，穿上龙袍还是'水鬼'。"

何唐山说："听起来你跟我说话的口气好像马上就变了，跟半小时以前不一样了。"

程银香说："我都已经把最值钱的东西交给你了，我说话的口气变一下都不成？你看河面上的纸，一张接着一张，明天一早就漂流到米河了，大叔、我爸、我妈、张婶、李嫂、狗黑、何刀疤、冯达昌还有其他乡亲到河里洗菜、挑水，看到这些纸会不会认出是我们的？我的妈呀，肯定认得，上面写的是你的成长过程，头页还署了你何唐山的名字，很多人都看过这篇报告，一看就知道是我写的。上面有我的血，还有你的糨糊，别人看到了就知道我们在县城里干了些什么。何唐山，该怎么办你说话呀？"

何唐山悔恨地说："我就不该把纸扔到河里……我就想不到这条河流经我们米庄，南流江到了米庄就叫米河了——河水能倒流多好。"

7

县武装部的马部长一见到何唐山劈头就骂："你干什么去了昨晚，我们十几个人找了你一晚了。你小子立了功就没了军纪了不是？林县长都为你着急呢。你这一等功能给你也能撤销。"

何唐山好像无所谓地说："那还要不要我上去作报告？"

马部长说："会快开了，三等功、二等功的讲完了你就讲，要讲得比他们好。"

何唐山被两个湖北女演员一样温柔的姑娘戴上了大红花，

在热烈的掌声和敬佩的目光中随马部长走上主席台，在后排坐下。程银香骗过门卫在会场最后排的角落觅得一个位置。主席台上坐着好多大领导，写着"上级首长"的水牌有好几个，连马部长这样响当当的人物都坐得很靠后。会场庄严肃穆，格调高昂，一股英雄气在燃烧、弥漫。

三等功的说得声情并茂，凄婉动人，下面很快黑压压地哭成一片，只有白色的手帕在飞扬。不知什么原因，何唐山突然觉得便急，瞧瞧没有人注意他，就悄然起身猫着腰去找厕所。

厕所离主席台不太远，出了门转一个弯就到了。厕所坐落在青松翠柏之中，没有可恶的老鼠、烦人的苍蝇和恐怖的粪蛆，没有嗅味，甚至还有淡雅的檀香。何唐山觉得此时应该好好地呼吸好好地拉一次屎。何唐山未蹲下之前，他清醒地想到了过去的钥匙和偷到厕所吃的番石榴是如何从口袋掉到黑暗的粪池里的，这种错误不会在此时此地重演！于是，把裤袋里的半叠讲稿拿出来，小心翼翼放在面前的隔墙上，以免灾难性地掉到坑里被水冲走，如果那样一切就完了。然后蹲下，重重地吸了一口气，用力将屎逼出来。

突然，前面站起了一个干部模样的人，回头看到墙上有纸，欣喜地自言自语："正好忘记带手纸，这不是有人帮送来吗？"说着，毫不费劲就拿去。

何唐山连裤也顾不上抽起，立马站起来说："不准拿我的讲稿当手纸。"

那人吃惊地说："不就是半叠纸吗？我急了先用，你说不成也没用。嘿，你是从哪儿混进来的？到外面拉去！你这种人用竹篾条涮屁股就成了，还用纸！"

那人说着蹲下去，把纸撕得沙沙地响。何唐山十分气愤，抽上裤冲出来，打开那人的门，要夺讲稿。那人已经用完并扔到了坑道里随屎水无息无声流逝，还有最后一页，被何唐山一把抢了回来，并大声斥责说："你坏大事了！我要向马部长告你去，你是谁？你毁了一等功臣的讲稿……"

那人满脸不高兴，慢吞吞地抽起花白的内裤，接着抽上黑色的长裤，把灰色衬衣束进宽阔的裤头里，然后系上银灰色的裤带还重重地吐了口浓痰才推门出来，将无意间为他开了门的何唐山推到一旁："一等功臣算什么卵！"

何唐山侧着左耳说："你说什么？我的右耳被炮震聋了听不清楚，你对我的左耳说。从此以后，你只能跟我的左耳说话。"

那人好奇地说："你是个大功臣，你还戴着大红花呢，你的红花干吗系在裤头上？年轻人，聋了一个耳朵立了一等功，值得，很好嘛。"

那人说完蹀到洗手盘洗手，对着一块斑驳得快照不出人像了的镜子抹弄了一下头发，头也不回地走了。何唐山有点恼火，看看四周没有可拿来揍人的棍子，慌忙中对着那人的背影抽出了鸡巴……

重新回到主席台，何唐山才发现刚才那个人竟然是林子进，就是父亲何其大常说的林县长。他还未坐稳，在那里摇动着身子，似乎重新回来感觉座位就不一样了似的。坐稳后，悠闲地喝了一口茶。二等功臣们讲得更加精彩，仿佛把人带到了炮火连天的老山、法卡山，下面的听众不时报以热烈的掌声，不少人热泪盈眶，特别是那些女人不断地拭着泪水。马部长很欣慰，林县长也很满意，二人不时相视而笑，听到精彩处都真诚地鼓掌。何唐山遥望着正襟危坐的程银香，她镇静自若的脸上洋溢着胸有成竹的谋略，她似乎在告诫主席台上下的听众们先别浪费感情和体力，也先别把手帕弄湿透了，等到一等功臣演讲时会更煽情，至少有十三个精彩处你们将忍不住要不惜气力鼓掌和哗啦流泪。

程银香比谁都期待那一神圣时刻的到来。那与其说是何唐山时刻，倒不如说是她程银香时刻。

马部长从主席台前列走到后排，悄然地对何唐山的左耳说："下一个就到你了，不要紧张，照你的稿子念就成，你的稿子我看了写得不错，符合你的身份，也很有感情，你会讲得比他们还好。讲好了我向林县长推荐安置你去县财政局，像你这种资历的人很快就会当官，当了官就可以经常坐在这里开会了。"

何唐山想说"我的讲稿被糟蹋了"，但马部长不给他说话的机会，马部长说："你人老实，不怕死，有前途，我看这茬兵就你出息。讲完报告后你先不要回家，我请你到我家去坐坐，认识认识我家，今后你还可以常来。"

一阵雷鸣般的掌声过后，主持的林县长说："我们县的一个战士在这次对越自卫还击战中，冒着生命危险手抱炸药包迁至敌后炸毁了敌人的一座工事，为我军夺取 12345 高地立下了头功，他本人英勇善战，被炸飞的泥土淹埋在地下达一个多小时才获救，死后余生，为此，组织给他记了一等功。这是我县唯一的一个一等功获得者。他就是谷镇米庄的优秀农村青年何唐山同志。下面，请法卡山战斗英雄、一等功臣何唐山同志作报告，大家鼓掌欢迎。"

掌声雷动。热血沸腾。大会堂的空气在燃烧，激动的情绪像爬台阶的蜗牛，终于爬到了最高点一样，蜗牛也会疯狂。

何唐山紧张得全身颤抖，双脚快软得不成了，马部长几乎是提着他站到了发言席。此时站稳脚跟的何唐山恢复了尊严，以示威的姿态冷冷地回头看了一眼林子进。林县长怔了怔，对何唐山职业地笑了笑，像慈祥的父亲，像对着一只勇敢的蜗牛，很温和也很亲切，充满了褒赏和鼓励。

掌声停下，全场死寂。两千多双眼睛看着何唐山。何唐山放眼搜索湮没于黑压压的人群中的程银香，程银香兴奋地站起来向他挥手，红扑扑的脸好像湖北女演员妩媚而多情。

何唐山站了足足三分钟不说话，在猫耳洞里他也是这样站的，一声不响，一动也不能动，有时要站上一整天，比蜗牛还有耐性。会场开始有点骚动了。林县长对着话筒为何唐山打圆场说："唐山同志第一次上主席台讲话，就好比第一次上战场，有点紧张，很正常嘛。同时也允许他思考一会儿嘛，不打无准备的仗，凡是精彩的演讲都要经过认真的思考，思考时间越长也许讲得就越精彩。"

但是又过了五分钟，何唐山仍一言不发，只有挂在他脖子上的勋章挑逗着人们的瞳孔，吸纳着会场里的灯光。他的大红花经林子进提醒，早已从裤头乔迁至峻峭的胸前——在所有人的眼中，那是一朵春天里绽放在悬崖边上的牡丹，绚丽得令人窒息，但不是任何人都能摘到。今天真正的主角仍然不发言，主席台上下再也坐不住，开始有人小声咕嘟，而后有人交头接耳，而后有人开起可恶的玩笑。程银香最着急，坐立不安，浑身燥热，她站起来，跨出了两步，立在人行通道上，恨不得马上上去代替何唐山作报告。但人们惊奇的眼光和工作人员制止了她。她只好重新回到本不属于自己的座位上，用手掌扇着汗水。她略表谦意地对身边的人说："大家听县长的，再等一会儿，何唐山会说得很好——他立一等功不容易，差点儿死了——假如死了，现在开的就不是报告会而是追悼会。你们耐心一点儿，他差点连命都丢了，你们难道多等一会儿都不成吗？"

　　林县长开始轻声而慈爱地催促何唐山。马部长过来对他咕嘟，脸色很不好。何唐山向马部长侧着身小声说："马部长，你对我的左耳说话，我的右耳聋了听不见。从此以后，你只能跟我的左耳说话。"下面一阵哄笑，这一阵哄笑，把庄严神圣的气氛引向了反面。马部长严肃地说："何唐山，请你马上开始作报告。"

　　何唐山仿佛一下子醒悟了，忙掏出一页稿纸，对着话筒咳了两声，会场马上重新肃静下来，大家再次充满了期待——一个经过了长时间思考的演讲必定异常精彩，至少比前面所作的报告精彩十倍——这是林县长的推断，没有人不相信。

何唐山的紧张期好像过去了，他镇静地回头环顾了主席台上的听众，然后对着台下的听众包括程银香，像站在岸上对着河里的牛群呼喊，铿锵有力地大声说："感——谢——何——其——大！"

只这一句话，何唐山做完了一个重大报告，深深地松了一口气，末了竟然忘记了说一声"谢谢大家"——这是程银香反复叮嘱的，转身走下讲台和主席台，径直走到台下，从中间人行道匆匆向程银香走去，但程银香竟然不见了，身后传来如炮轰一般、如暴风雨一般的哄笑。这哄笑，何唐山只听到其中的一半，因为他的右耳是聋的，但刺得他的左耳有点痛。

8

何唐山在县汽车站拉住了怒气冲冲又义无反顾的程银香。

"你发什么大火？我是按你的稿子念的，一字没错。最后就剩下那页了，那一页就只有半行字。"

程银香用力一下挣脱何唐山，张开机关枪的嘴，怒火就喷了出来："何唐山，你为什么不死在法卡山？这样就不会丢人现眼，何其大还能得到一笔安家费过上几天好日子。我也不用被你无端白白糟蹋了……"

何唐山说："可是，我死了你就没有这次来县城的机会了，虽然金香在县城，但你不敢去她那里，你怕看到金香过得比你好你受不了。"

程银香："要不是想嫁给你，昨晚我就去了金香家，谁稀罕在蚊鼠众多的桥拱上过夜？这一夜我白搭了，算白送给你了。现在我就去金香家住上一年半载，你回你的米庄去，白天等着别人的笑话，晚上抱着你的母牛睡觉，做你的春秋富贵梦吧。我嘛，不要紧，金香还不是被张小节先睡了，现在不也在城里嫁了个公家男人？天天猪脚炖豆腐，夜夜到影院看戏。我们姐妹都是这种命，要和两个男人睡过才能找到幸福。在城里找不到好的，找一个神经病嫁了也比你这'水鬼'好。"

何唐山争辩说："我没有错呀，我只不过是作的报告太短了，可我还是一等功臣，国家还会安排我农转非，我过几天就来县城上班，我也能吃上猪脚炖豆腐。"

但程银香听不到他的话，她走远了，穿过熙熙攘攘的大街，停在一个小果子摊前，反复掂量着手中的雪梨讨价还价，很快就提着半袋苹果扭着钟摆般的屁股消失在拐弯处，一直没有回头看何唐山。

县氮肥厂就在不远处，穿过人民路往左拐过了跃进饭店就能看到很多很高的烟囱，那就是金香的家。

9

村里的人看到何唐山回来，禁不住开怀大笑。

何唐山讪讪地说："你们都知道了？"

何其大说："都完了。"

在榕树下，何昆明利索地将一条南蛇的皮剥落，几个小孩惊骇地躲闪开去。何昆明抬头看了他哥一眼，微微笑了一下，这是三年来难得一见的笑，尽管笑得不明显也不灿烂，但何唐山还是觉得安慰。

何唐山说："昆明，我还是一等功臣，我没错呀，我只不过是……"

何昆明顾左右而言他地说："程银香呢？"

何唐山说："她要在县城里找男人，不回来了。"

何昆明说："这种女人是势利眼，如果是我的女人我会剥了她的皮。"

何唐山发现昆明目露凶光，不愿跟他说话了，便拉着自己家的大母牛，往河里去。这是米河，河的尽头是南海。

在河边，正好碰上了程定贵在为他的牛涮身，装着没看到何唐山。

何唐山说："定贵，你的牛肥得黑黑的像条大鲸鱼，这条河快装不下你的牛了，看来你下了不少心血。"

程定贵头也不抬，只用鼻子"唔"了一声。这是很不礼貌的一种回应。

何唐山并不计较他的无礼，忐忑不安地说："今天早上你在河里看到什么了吗？"

程定贵猛抬头，冷冷地说："我看到了一条大草蛇掠过水面飞上天堂，还看到了一只水鬼学狗抓水鼠。"

何唐山羞涩地说："有纸吗？皱巴巴的纸。"

程定贵大声得有点夸张地说："我看到了一河的人民币哗啦

哗啦流过来，比秋天的落叶还多，我拿着几条蛇皮袋捞、捞、捞，我以为从此下半辈子、子子孙孙都不用种田了，但一觉醒来什么都不见了……等一会儿你回去把银香留在你家的东西送回给我，包括她的旧木屐，我家的女儿高攀不起。"

何唐山说："可我还是一等功臣咧。我还会农转非……"

程定贵已经赶着他的大鲸鱼走了，把牛鞭子挥得啾啾地响。

何唐山发现米河的水草变老了，老得像稻秆一样，牛不愿吃，拉着何唐山沿河岸走。何唐山终于忍不住了，用力一拖牛绳，牛马上就停下来。何唐山气愤地大声吼道："可我还是一等功臣咧。我还会农转非，农转非后，我就到县城里去，你还是牛，牛就是牛，永远办不成农转非，你牛 B 什么？"

远处，程定贵放慢了脚步，仿佛在侧耳听。

10

一个多月过去了，何唐山仍接不到来自县里的关于他本人的任何消息。听说大部分立过功的退伍兵都安排了，而一直说优先安排的一等功臣还在家里放牛。何唐山天天把牛拉到石拱桥附近，要让石拱桥时刻在他的有效视距之内。原来水草丰美的河滩被同一张嘴日复一日地啃成荒漠，憨厚的母牛终于忍不住，折腾着要生活在别处。但何唐山不答应，也不明确地给母牛一个理由，让它也像别人一样蒙在鼓里。何唐山每天都要看着村长从石拱桥上经过，村长的手里常常抓着一把来自五湖四海的信。何唐山等待着村长的脸春暖花开，站在石拱桥中央远远地向他招手："喂，唐山，县人民政府给你的信，估计是给你安排工作了。"何唐山装作没听见，村长拿起一块石头向水里扔去，水的响声和浪花惊动了何唐山："村长，你说什么？我的右耳聋了，你对我的左耳说，从此以后，你只能跟我的左耳说话。"何唐山谦逊地转过身来，左耳对着村长："你再说一遍。"村长又说了一遍。何唐山说："哦，原来是县政府的信，没有什么稀罕的，我才不管，你交给何其大。"但这一切没有发生，村长每次都是背着手低着头匆匆而过，看也不看何唐山一眼，只有他光亮的额头镜子一样为他照着路。或许村长忘记了手中有何唐山的信，或者村长要将信亲自交给家长何其大……然而，何唐山一次又一次地远远地用他侦察兵犀利的目光准确无误地鉴别着村长手中的信件：我只需看到一只牛皮信封就够了——除了县政府和武装部，谁还有资格用牛皮纸做信封？令人沮丧的是，村长手中的信封都是混蛋的白色！白色！像河滩上的泥沙，像母牛饥饿的牙齿。

何唐山终于明白，一等功臣的报告作得太短确实不成，不是什么东西都像当兵的头毛越短越好。他开始练习说话，因为在这个世界上你不会说话不成，话说不好立再大的功也没用。但练习说话也不是一件轻松的事，开始有点胆怯，就找个没有旁人的地方对着水牛说，但无论你说得多好，水牛也无动于衷——它不会鼓掌，也不会哄笑。何唐山觉得没趣，就对着一帮叽叽喳喳的小孩说，说他的立功过程和感想，越说越细节，把法卡山上有多少猫耳洞、多少个山头甚至有多少棵树都说得清清楚楚，把他被泥土埋在地下后的害怕心理也虚构得惟妙惟肖，还把胖子连长的趣事说得头头是道。"你们知道吗，那次法卡山之战，死了多少人？"孩子们摇头。战友们都死光了，越南人也死光了，我是最后的一个活着站在山顶上的。孩子们说："你不是说你被埋在地下吗？怎么又站在山顶上？""是埋在地下呀，但一个小时后山下的战友上来清理战场时，将我挖了出来。""你的战友怎样知道你在埋在地下？""我的水壶露出地面，背带连着我的手……""听说越南的男人都死得差不多了，女人多得光着身子满地跑，究竟死了多少人呀？""我也不知道，总之，很多中国人和越南人死的时候抱在一起，你咬我的耳朵我啃你的鼻子，血肉模糊，分不清谁是谁。"孩子们说："我不相信，何其大也讲过打美国人的故事，就没有你说得离谱。"何唐山说："他打的仗不够精彩，他也没有挂彩——连挂彩的机会都没有，更不用说立功了，但我立功了，所以我跟他不一样。"孩子们说："你是大叔的儿子，你跟他怎么不一样？"此时，何唐山才发现，这帮狗仔巴根本不是来向他学习的，而是来设圈套捣乱的。虽然他们既会鼓掌，又会哄笑，但他们总是以哄笑结束——不愿听他重复了很多遍的话，然后像终于发现他身上原来空无一物连起码的几颗糖果也没有就一哄而散。他们走远了，还整齐划一地反复地喊："感——谢——何——其——大！"

　　这喊声传到了何其大耳里。何其大有说不出的感觉，但想想在县城里当着两千多人的面何唐山说出这一句话真的不简单，应当说有很多人知道了他的名字，至少林子进终于在事隔近三十年后又听到了他何其大的名字——三十年来有谁在林县长面前提起过他？没有，还不是靠自己的儿子？他觉得应该去找一找林子进。三十年前，他和林子进在朝鲜战场上毕竟出生入死过。这份情谊他应该还认。但他又扯不下脸皮去走这个后门，他不相信一等功臣安排工作也要走后门，这会闹笑话的。当年林子进只得了一枚不值得炫耀的英雄勋章——这是从朝鲜回来的人很多都得了的，跟何唐山的一等功勋章比起来充其量是半斤八两，甚至还逊色一些，但林子进不是当了县长了吗？何唐山的工作问题公事公办就够了，用不着众目睽睽之下走后门，无须争取，耐心等待就成了。何其大依然在村里踩着风火轮走路，轻盈又充满自信。除了格外喜欢到左邻右舍窜门外，他还如此热烈地爱上了牡丹，在他的屋前屋后，在通往高山的路旁，甚至在有限的菜地都种满了各式各样的在他看来肯定是牡丹的牡丹。牡丹能长出稻米？牡丹能生出白花花的银两？刚刚能填饱肚皮就有闲情逸致拈花弄草？种花种草是城市人吃饱了撑的事，就像我们农民闲得无聊时数脚毛。而此时，别人种水稻杂粮忙得不亦乐乎，何其大却埋头种牡丹，不是异类就是发神经病。这种神经病从来就没发过，唐山的母亲病死那年，他也没发过神经。银香不敢言，何昆明不屑言，何唐山不想言。后来，连村里的人们也觉得不对劲，说："大叔，气候不同，土壤不合，米庄变不成洛阳城。"何其大说："牡丹花比朝鲜的金达莱好看，金达莱可能也是牡丹花——你们不要管我，我要种十万

188 | 白马夜驰 |

牡丹，一直种到南海，明年春天，别人顺着牡丹花盛开的路就能找到米庄，找到米庄，就能见到一等功臣和他的父亲……田地是你们自己的了，你们种什么不关我屁事，不过，在我的眼里，万物皆牡丹。"

于是，人们从此照面就这样说："大叔，你的菜牡丹长高了，你的蕉牡丹吐蕾了，你的禾牡丹熟了，你的豆牡丹好饱满，你的鸡牡丹一天能下多少个蛋，你的猪牡丹肥得比牛大……就是你的真牡丹都变成枯枝败叶了。"

何其大听得出他们的言外之意，就伸出一根坚硬的指头，说："你们看，我这根手指头浇上水，明早也能绽开牡丹花。"

人们说："大叔，吹牛，唐山又会说你牛皮吹大了。"

何其大不服气："不信你们明早来看。"

第二天早上，程银香回来了。远远就能看出她穿着一身新潮的米黄色的裙子，十分显眼。走过石拱桥时，正好看到何唐山在河边放牛。他的一等功的勋章就挂在牛角上，左右晃荡，在阳光中像玻璃那样闪烁，把程银香的双眼炫得只能睁开半道缝。她用这道细密的缝去观察专注于牛的一举一动的何唐山。何唐山光着上身，头顶上盘旋着一堆蚊子和数只蝙蝠。他似乎更黑了，像蝙蝠一样，分不清头发、脖子和肌肉，连牛吃草的样子也让他如此着迷，看来他已和牛融为一体也快让人分不清了。

程银香停下来，看上去心情不错，先是干咳了一声，然后对何唐山说："金香说了，欢迎你到她家里去坐。她过得真的很好，每天都有吃不完的猪脚炖豆腐，电影看多了都是看重复，没意思，就在家里织毛衣，叫我帮她照顾小孩。我这身衣服是我姐夫给我买的，在县供销社第一门市部，那里的衣服比镇上所有商店里的衣服加起来还要多。我姐夫有很多的布票，金香的衣服多得挂满了客厅、厨房，厕所也挂满了半边，可以开个门市部了。但她的衣服我一件也不合穿，她胖了许多，你见到她可能也没那么喜欢了。"

何唐山好久不见银香，心里倒也挺想她的，一边涮牛一边说："看上去你白净多了。这身衣服也好看。"

程银香说："金香叫我回来找你，跟你重归于好，她辜负了你，我再也不能抛弃你。而且你还是一等功臣，还会农转非……哎哟，你，你的勋章怎能挂在牛角上？弄丢了怎么办？这不是在牛粪上种牡丹？你的母牛能给你富贵？——除了我和金香，没人可怜你！"

何唐山突然有几分激动。这种情形下，程金香、程银香还不嫌弃他，他真的始料不及乃至受宠若惊。他停止给牛涮身，抬头看了看银香，发现她其实很美。

程银香站在桥中央，展示着她的新衣裳。新衣裳在何唐山乌黑的瞳孔里电影一般鲜活，在清澈的河水里木棉花一般慢慢盛开。何唐山想说：你一点也不比金香差。但他说不出口，又低着头给牛涮身。程银香想了想，带着悯惜说："我们结婚吧。"

于是，他们就结了婚。第二年春天，有了第一个孩子，是女孩，取名何又香，很快分到了一份地。程银香果然很孝顺何其大，有好吃的都要留多一点给他。坐月子时，隔天都杀鸡炖汤，程银香总要让何其大吃头一碗，她父母亲来了，就吃第二、三碗，唐山、昆明就吃第四、五碗，自己吃第六碗。但没有人听她这样安排，总是"逼"着她先吃。她就推说"我要喂奶"，就掀起衣服喂奶，大家就坐着聊天等她喂完奶再吃，还是让她先吃。一家过得和风细雨，竟然忘记了唐山工作的事情了。直到程银香那天想到吃猪脚豆腐时，才突然想起唐山的事情真的不能拖了。

<h1 style="text-align:center">11</h1>

程银香叫何唐山去一趟县城，何唐山不愿去。他说宁愿在家里种田也不愿去求人——这不是上访吗？不是自己找脸丢吗？

程银香说："不是脸皮问题了，是富贵问题，你不去找上门，人家可能忘记你了，或者工作疏忽把你漏了，你真的要去一趟。"

何唐山："我不稀罕。"

程银香："可我稀罕。"

何唐山："谁稀罕谁去。"

程银香第二天一早就背着何又香往县城出发。到了县政府，就找民政局。她把何唐山的一等功章往桌面上一放，说："我来这里为这块功章说话。"

民政局的人说："你是何唐山的爱人吧，何唐山的问题现在还在研究，主要是没有用人指标，他的文化水平又太低，不好安排。现在和平年代，都讲文化了，没文化干什么都受嫌。"

程银香说："你们都讲文化了不是？你们叫他当兵打仗的时候为什么不嫌他文化水平低？"

民政局的人说："你这位女同志话中有话，挺刺耳的。不过，你放心，我不会责怪你，比你尖酸刻薄的人我都见多了。我老实告诉你，何唐山的问题在于他立功后的表现不好，自以为是，比如那天作报告，就搞得很不好，好端端的英雄事迹报告会让他一人搞砸了，那天上级首长很生气，中餐不吃就走了。如果把这件事上报部队，说不定要取消他的一等功荣誉。我们县觉得他是一个农村青年，还为保家卫国受了伤，一只耳朵都聋了，不容易，也就算了。"

程银香说："那他的工作安排问题呢？"

民政局的人说："估计迟早会安排的，因为上有政策嘛。"

程银香哭了。

"女同志，你哭什么？"

"我哭他命不好，你们为什么让他去作报告啊？你们不是作弄他吗？"

"这位女同志，不是这样说话的，作报告跟打仗一样重要。谁说作报告不重要？那影响多少人啊？"

"你们得安排工作，不然我母女俩天天来。"

"好了好了。你们天天来，可我们并不天天上班呢。我们当干部的，总得过星期天吧。"

程银香又到了县武装部。马部长就在办公楼前给二十几个当兵的训导，看上去很威严。程银香就在一旁等，一等功章就挂在脖子上垂在胸脯前。何又香嘻嘻笑了两声后突然在背上撒尿，程银香觉得烫，将她放下来。何又香撒了尿就饿了，饿了就哭，哭了士兵们就忍不住侧目。何银香觉得影响了他们听训导，也影响了马部长的情绪，很过意不去，赶快掉过脸去背对着这些男人，把硕大的奶子堵住何又香的嘴。

马部长迈着军人的步伐脸色阴沉地走过来。银香虽然背对着他，但仍感觉得到一个雄健男人的靠近。

"女同志，这是军事基地，你不应该随便进来。"

"我不是随便进来的，我对站岗的士兵说我是有事才进来的。"

"你是谁？有什么事？"

"我是米庄一等功臣何唐山的爱人程银香，何唐山复员一年多快两年了，你们还不安排工作，我来问问。"

士兵们"哗啦"全围上一来了，争睹一等功臣的妻子，大伙盯着她胸前闪耀的勋章，议论纷纷，表示出由衷的关怀。程银香扯下衣服把奶子和肚皮掩藏得严严实实，何又香的小脸也被包围住了，只有小鼻子露出来。

马部长的脸色好看多了，关切地说："你是何唐山家里的？很好，没吃饭吧，小刘，带小程去吃饭。吃完饭后带她到办公室找我。对了，给小孩弄点奶粉，让小程带回去。"

程银香说："我不吃不喝不要紧，要紧的是要解决何唐山的工作问题。"

马部长说："不怕对你说，这件事至今还没解决，我也觉得害羞了。何唐山同志的问题不解决，叫我今后如何面对这些子弟兵，还要不要征兵？我对他们训导他们还听不听？"

程银香觉得马部长是个关心人的人，他的话听起来很温暖，于是就很放心地回到家里，跟何唐山说了。何唐山双手抱着膝头不作声。何其大说："马部长叫你等你就再等一阵。"但又过了一个多月，仍不见动静。何其大一气之下跳上了去县城的班车。

12

林子进在他的办公室接见了好不容易才跻进县政府的何其大。

何其大一进门，林子进吃了一惊："你就是何其大？看上去像个老头了。"

何其大给林子进敬了一个礼，不太标准的军礼，接着就伸手去握林子进的手。林子进的手软绵绵的，像团面粉。何其大的手握着他的手就好比一只钳子钳住了一条黄鳝。

何其大说："连长，你不也变了？你的铁拳都抽骨头了。"

林子进并不打算和何其大叙旧，说："你是为你儿子何唐山的事而来吧？何唐山本是一个优秀的士兵，就是跟你一样，有时不把正事当事，有时把自己太当回事。"

何其大说："我约束不了他，恨铁不成钢。"

林子进说："你要我怎样？"

何其大说："该怎样就怎样呗。"

林子进说："听得出你有点恨我。你可能还觉得，三十年前你在朝鲜战场上为掩护我们撤退而被俘，我欠你一个人情，你以为我不认账了对不对？"

何其大说："不要再扯到三十年前，你不说这件来没人知道，我从俘虏营里出来后我就不再提这件事了，我们村的人都以为我是光荣退伍的，何唐山也以为我真的打过上甘岭。反正，不要提了，你如果一定要提，那我也会提你的一桩旧事，你一样会很难堪，说不定你再也没脸在这里做县长。"

林子进慌乱中有点失态，拉开门对着门外的一个工作人员吼："茶水，你们干什么去了，一杯茶水弄了大半天。"

何其大说："连长，我不喝茶。农民都不喝茶。三十年前，我们喝过金达莱泡的水，但那不叫茶。"

林子进笑了笑："说老实话，当官当久了，有时容易忘记过去，在米城做了几年县官，我竟然记不起你的籍贯就在这里，要不然我早就去探望你了，那天何唐山说到你的名字我才想起你就在这里，你是我连队里唯一的广西兵。我们还是战友嘛，三十年前，是你和王国昌、张大力、罗建国他们掩护我们撤退到安全地带，不然，我也是俘虏了。如果一切可以重来，估计你再也不会拼死为我打掩护。不过，不要提了，你也不要提了，三十年了还提什么！"

何其大说："这样挺好，你当你的县长，我种我的田。但是，何唐山的事情要公平对待。"

林子进说："我们是老战友，但也得讲规矩，我是从不徇私的人，后年我也得退休了，退休前你不能让我犯错误嘛。我的儿子也打过越南，也立过功，但他还在湖南老家种地。唐山是个诚实人，还挺孝顺，不错嘛。县氮肥厂正好来了个用人指标，就让他到那里上班，那里不错，比财政局的工资高，一般的人想都不要想进去。"

何其大说："我怎么能走后门呢？今天来找你，让我羞愧得没脸回村里去见人了，但从此以后，我不会再跨进县政府大门。丢脸哪！比当年被美国人俘虏还丢脸！"

林子进意味深长地说："我们说过不再提过去的事情，可你还情不自禁。我想想也对不起自己的儿子，我真的应该给他安排工作——当兵永远都是光荣的！你没有错，我们都没有错。何唐山的确要感谢你何其大，但更应感谢战争！战争赠予我的，也同样会赠予你的儿子。"

13

听说何唐山要到县氮肥厂上班，最兴奋的是程银香。她对人说："我们姐妹都能过上城里人的生活了。我也会像金香那样有吃不完的猪脚炖豆腐，有天天不同的穿一个月也不会重样的衣服，不过，电影看多了会重样。"

这一晚，也就是何唐山到县氮肥厂上班的第二晚。程金香匆匆忙忙地来到银香的住处要找银香一起去看电影，何唐山刚来，就被安排住在厂区东北角的瓦房，还好，有两间，刚修葺好的，不会漏水。何唐山正在砌灶台。程金香进来了，看到何唐山，怔了怔，笑嘻嘻地说："唐山，终于农转非了，在这里上班比在家里种田强一百倍。"

时隔近五年后何唐山再见到程金香时，她已经变成了一个肥胖的婆娘，像一朵施肥过多开得臃肿的牡丹，但依然可见当年的妩媚和妖艳，她的脸像只鸭蛋无论是煎是炒还是焙都让人爱吃，浑身上下打扮得新潮而鲜艳，与穿土布衣服相比依然有说不出的迷人，只是不喜欢她现在的短头发，因为短头发使她显得更肥胖更不可控制更像别人的老婆。三年本来很快就可以过去的，但她并没有比常人更有耐心，匆匆忙忙地嫁人，还让张小节先睡了。当兵的三年，居然天天想着她，上战场前还在战友的指点下给她写过一封没有寄出的遗书。但这遗书不知不觉中献给了张小节的猎物、城里一个残疾退伍兵的老婆。早知如此，他宁愿将遗书献给生过六头牛犊的母牛。

　　这两天来，他一直在想这些问题：见到她后该怎么说，从哪里说起。会不会很尴尬。她会不会对他感到内疚，甚至会不会向他忏悔。但现在看上去，她像只是在一个普通的场合一个普通的时间见到一个普通的老熟人，没有惊讶也没有困窘。唐山对金香也笑了笑："我正想和银香去看你。"对银香喊："金香来了。"金香笑笑。唐山说，她正在洗澡。金香说，银香终于也能在城里洗澡了——就算在城里拉屎也比在乡下拉得更有快感。

　　金香看到何又香躺在木板床上，自个叽叽喳喳，就去抱："你的又香胖胖的，我的小奇志却瘦瘦的，吃了不认账。不过，看你的骨架，就注定生男生女都生龙活虎。我家的正东就比不上你强壮，成天吃药。"

　　何唐山笑笑。

"不过，他挺勤奋的，家务活儿几乎全包了，有空就带孩子。我正好要找银香去看电影，一场新片，朝鲜的，保证不重复。"

"银香没看过的都是新片呗。"

"我家离你这不远，在西北角，也是瓦房。有空过去坐坐，我家的正东也是当兵出身，又是同事了，你们有话可聊。"

何唐山说好好。银香从浴室里出来，穿着薄薄的肥大的睡衣，像一个城里的贵妇性感而神秘，并带出了一股浓郁的香皂味。金香像欣赏模特一样上下打量着银香。

"噢，这套睡衣还合适吧，只不过是宽大了点，再过几个月你就合穿了，到了这里的女人没有不长膘的。我那儿还有睡衣，看中了你就拿去，有一套花花绿绿的，正东买的，我不想穿，太肉感，不敢穿着串门，下次给你穿，你穿着好看，好看了就能拴住何唐山。"

"嘿。"

"你的闺女又香笑了。洗了澡给她喂奶好，你看你的奶水都像自来水流出来了，把睡衣都渗湿了。奇怪，我的奶子没见得比你的小多少，但奶水可一直没你足。"

"嘿。"

何唐山听不下去，低着头借口要砖头转身出去了。姐妹恍然大悟，都不禁笑出声来。

何唐山担心的场面、一个别后四年多的重逢就这样简陋而平淡地结束了，一点乐趣也没有，而且先前的所有担心都过于多余——原来很多东西不必要去想的，想多了才没有乐趣。

大约是几天后，晚饭后，厂区里的人们闲情逸致地来来往往，打牌的有，吹牛的有，遛狗的有，打情骂俏的也有，热闹而有序。这是多好的地方啊，宽阔、安全、树多、房子多、人多而且富足。金香自豪地说，在外面一提起氮肥厂，人们的眼睛就放绿光，你说你是氮肥厂的职工甚至家属，人们就要跟你兄弟姐妹相称。银香说，就是要这样，这样好。金香还说，王正东虽然有点残疾，人长得也不好看，但到东门菜市一站，菜贩子就要把他围得水泄不通，卖豆腐的、卖猪脚的没有一个不巴结他，弄得他不太情愿去买菜，后来他们就巴结我了，我才不理那些卖菜卖肉的，巴结我也没用，我只认货不认人，谁家的好就买谁的，货不好就算是县长儿子的我也不买。几天下来金香多次提到王正东的名字，似乎在提醒什么，何唐山便跟程银香到程金香家里串门。

王正东走出门外，热情洋溢地把何唐山迎进屋里。屋里收拾得很整洁，甚至闻不到小孩的尿味。

坐下来后何唐山才注意到王正东是一个小个子，精瘦精瘦的没有什么特别，但比他白净，看不出曾当过兵。他的儿子怕生，见到何唐山就跑出去了，从身边走过时，何唐山亲切地拉了他一下，他猛然挣脱，跑了，远远望去，发现他有点像张小节。

王正东对何唐山似乎一见如故，大大方方地说："唐山，你这一等功立得好呀。我们当兵的能在氮肥厂上班好呀，当初我被安排到氮肥厂上班时，有人嫉妒说，氮肥厂快要成武装部了。"

何唐山笑了笑，站起来重新坐到王正东的右边。

银香解释说："唐山的右耳被炮震聋了，你要对他的左耳说才好。"

王正东说："原来这样，那你应是乙等四级伤残，比我轻了两级，我的腰杆子断了几根骨头，超过三十斤的东西我扛不了，睡觉有时还翻动不了身，厂里安排我做装运清点员，挺舒适的。"

程金香打趣地对程银香说："我们姐妹都嫁了残疾人。"

王正东的脸色一下变了，重重地跺了一下脚，想踩死一只苍蝇，但苍蝇比谁都狡黠，一会儿扑到了何唐山的脸上，何唐山自个一拍，把脸打得啪一声。他的脸黑黑的，看不到留下的手指痕。苍蝇又把人的目光引诱到桌子上，两个男人对一只苍蝇大动干戈，合力围剿，两个女人看两个男人拍打苍蝇，有点滑稽，但看上去他们又很认真，一定要把那可恶的苍蝇打死、打烂、打成泥浆。折腾了一会儿，苍蝇肯定没打着，两个男人却累了，两个女人也觉得累了，何唐山便要回去。

第一次见到王正东的场面也这样简陋而平淡地结束了，一点乐趣也没有，而且先前的所有担心都过于多余——原来很多东西不必要去想的，想多了才没有乐趣。

原来一切都是如此简单平淡，过去自己所想的东西真的太复杂了。从此以后，还有什么事情值得他何唐山激动的呢？

14

厂里给何唐山安排做门卫。程银香一点也不高兴："厂里怎会让一等功臣当狗守门口？这不是污辱人吗？"

何唐山说："做门卫有什么不好？轻松着呢，比躺在米河河水上舒服，每天都能看到许多的人进进出出，还能命令别人'出入下车，来访登记'，外面的人想进来还得递我一根烟，抽不抽是我自己的事——就是坐得太多了舒服得心虚。"

程银香骂："贱！曾把守镇南关的一等功臣要守一个小厂门了，也许人家给你个地方享清福的，但我宁愿他们安置你到寺庙里当和尚也不愿把你放在守门的地方丢脸呀。"

厂里靠生活区的西南角，有一棵大榕树，郁郁葱葱的，上面躲藏着许多鸟，各式各样的鸟；下面罩着许多人，各式各样的人。这些鸟都是吃饱了在树上撑的鸟，这些人都是吃饭了在树下撑的闲人，有退休的、有职工家属和亲戚，也有一些外面进来的，老嫩大小，叽叽喳喳的树上树下都热闹。开始，程银香只听不说，后来是听多说少，再后来是说多听少，几乎是以她为中心了。程银香非同凡响的说话能力在厂里很快家喻户晓，她一家之主的地位似乎因此而确立，何唐山只管上班，家里的事一般不插手，跟王正东正好相反，相映成趣。

何唐山每天上班下班，无所事事也不习惯到程金香家里去，说实在的有点怕见到金香和王正东，或者说，有点别扭。金香倒是来他家来得勤，但总是找银香，也坐不上几分钟就走，然而这几分钟让何唐山浑身不自在，既希望她多待一会儿又希望她离开快一点，这种莫名其妙的心态也是一种折磨，总得有个解脱的办法，况且，清闲舒适的日子总该喝点酒来点缀吧，何唐山有时就和赵家米喝上两口，不多喝，各拿当兵时用的绿色口盅装满一盅，从头到尾只碰一次盅，各喝各的，喝完就算，不再添加。赵家米也是一个退伍军人，1973年的兵，部队三年寸功未立，甚至连表扬也未得到，还差点因为跟地方的一个成分不好的女青年恋爱并搞大了别人的肚子而挨处分。与张小节不同的是，他一出生就是非农，所以一退伍就被分配到氮肥厂，何唐山觉得"非农"身份之于人的命运十分重要，人也是有等级的，像米庄里的张三李四们祖祖辈辈都是农民，就别想到城里上班，除非当兵并如他那样立了一等功，就算为此而右耳聋了也不要紧。何唐山打心眼里瞧不起赵家米这种世袭的得来全不费功夫的"非农"，但赵家米健谈，海阔天空，五湖四海，口若悬河，何唐山听得开心，并知道了厂里的许多人和许多事，厂子大了，什么人都有什么事都能发生。

程银香就惹了一件很无聊的事。她在大榕树下居然和赵家米的老婆争吵起来。赵家米的老婆是柳州人，长得可有几分姿色，就是说话的声音像鸭子，还尖酸刻薄，每逢程银香说到精彩处，她都要打岔、泼冷水，常搞得大伙很扫兴。这次，程银香说到自己的丈夫在战场上如何英勇时，她就插嘴了："何唐山算什么东西，我家的赵家米在部队里连枪都没摸过，一退伍就到厂里做司机，不到一年就是车间主任了，今年年底他就能帮我办'非农'户口，我也快进车间了。何唐山的一等功是用半边耳朵换来的，拖了两年才安排做个守门的，还有你程银香，你还是一个农村种田的，在这里吃老公的，看你老公的熊样，你一辈子也不用想农转非，我操，就你家的男人风光，你还有脸在这瞎吹，再吹下去这棵榕树的叶子全将给你吹落可要忙坏扫地的老郭。"

程银香火了，骂她是老鼠精，赵家米迟早会被她偷吃光、吃穷、吃病，赵家米受不了总有一天会休了她，不止如此，看她的耳真的像老鼠耳，肯定中年丧子。

赵家米老婆这回蹦跳起来，张牙舞爪，要跟程银香拼命。但众人喜欢程银香，都帮着程银香。赵家米老婆像一只麻雀对着一只刺猬无处下嘴，就气呼呼地走了。

当晚，赵家米的老婆居然拖着赵家米来找程银香。何唐山在屋里剪脚指甲，程银香给又香喂粥，听到骂街就抱着又香出来。何唐山以为是哪里着了火灾，也跟着出来。赵家米老婆一手拖着赵家米，一手指着银香，肥大的胸口如蟾蜍一样剧烈地颤动。赵家米显然不情愿上门吵架，他的脸扭转过去，没眼看以下发生的一切。

"姓程的，你今天骂我是老鼠精，吃穷赵家米，赵家米你告诉她我吃穷你没有？我偷偷摸摸给我老家送过东西没有？"

"没有。"

"赵家米，你告诉她你会不会休了我？你说过一句离婚的话没有？"

"不会，没有。"

"我的耳朵像不像老鼠耳？"

"不像。"

"好了，姓程的，赵家米都说了，你都听见了，听清楚了，证明今天是你血口喷人，这我可以不追究，但你说我中年丧子就太残毒了，我和赵家米都不肯放过你。"

程银香摆开了大吵的架势，何唐山拉起银香向外走。程银香也不想或怯于与赵家米老婆吵闹，她应该是近乎疯了，对疯狗的最好办法就是躲开。但程金香闻声赶来，和赵家米的老婆对骂，程银香怕金香吃亏，挣脱何唐山，回来共同对付同一敌人，一时热闹异常，县氮肥厂自开办以来第一次吵翻了天……

迫于双方老婆的压力，从此，何唐山不会跟赵家米喝酒了，上班时尚且看看人出出进进，下班后就不知做些什么，妇人们说笑的地方不适宜他靠近，其他男人也跟他一样不会说笑，与他们总是话不投机，因此，找个人喝酒说话都成了问题。有一次，他硬着头皮偷偷找了一回赵家米，躲在一间偏僻的破房子里喝酒，但还是让赵家米老婆发现了。她真的像头发疯的母狮，一把掀翻了桌子，弄得杯盘狼藉，还抄起酒瓶敲破半截，对着赵家米吼，她吼的时候说的是柳州话，何唐山一句也听不懂，但赵家米应该听懂了，从此赵家米碰上何唐山也不敢说上一句话。

银香对何唐山说："你在外面不要乱说话，否则就中了别人的圈套，赵家米老婆就到处要抓我们的痛脚，说错一句话我们就输给她了。那天你对李副厂长说'李副好'，他发火了，你知道为什么？他刚死了老子。有一次，你主动问候张科长，他差点没给你一巴掌，他说你多嘴，当门卫的不准问候领导，给领导添加麻烦，领导向你点一下头也嫌麻烦。还有一次，你对李小花说了一句'你买的菜真多'，人家把状告到厂长那里了，她没偷没抢用自己的钱多买点菜关你什么事？这里是氮肥厂不是法卡山，你还是一个人人可以欺负的门卫，又不知哪些话该说哪些说不得，你一说话别人就发笑，进来的人把你的笑话带进厂里来，出去的人把你的笑话带到外头去，用不了多久，全城的人都知道氮肥厂有条笨牛……谁叫你是门卫。有话就跟我说，我帮你说出去，我说过我就是你的嘴巴生来替你说话的。"

何唐山郁闷得像农闲时的牛，看看门内又看看门外，想找个说话的地方和对象也没有，更甚的是，何银香时时揪心地盯着他的嘴，除了吃饭，就让他少张开，不仅如此，她天天睡前都要唐山回想当天跟谁说了什么话，给他分析哪句说错了，哪句只说错了一半，哪句说得虽然一点也不错但说得不够好最好干脆不说。因此何唐山越来越害怕说话，害怕听银香丝丝入扣和不厌其烦的分析，说话越来越少，甚至几天说不上一句话，一个星期说不上一句话，一个月说不上一句话。这样下去会怎样呢？

15

银香把自己出类拔萃的说话才华发挥得淋漓尽致，一次又一次为唐山挽回了损失。那天，有人说唐山跟别人说做门卫太舒服，想找个地方舒舒筋骨。李副厂长便要调他做装卸工，把一包一包的化肥从仓库搬弄到卡车上，哪辆车打不着火了还要帮着推车，直到出了大门口才呼噜一声点着。这是一等功臣干的吗？银香去质问李副厂长。李副厂长说，唐山力气大，炸药包都能扛，化肥就不能扛？银香在李副厂长的办公室里拍了几下桌子，外面的人能清晰地听到，后来何唐山仍旧舒服地做着门卫。有一次，赵家米老婆大声嚷着不见了几只鸡，把门卫都骂遍了，又是银香把她顶了回去："哪天你的内衩半夜里丢在别的男人床上也赖门卫失职？那让你家赵家米来做门卫好了。"还有一次，不知会计是故意还是疏忽，给何唐山的工资少算了八角，银香对会计说……

银香从东门菜市买猪脚豆腐匆匆回来，何唐山叫一声"银香"，竟把她吓得一跳："我以为是谁呢，你的声音怪怪的像牛说话。"何唐山仔细一听，自己的声音真的有点像牛叫，他不相信，以为是耳朵出的问题，就借来一台录音机，夜深人静时偷偷在门卫值班室里录下自己的声音，然后放出来仔细听，果然偶然有几句像熟悉的牛叫。第二天，一摸自己的额头，好像长出了两个小肉体，硬邦邦的像牛角，到了自己的菜地里，看到青菜就想吃。

何唐山不敢把内心的恐慌跟银香说，他怕银香骂，而是跟金香说，也许金香更善解人意。金香说："你小时候懒洗手，吃多了牛的濞涎，便是如此，但也有另一个可能，就是你仍在想我，想多了，就跟牛差不多了，牛就是这样，吃着窝里的看着窝外的，从今往后，你就不要再想我了，其实我跟银香是差不多的，两姐妹能有什么区别？"何唐山半信半疑，常常坐在门口发呆，不敢跟人说话，甚至也不敢想金香了。但能不想金香？何唐山做不到，他是为她才去当兵的，若非张小节，她便成了他的老婆了。他偷偷地想，回想从前金香经过他家门口时用眼角瞟他一眼的情景，那是挑逗，是引诱，是暗送秋波。突然，他的狗远远地向金香"汪"一声，把她吓得双手紧紧抱住胸口，惊叫着："何唐山，你跟你的小狗一个样，都想吃腥。"何唐山就嘻嘻地笑。想着想着，唐山仿佛回到了从前，就像当时那样嘻嘻地笑。如此一笑，竟让光头厂长看在眼里。

"何唐山，上班时间你笑什么！"

何唐山仍禁不住嘻嘻地笑，好一会儿，才止住了笑，回答光头厂长的提问："我想起从前金香经过我乡下的家门口时的情形就笑了。"

就这样，第二天何唐山就被安排做了装卸工，连银香也无力回天。何唐山每天下班回来，汗流浃背、臭气冲天，凝固在衣服上一块块的化肥不断抖落到地板上，呛得何又香直冒泪水。来不及吃饭，何唐山就在床上睡着了，打呼噜时从鼻孔里喷出辛辣的碳氨味，恰好从屋后经过的赵家米老婆幸灾乐祸捂着鼻子大声嚷："哎哟，大家快来闻，程银香家也开了个小氮肥厂。"

赵家米老婆好不容易过去后，银香沮丧地责骂唐山："我不让你说话你偏要说，说错了话如踩着了雷，能把你掀上天去。你倒霉不说，这回我又输给赵家米老婆了。"

金香在路上碰上了唐山，把他叫到一旁，悄然说："你不仅不听银香的话，我的话你也当了耳边风，自讨苦吃了吧，你得向光头厂长保证：以后不会再想起从前金香从我乡下家门前经过的情形。"

唐山说："你要我忘记了？"

金香说："彻底。"

唐山说："有些东西说忘记真的就能忘记？"

金香说："你试试看，也许能，你就当我从未从你乡下的家门口经过。"

第二天一早，何唐山就在大门口前拦住光头厂长的车。光头厂长探出来的头，像刚从鸡屁股冒出半截的蛋。何唐山说："我保证以后不会再想起从前金香从我乡下家门口经过的情形。"

于是，做了二十多天装卸工的何唐山重新回到门卫的岗位，显得多了几分激动。好像一头走失的牛在主人绝望时竟自己回来了，让银香也觉得一切值得珍惜，而且改变了对门卫的看法：一等功臣能守住一个厂门并不见得比镇守镇南关容易，人要知足，生活过得顺风顺水也就算了。

16

然而，赵家米老婆不知从哪里弄回来一个消息：县长林子进提前退休了。本来这事与何唐山没有关系，但与何其大有关系。赵家米老婆在榕树下咧开嘴说："我只知道何唐山做了氮肥厂的门卫，就不知道他做个门口狗也要走后门，走后门不算，还给林县长拉下了马。"人们靠近赵家米老婆猎奇，赵家米神秘地说:"我们的林县长是个逃兵!"

这是一个惊雷。

赵家米老婆说:"他在打上甘岭时逃跑了,躲进了一个山洞里,战斗结束后他才出来。"

大家不相信:"不可能,他立过功,还当了县长。"

赵家米老婆说:"是林县长自己的儿子说出来的,上个月,他儿子从湖南乡下来到米城,要找当年掩护林县长逃跑而被俘的志愿军,结果没找到,还让林县长痛斥一顿。他们父子在县长办公室吵架,很多人都知道。吵完架,林县长就病倒了,听说回了湖南老家。林县长也真是的,连自己的儿子也不安排工作,逼着儿子造反。"

大家仍然不明白:"那跟何唐山有什么关系?"

赵家米老婆说:"林县长儿子要找的志愿军就是何唐山的父亲何其大,何其大是个俘虏!何唐山是俘虏的儿子,程银香是俘虏的媳妇。"

大家怀疑赵家米老婆消息的准确程度:"你只不过是一个农转非才有一点眉目的工人家属,怎么知道这些大事件?"

赵家米老婆故弄神秘,说:"赵家米的一个朋友的战友跟林县长儿子是战友,喝上了,醉了,全说了。赵家米不让我把这个秘密说出去,你们就不要把它带出氮肥厂,不过,你们也带不出去,何唐山在把守着大门呢!"

这一条不知真伪的消息把程银香弄得满脸土灰,恨不得把赵家米老婆塞进锅里炸成一根油条。她第一时间听到这条消息的时候，赵家米老婆已经到了东门菜市。她就追到东门菜市，在一个卖鱼的摊前找到了赵家米老婆。

赵家米老婆正蹲在那里，双手抓住一条鲤鱼，她肥硕的屁股把整条人行道给封堵了。程银香用脚尖蹭了一下她的屁眼，来来往往的人就清晰听到了长长一声的裤裂。赵家米老婆的屁股便露出了粉红的蜡梅盛开的内衩，油水似乎马上要喷薄而出。她手中的鱼忍不住笑弯了腰，用力一挣扎，便从她手中飞翔而去。

赵家米老婆自然要和程银香争吵，然后是动手，先是拉扯，而后是扭打，引来人们疯狂的围观和尖叫。菜市的保安将她们隔开的时候，她们已经精疲力竭。人们看到，县氮肥厂的两个女人一个脸上有条鲜艳的蚯蚓，一个衣服没有了两只纽扣，硕大无比的"菠萝"探出了半个身子。赵家米老婆没有买菜，一手抓着屁股，一手捂着胸脯，嘴里用柳州话恶毒地骂着，侧身蠕进一辆三轮车走了。程银香不会白来一趟菜市，走到一个猪肉摊前，大声说："蔡三，要两斤半肥瘦。"然后又来到牛肉摊前："张老四，三斤。"接着，买了四斤番茄、五斤粉丝、六斤红萝卜，满满的一大袋。银香拎着，若无其事地走出菜市，招来一辆出租车。身后也没有人对她指指点点，因为这些菜贩子没有一个想得罪氮肥厂的人。

何唐山知道程银香在菜市闹事，面子上很过不去，和银香吵了一架。银香呜呜地哭，很不服气："我是为你好才跟赵家米老婆打架，在氮肥厂，我不做缩头乌龟。"何唐山实在不想听厂里的蜂窝一样的闲人闲语，更重要的是，他忍不住要回米庄，他要知道三十年前自己的父亲究竟是一个怎样的人。

何其大在生产队的大晒场上晒牛粪，用一个铁爪敲碎成块成堆的牛屎。牛屎散发着草的芬芳。旁边有人在晒旧谷物，有人晒黄豆，人有晒萝卜，在各自的领地里互不影响。何其大看上去少了一些笑容，更少了一些自信，他的一根根坚硬的指头正在委托铁爪子整理着牛粪。晒场的四面，有不少男男女女在闲聊，或在数着脚毛，他们在告诉你，现在是农闲时期，皇帝也羡慕。

何唐山率程银香——和众人打招呼。众人围过来，跟银香和又香逗笑。何其大抬头，也裂开了嘴，但没有停下手中的活。

何唐山对何其大说："爸。"

何其大："唔，回来了？"

何唐山："有些事要回来问你。"

银香过来，低沉地喝了一声："唐山，有什么事回家里说。"

何唐山："我就要他在这里说。"

众人莫名其妙，不知道发生了什么或即将发生什么。

何其大："你要知道三十多年前我为什么没有立功。"

何唐山："不是，你根本就没有打过上甘岭，你还当过美国人的俘虏。"

何其大的脸凝固了，僵尸一般，除了又香，此时每个人都成了僵尸。

程银香拉开似乎比大叔更屈辱的何唐山。何唐山并没有丧失理智，转身要离开，有什么事回家里说。

"唐山。"

何其大叫住何唐山。

"你都知道了？"

"全县的人都知道了，林子进提前退休了。他是逃兵。"

"他不算逃兵。他作战很勇猛，从不怕死。"

"可是他在上甘岭战役前跑了，你们还掩护他逃跑，你们因此成了俘虏。"

"他不是逃跑。他的妻子要生了，就在前线战时医院。我们团长命令他撤退回去陪老婆的。后来有人揭发说他临阵脱逃，'文革'时又有人诬陷他，现在过了那么久了还有人在扯这件事，有的人真是歹毒！说这些话的人为什么不去查查军事档案？当年林子进没有错。但我当过俘虏是事实，我也是奉命投降的。如果我不是当了他妈的三个月俘虏，我早就挂满勋章了，也当官了。你以为我真的没有受过伤？我的伤都在险处、在痛处！"

何其大一把扔掉铁爪子，三下五除二地脱掉裤子，连裤衩也不例外。展示在人们面前的是他已萎缩了的卵子和离卵子只有半公分的三道疤痕，像三条纵横交错的高速公路。

何唐山震惊了，上前猛地为父亲抽起裤子，为他系上裤带。他第一次看到了父亲的阴部，那是隐藏了三十多年秘密的苍凉地带。父亲向自己的乡亲和自己的儿子、媳妇甚至孙女作出了一次不同寻常的坦白。

银香哭道："大叔，没有打过上甘岭有什么要紧呢？我们一直当你打过，当过俘虏也不要紧，当俘虏也是为国家当俘虏，就算当过十回俘虏你还是英雄！"

何其大老泪纵横，泪水从苍老的脸上滑落在芬芳的牛粪上。

17

这一趟之后，何唐山十三年间再也没有回过米庄。十三年间，世界发生了许多大事件，没有一件与他有关。但这是一个如此不长记性和善于遗忘的时代，一阵风之后，大事件也成转眼云烟，面对的都是崭新的一页，很多很多的旧事轻易就让它尘封了，连氮肥厂的闲妇也懒得重提。一切风平浪静，一切都有规有矩，氮肥厂的化肥从厂大门源源不断在出去，奔赴希望的田野，稻谷熟了，杂粮多了，仓廪实而知恩，天下的苍生丰衣足食，吃饱喝足后说着氮肥厂的好话。何唐山在这十三年间也并非一事无成，屈指算来，他一共抓获了四个小偷、在东门菜市三次见义勇为、两次拾金不昧、得过一次厂工会颁发的先进个人奖。但是，烦恼无处不在、无时不有。在这十三年当中，一直缠绕着何唐山让他焦虑不安、无计可施的是"农转非"问题。从米庄回到氮肥厂过了一段夹着尾巴做人的日子之后，一天，程银香从大榕树下气喘吁吁地跑回来，严肃地跟何唐山说："我也要'农转非'，不仅我要转，我生下的和即将生下的孩子也要转。我不能让赵家米老婆把我活活气死，要死也让她死在我前面。"看来赵家米老婆又惹她生气了。

何唐山说："你'农转非'后生下的孩子天生就是'非农'了，到了十六岁就安排工作了。"

程银香说："那我肚子里的要等到我'农转非'后再生。"

然而，事与愿违，时隔半年，还看不到"农转非"一丝希望的程银香生下了何再香，一个在银香眼里貌若天仙却依然是农民身份的千金。再隔一年四个月，程银香又生下了一个男婴，取名何天生，两岁时改名何米庄，五岁时再次改名何非农。此时三个孩子都上了学，开销一下了紧张了许多。程银香开始是跟随金香捡拾煤渣，做些煤饼，先是够自己家用，后就有了出售，倒也赚取一些日用。但后来捡的人多了，就无法赚钱了。因为王正东，程金香生了一个孩子后就没法再生，负担稍轻一些，有时便周济一下银香。电影少看了，因为票价比刚生孩子的妇女的乳房涨得快涨得离谱，涨得他妈的一张票能换八斤大米或两斤猪脚。

程银香沮丧地对何唐山说："我们'农转非'看来没戏了，这辈子我也不指望了，这都是命，我认了。但三个孩子眼看着长大，要吃，要用钱，而你的工资又掰不成几份用，大叔老了，何昆明又去了广东，家里靠大叔撑不过来，我想回到米庄种些田，解决吃粮问题。我想好了，三个孩子不能回乡下，饿死也不能回，要在这里读书，要有他们的远大前途，就算不是'非农'，也要像城里人一样体面地生活。"

何唐山越来越觉得程银香在这个家中的分量。几年来，是她把这个家治得有条有理，谁对她都称赞有加，金香更是自惭形秽，连早已经是"非农"并在车间上班的赵家米的老婆也对她刮目相看。可以这样说，因为程银香，何唐山在厂里的地位才比他的岗位高出半截。而当年一直想得到的程金香，现在几乎天天和王正东吵架，外人不知道为什么要吵、吵些什么、要吵到何时。赵家米的老婆还信誓旦旦地说看见程金香抄起一把扫帚追打王正东。于是大家都同情王正东，说程金香的不是。程金香看上去是变了，不仅变得更肥了，还变得更不讲理。鬼使神差让何唐山娶到银香而不是金香做老婆，这一切都说不清楚，反正是歪娶正着。

何唐山心里觉得该知足了，就如此如此，天天守门，很少说话。县城也不常逛，不像银香，有时和金香逛起街来不知回来，弄得王正东常常来他家找人。

18

程银香自己回了一趟米庄。对何其大说："大叔，我们家转租给别人做的田都不租了，我们要回来种，肥料、种子、农药的投资由我出，农忙时节我就回来帮忙，现在米都超过一元一斤，三个小孩一顿能吃掉一座山，又都上学了，何唐山快扛不起这头家了。我辛苦一点不要紧，关键是这头家能立起来。"

对面坐着何其大。

何其大侧身抽着水烟洞，烟雾很大，低着头，不断咳，口水吐得一地。他看上去是老了许多，但还强悍，黢黑的皮肤像氮肥厂里丢掉的煤渣，还能发出余热。

"孩子读书都好吧？"

"好。就是非农调皮一点，不怕老子，老爱爬树，有时还去偷别人菜地里的番茄。"

"像唐山。"

"唐山也好，他叫我带了些好烟叶给你，劣质的烟叶就不要抽了，对肺不好。"

"哦，厂也好？"

"都好，从厂里往外运化肥的车排队排到了县政府门口，拉化肥还要走后门哩。唐山的工资又提了七元三角，每月能拿到三百九十六元了，到手的也有三百四十五元，在厂里已经不算低了。他是一等功臣，又是伤残退伍军人，每月另外有二十元补助，很多人眼红咧。"

"眼红什么！谁叫他们不是一等功臣？这是应得的嘛。"

"说到底还得感谢你，大叔，没有你就没有唐山的今天。唐山心里也明白但他不当面对你说。他越来越不爱说话，现在跟我也不想说话了。"

何其大沉吟了一下，又抽了一口烟，总结性地说："今后你教育孩子，要让他们记住一条简单的道理：草木一秋，人活一世，不外就图'富贵'二字，富贵是自己争来的，不是别人给你的。"

银香说："我要教育孙子也孝敬你。"

何其大抹了一把嘴，又深深地吸了一口，仰面一喷，烟雾一下把房子变成了黑夜。

村里的人都来看看银香，银香很高兴，拿出些糖和瓜子来与大家分享。好多妇女争先恐后伸手捏一把银香的脸："哎哟，城市人就是不一样咧，脸的皮肤都比我们的奶白嫩！她生了三个孩子的奶比我们的头还坚挺，像上海来的贵妇，唉，下辈子不嫁个城市'非农'就死不瞑目！"

大家哄笑。银香觉得挺知足。

程银香脱掉凉鞋下田。田水有点凉，还有点陌生了。何其大一边耙田一边说："银香，你做不了农活，你回厂里带孩子吧。"

程银香双腿夹住要滑落的裤脚，双手拿着铲除田埂上的草，生疏而笨拙的动作把路过的妇人们笑得前俯后仰。正好，程定贵来看她，赶紧叫她上来："银香，你是城里人了，这种活不是你干的，你快回城里去，你这样不是闹唐山的笑话令大叔难堪吗？"

何其大说："我也叫她不要下田她偏不听。"

于是，程银香又回到了县氮肥厂，做饭，淋菜，接送孩子，每天捡一两个钟头的煤渣。但猪脚渐渐少买了，因为买不起吃不起。豆腐倒天天买，尽管变着花样弄，但孩子们仍旧讨厌这种缺少了猪脚的白白嫩嫩的豆腐。

19

程银香仍旧是榕树下的主角，大家饭后都不约而同地围在树下，说一天来的新鲜事或陈年旧事，或说哪家的孩子考试得了个零蛋，反正有笑声飘扬在氮肥厂的上空，别人听到了这些笑声就能轻易判断出县氮肥厂职工和家属们的幸福程度。

赵家米的老婆也常来，但总是姗姗来迟，叼着一根牙签，夸张地吐着肉屑。她的脸明显地肥了，像洗衣服时的肥皂泡，瞧她的屁股，肥得快变成油田了，走路的姿势和快生猪仔的母猪差不多，没有风的时候也左摇右摆。这都是程银香背着她时说的。

有人故意开玩笑说："赵家太太，又来晚了。"

赵家米的老婆说："我当然要来迟了，我是正式工人要上班，不像有的人白天不用上班只管吃闲饭，晚上只管松裤头呱呱叫，还天天头一个到这儿瞎吹，不过，她想上班也没有班上，有力气无处用，像胀黄的母鸡只好在这里发泄。"

程银香知道是说她，就不甘示弱："谁叫床也比不上柳州肥婆叫得响，像猫叫，笑死老鼠哩。"

"我像猫也是'非农'身份的猫，不像你，吃老鼠也只能吃农田里的老鼠，不准吃城里的老鼠，因为你不配。"

程银香窝着气说："好呀，大家今晚就去她家听听'非农'的猫是怎样叫的，我就不相信'非农'的猫会唱歌。"

大家哄笑。经常这样哄笑着。日子在哄笑中欢快地滑到了程银香终于有机会"农转非"的那一天。

20

晚饭正在吃，程金香过来神神秘秘地把她的妹妹拉进厨房里，悄然地说："厂里有三个'农转非'的指标，张富贵闹着要一个给他的老婆，他一家七八个人吃饭也挺难的，闹了五六年了，这一次不给他要杀人了。前年锅炉爆炸梁小惠死了老公，一人带四个孩子养两个老人，这次不能'农转非'她要跳南流江。"

银香的心"怦怦"地跳得山响："那还有另一个指标给谁？"

金香说："那要看谁的手段狠。"

银香的双手捏得紧紧的，像抓住了一只苍蝇绝不放过它，双眼直勾勾地盯着金香，她要从金香的嘴里抠出最出乎意料的答案。何唐山在外面大声说："你吃饱了？"银香不耐烦地吼道："饱了，别啰唆，我说过你不要乱说话，你又打岔了。"

银香突然以充满求助的眼神小心翼翼地问金香："姐，我有机会吗？"

"本来没有，不过……"

"你说呀。"

"事在人为，现在什么事情都得争取，没有人把好事送上门来。告诉你吧，我帮你争取到了一个，你准备钱吧。"

幸福来得太突然反而不好，程银香被一个叫"农转非"的球砸得头晕目眩，激动得手足无措，一向能言善辩的她不知如何说话，就像当年何唐山在主席台上一样双腿发抖，差点要哭了，颤颤地说："感谢金香姐。"由于激动，银香的奶子竟突然喷射出白色的奶水，衣服一下子就湿了，屋里奶香弥漫。

接下来的事情就是筹钱。"农转非"收取的什么费，银香管不了那么多，总之就是七千元。这是一笔不小的数目，但很多人再多也愿意，就是轮不到他们。程银香不能指望何唐山能拿出三千元，他的存款不会超出五百元。银香她也没有钱，但今后会有的，"农转非"了，厂里就安排正式的工作，跟正式的职工一样，跟赵家米的老婆一样，她以后就没有必要去跟一帮老少不等的女人争夺煤渣了，当然，榕树下的论坛要交给陈大元的老婆李小花主持了。她也会去参与，但肯定要晚一点到，因为要上班，下班回来要做饭，要给唐山、又香、再香、非农洗衣服，但保证比赵家米的老婆来得早，并且不会趾高气扬叼着牙签吐着肉屑。

大家暗地里很忌妒程银香，说到借钱，平日里关系很好的妇人都三缄其口，推三阻四，银香明知道陈大元的老婆李小花有钱，但她就是说没有。银香说："怎么没有？陈大元出勤工伤断了一只胳臂厂里一下就赔了五千，我就借用一年半载，又不是不还。"李小花说："哎哟，我是有钱，谁说我一定要借？说不定哪天我也能办'农转非'，等着用呢。"

赵家米的老婆说："我有钱，但我不借，你当着大伙的面学猫唱歌吧，我赏你十块。"

银香说："这厂里就你一只花猫，到处乱叫，我可学不来。"

赵家米的老婆说："就算我是花猫，也不止我一个，你问问程金香，你的'农转非'指标是怎样得来的。我呸。"

程银香就问金香。金香说："你不管那么多，钱不够我这儿有一点，我帮你再借一点，债嘛，可以节衣缩食慢慢还，但富贵不等人，犹豫不得、迟缓半拍都会烟消云散。"

于是，月底，程银香就跑断腿地筹到了七千元。是何其大卖掉了家里的耕牛和三头肉猪还有半地芭蕉。程定贵也借一千。这天一大早，何其大坐三轮车来到县氮肥厂门口，扛下一袋白花花的米，交给门卫何唐山，说："米袋里有四千块钱，把米倒出来就见到了，车上扒手多，上次挨别人割了口袋，钱没丢，衣服却不能穿了。"说罢，浑身汗臭的何其大水也顾不上喝一口转身就走了。事后，程银香恶狠狠地骂道："何唐山，你是不是人，大叔走七八十公里路送钱给你，你竟不留他下来住上两天逛逛县城？甚至连饭也不留他下来吃？"何唐山说："我留了，但他说要回去放牛，牛拴了大半天饿疯了会把牛绳弄断吃别人的东西的。"程银香说："牛都卖了，还放什么牛！他是怕你，怕我们为他加菜浪费钱。我爸到镇上打电话给金香，金香告诉我了。我爸还说，大叔怕人看见他给我们送米会笑话丢你大功臣的面子，天未亮就拿着手电筒出发到镇上等车了，要等三个钟头才发第一趟车，他就在车站的走廊上睡了一觉才到县里，你不看看他的脸上有多少蚊子咬的伤口。"

何唐山眼呆呆地说："我们乡下不把蚊子咬的地方叫伤口，那叫红泡。"

这天夜里，程银香突然从被窝里坐起来，弄醒何唐山。

"唐山，你想一想，我该不该要这个指标？"

"要，怎么不要？很多人想发疯了还得不到呢。"

"我是说该不该留给我自己。"

"怎么啦？"

"你的宝贝儿子叫什么名字？何非农呀，给了他他从此就是名副其实的非农业户口的城市人了，就可以吃一角八分钱一斤的米，到了十六岁厂里就给他安排工作，用大叔的话说，他从此就富贵了。"

"对呀，我就想不到这个，但你舍得？"

"你说什么话了？他是我的心肝，我的命给他我都十二分愿意，何况是一个指标！不过，除了自己的儿子，其他人杀了我也不给，女儿也舍不得给。"

"那你就不能成为正式职工，就不能像赵家米的老婆一样天天上班了，你又要输给她。"

"我这一代不如她，下一代要比她好……"

21

程银香比过去神气了一点，至少在赵家米老婆的面前底气十足。赵家米老婆在程银香面前看上去似乎客气了一点。程银香说话她不再冷嘲热讽。开学不久，那天是星期一，何又香怒气冲冲地从学校回来，在大榕树下找到了她的母亲程银香。很多人在谈天说地，并没有注意到又香的异常。

"程银香，你做错事了！"

这是从又香的小嘴巴里说出来的，老成而辛辣，马上引起了很久没有新奇谈资的人们的关注，甚至是震惊。银香更是莫名其妙：又香已经十一岁，小学四年级了，从没有过对她直呼其名，从没见过她冲她发火，她根本就不敢对自己的母亲不敬！但又香现在就站在她的面前，而且站得很近，几乎可以闻到她的小心脏里的狂风暴雨。

"又香，你怎么了？中邪了？"

"你为什么把'农转非'的指标让给在我们家姐弟中排行第三的何非农？而我是你的头大的孩子，我更应该得到这个指标。"

"你，你反了……"

"我受够了，每次填表的时候成分总是写农民，我恨填表！妈，我要'农转非'！"

"年纪小小的，从哪来那么多的恨？你是发疯了吧！"

又香的眼眶里泪花如石头般挤不出来，在里面打转，痛并委屈着。所有的人都被惊呆了，被震撼了。大家的心里此刻不是在笑话程银香或者她的女儿又香，而是想到了各自的孩子。"是啊，我家的孩子！"大家先是待了一会儿，突然一哄而散，径直回家呼喊自己的孩子。

这天晚上，何又香没有吃晚饭，躲在澡房里不肯出来。何唐山觉察到了不对劲，叫了一声："又香。"

又香不应。

何唐山又叫了一声："又香。"

又香不应。

何唐山再叫了一声："又香。"

又香还是不应。

程银香对何再香说："叫你姐姐出来。"

再香说："我不敢叫她。"

程银香说："为什么不敢？"

再香好像笑了两下，神秘地说："姐姐要喝农药死，我不敢叫。"

何唐山猛地从饭桌上弹起来，一脚踢开澡房的门。何又香拿着一只近乎黑色的农药瓶，用充满挑衅的眼光看着何唐山。

何唐山一脸惊恐，喘着气地说："你喝了吗？"

"喝了。"

"喝了多少？"

"大半瓶。"

"银香，快，送又香去医院。又香快要死了。"

程银香手脚冰冷，瞠目结舌。

何非农扯住再香的衣角，不断地问："姐姐会不会死？再香说，她的嘴巴喷泡沫了，可能要死了。何非农说，姐姐是农村户口，死后要不要回农村埋葬？"

程银香对非农吼了一声："别吵，吵什么！又香要是死了，就是你害死的。"

非农委屈地争辩说："我对她很好，我没有害她，再香姐姐也没有害她，是你们害死又香姐姐。"

何唐山背起又香，像听到了冲锋号，飞翔在往市人民医院的路上。银香跟在后面，蚊虫不断掠过脸庞。她突然觉察到何唐山负重走路时与平时不一样，发出响亮的啪啪声，像砍树时发出的声音，其实他也是个鸭掌脚，只是平时看不出来，而何昆明就太明显了。何昆明现在不知怎样了，他和其父其兄几乎没话可说，总是低着头，脸色阴暗，似乎不让别人看清他的内心。但他与大嫂程银香几乎无话不说，曾多次给银香打电话，一说就是半个小时。这几年来，他"谈"了三次恋爱，一次是和一个贵州六盘水的只有一米四身高的姑娘，在东莞，临近谈婚论嫁时，她死了，死在工厂的机器旁，头发绊在机器里，头变成了一块血饼；第二次，昆明看上了邻村陈一朝的谈了几次恋爱都因为她的乳房严重不对称而失败的第二个女儿，陈一朝的老婆要价一万，少一分不得。昆明说："我就只有一万，但我不能给你，那是我的血汗钱，是我在东莞拼了六年才积蓄起来的，给了你，我连底气也没有了，又要重新开始，一个人有几个六年？"陈一朝老婆说："那我白白送个女儿给你做老婆你不白捡了个便宜？"昆明说："不能这样看问题，上次我爸何其大卖掉了一头母牛，却连小牛犊也贴上了，那牛犊有问题，是母的却没有乳房，不要钱卖主还不愿带走，带走会倒霉的呀。"陈一朝老婆咬牙切齿地说："何昆明，你总有一天会被人割了卵巴！"

几天前听说何昆明快要结婚了，与一个有点痴呆的女人结婚，是另一个镇的。这是他的第三次恋爱。

"唐山，昆明今天打电话来说，过两天来县城探望我们。"

"什么时候你还想到了他？又香在我背上又吐了，如果她死了，我也死给你看，你不该把指标让给何非农，你……"

"我有什么不对？非农是儿子，你能给他什么？你难道要让他永远没有城市户口？那你生他做什么！"

"我，我希望三个孩子都'农转非'。"

"你做梦都梦不到。给你三个指标你也没钱来换。"

突然，又香说话了："爸，你放我下来。"

"怎么？"

"我没喝农药，只喝了一些肥皂水。我学校里的胡小洁为了'农转非'也吃过肥皂水。"

"你太放肆了！"

"我还不想死，要死也等到'农转非'。"

程银香说："你丫，我被你气死了，下次你真吃农药算了……就算厂里再给一个指标，我家也没钱了。"

又香说："你刚才想到昆明叔叔了，他有钱。他有一个存折，上次来我家时给我看过，足足一万元。"

程银香说："你休想，那是他的命。"

何唐山突然摔倒在地，又香被甩到一边。程银香关切地问："唐山，怎么啦？"

"没事，头晕，晕得很。"

"要不要去医院？"

"不要。"

"爸，是我害你吗？"

"不是。"

"不是我就放心了，我只不过是要个'非农'身份而已。"

"银香，我想到了金香，她的事你听说了吧？"

"听说了，不就是为我争来一个'农转非'指标的事吗？"

"妈，听说金香姨跟光头厂长睡了，姨丈气得起不了床了。"

"你再说我揍你。"

"妈，爸说话的声音有点像牛叫，要不要去医院看看？"

何唐山摆摆手。

又香往路边的草丛吐了一大口痰。何唐山长长地吁了一口气，举目望去，县人民医院灯火闪烁。四周出奇地静。黑夜就像无数的大山重叠起来的巨人，没有谁能摧毁她的权威，甚至不让你看清她的脸。

似乎是第三天，何非农办理"农转非"的表格便领回来了。是银香亲自到光头厂长办公室去领的。她不让何唐山去领，因为他笨拙得会忘记向光头厂长说声起码的"谢谢"；也不让金香去领，因为说到底是她自己一家的事情，到了这一步可以与金香划清界限了。她自己亲自出马，而且选择在将近下班的时候走进光头厂长的办公室，是为让更多的人看在眼里，她是光明正大地来领表格的，是"农转非"的表格，而不是普通的计划生育调查表格。从光头厂长办公室里出来时，银香绕道拐到第三车间门口，看到趾高气扬的赵家米老婆正好下班往家里走。银香快步跟上去，将表格递给赵家米老婆旁边的女工——她竟不认识这个女工，厂里几百个职工，她哪能全叫得出名字？何况她只不过是一个职工家属。

那女工吃了一惊："我现在又不拉屎，你给我纸十什么！我告诉你，我早就不用这种纸擦屁股了。"

银香对那女工凶巴巴的反应始料不及："我……我儿子办'农转非'了。"

女工："这有什么新奇？我以为你家的猫办'农转非'了才值得开新闻发布会呢。"

银香："也是……你的儿子也办'农转非'了吧？"

女工："我还未结婚，我不想结婚，我一看到氮肥厂的男人就恶心。"

银香："哦……这表格，我不太会填，原来指望你教我填，估计你也没有经验就算了。我是何唐山的家属。何唐山是立过一等功的。"

女工："就是那个守门的？他挺木讷的，说话像牛叫，那天吓了我一跳，我还以为我们的厂变成了谁家的牛栏了呢。"

银香："你这人说话怎么不给人面子？下次等我也'农转非'了，我就成了职工，我告诉厂长我不想跟你这种人同一车间——只有赵家米的老婆适合跟你共事，你们是同一路货色。"

赵家米老婆幸灾乐祸而又自鸣得意地笑了，笑得前俯后仰，几乎快站不住脚。

银香："你笑什么？我儿子'农转非'了，说明我的儿子比你儿子强。假若有一天我和何唐山都死了，我的儿子还能在城里工作生活；如果你和赵家米都死了，你的儿子就只好回乡下种田做乡巴佬。如果你想通了，就不敢笑我了。"

赵家米老婆在这个问题上似乎不愿跟银香争吵，说："我什么都不懂就懂填这种表，我有经验，今晚你到我家来，帮我洗了文胸内裤，或者在大榕树下学猫唱歌，哄我开心了我就教你。"

银香："呸！你以为我真的不会填表？我写一等功臣英雄事迹报告的时候，你还在乡下数着猪毛！"

……

……

那女工莫明其妙，留下这两个女人在那里唇枪舌剑，自己走了。看上去她很忙。

<h1 style="text-align:center">22</h1>

程银香拿着一张闪耀着无数红大印的批文，激动莫名，从光头厂长办公室一路狂奔出来，穿过三个车间的门口，抄最近的小道到达何唐山的面前。

"非农终于'农转非'了！"

何唐山正在上班，眼盯着进进出出的人和车辆。涨红了脸的银香喘着气，大汗淋漓，胸膛在剧烈地颤抖，手中紧紧地抓住一张胜诉的判决书。

何唐山要看，银香双手抓住，递给他看，但并不给唐山，担心这张纸一到他的手上会马上变成一根青菜。

"看，何非农。看到了吧，是你儿子的名字，不是赵家米儿子的名字。有了这张纸，何非农就脱胎换骨，到了十六岁，他和你就是同事关系，开职工大会的时候，他能坐在你的前排。"

何唐山也高兴："你应该告诉爸。"

银香转身，站在大门口中间，向进出的每一个人晃荡着手中的喜讯。

人们惊奇地停下来问："什么事？"

银香愿意和任何人分享来之不易的甜蜜："我儿子'农转非'了。这是他的批文，假不了。"

或许人们不能完全体会她心中的快乐，对她的喜悦并不表示出应有的热情，总是淡漠地一笑就与她擦肩而去。

"世间上的人和赵家米老婆差不多，总要嫉妒别人，好像我儿子抢劫了他们的指标一样——我就是要抢劫，抢到手便是本事。"银香说，"用不着多久，我们一家人都将成为氮肥厂的职工，到了那时，开职工大会又会有人说，瞧，现在是何唐山开家庭会，我们都是陪衬的。"

何唐山一点也不希望银香在门口前停留更长时间，因为用不着多久，会有人说，氮肥厂的大门成了他何唐山的家门。

银香离去时对唐山说："现在怎么办？"

何唐山莫名其妙，想了想，不知头绪，却担心银香痛斥他的笨拙，自言自语："该怎么办？"

银香笑道："傻瓜，想什么？什么也不用想，只需等待，到了十六岁，我们的儿子就有了新生活。"

何唐山一天至少能三次见到光头厂长。他坐在小车里，一到厂门口就拉下车窗对着何唐山笑笑，有时还扔一根红梅牌香烟过来，唐山双手接住，他不抽烟，就放在抽屉里，留给下一班的老杨抽。老杨抽烟时嘴里常发出啪啪的响声，唐山走出很远仍能听见。有时老杨忍不住问："这又是厂长给的烟吧？"唐山说："有些外面的人要进来也给我塞烟，这你也知道。"老杨欲言又止，但唐山知道他想说什么。有一天，何唐山从光头厂长摇下的车窗看到车里面坐着一个人，很像金香。他要追上去看明白，但车很快就跑了。唐山愣在那里，老杨过来说："你家银香叫你回去，王正东在你家哭。"

王正东很沮丧地对唐山说："我的绿帽越戴越高了，比法卡山还要高……我真想一枪崩了那两个奸夫淫妇，可惜没有枪——他妈的退伍了什么都没有了。"

唐山看了一眼银香。银香说："正东，金香是糊里糊涂上了光头的当，等到我劝阻她，她不会扔下你不管。你身体不好，就别伤了身体了。"

王正东说："我后悔当初没死在法卡山，唐山呀，我们当兵的死在战场比活着好。"

唐山说："正东，你别这样，能活着多好，你的儿子都十几岁了，也办了农转非，很好嘛。"

王正东说："我呸，小奇志是何小节的儿子，我亏大了……我辞职不做了，我要回乡下种田——我还有脸在这里混下？我要离婚！"

唐山说："你总得想清楚，能到今天不容易，辞职了，你的伤不就白挨了？"

王正东又哭了。哭完撑着拐杖走出唐山的家门口。银香要扶他，他用力一挣，说不用。

王正东走远，回头对何唐山说："你得去医院看看，你的声音有时真的像牛叫。"

何唐山麻木地坐在门口的石头上。银香说："昆明打电话来说，他不来了，大叔不准他有事无事往我这钻。大叔爱面子，在村里跟人说，我们过得挺好，吃穿不愁，孩子都快全办'农转非'了，到时家里的责任田都要割让出去，割也要割最差的，好的留给自己。他给我们送米都是偷偷摸摸的不让人知道，还说他每次到我们这里，我们都给他很多钱带回去，唐山老是劝他不要种田了，种田不值钱，干脆来县城跟我们住。他又说，他舍不得，有时想到县城享清福去，但住不惯县城，人太多，在唐山那里天天吃肉会肥，人老了还是精瘦点好，农村就不同了，空气清新不说，还能抽水烟筒，爱吃什么就吃什么屎拉得多臭也没人管——大叔真爱面子。"

唐山说："他一辈子都在撒谎。"

银香生气地说："你怎么能这样说你父亲！"

23

一个人要死真的不难。几天后，王正东死了。他自己摔了一跤，正好倒在电风扇用的破排插上，被电烧死了，样子很难看。他应是下午三点左右死的，下午五点他的儿子王奇志回来惊恐得不会叫人。程金香六点左右回来，先是很吃惊，后来就异常平静，熟练地处理着后事。后事处理完后的第三天，厂里给她分了一套两房一厅，她和儿子就搬了过去。她没有动手，是程银香招呼几个人帮她搬的。王正东的旧居后来一直没有人搬进去，银香在那堆放一些杂物，后来就干脆成了她的鸡舍。

金香无聊的时候常叫银香到她家陪她看电视，那是台旧黑白电视机，天线竖得高高的，左侧的壳上漆着一个绿色的"莫"字。光头厂长姓莫。金香熟练地嗑着红瓜子，一集电视剧下来，瓜子壳便堆满了茶几桌面。看到激动时，她会对剧中的人物破口大骂，有时也莫名其妙骂光头厂长，只是银香在的时候，从未见光头厂长来过。银香常常从金香那里拿回一些好吃的，苹果呀、红枣呀、腊味呀、香菇呀、米粉呀，又香喜欢板栗，再香喜欢葡萄干，非农喜欢腌海鲜煲的粥，他一吃就是三大碗，银香夺他的碗不准他多吃怕撑坏。何唐山什么都不喜欢，只要是从金香那儿带回的。

银香说："你清高咧，你看不惯咧，金香攀附着光头这棵树，她的儿子就有着落，光头说了，小奇志读大学的钱都准备好了，北京、上海，哪儿读都成。"

银香接着又低声说："光头表态了，下次有'农转非'的指标，可优先考虑给我们。"

何唐山默不作声，转身走出房间，到门口值班去。

24

何昆明中午时突然到了厂门口。何唐山说："银香在家做饭。"何昆明就径直去吃饭。吃完饭，何昆明就走了。唐山还没下班，他从抽屉里拿出十几根红梅香烟用纸包好给昆明："带回去给爸抽。"

何昆明说："我不结婚了，我的存折给了银香，又香'农转非'的事赶紧办，有机会再香也要办，全家'非农'了就好。我要到云南去跟人杀猪，几年才回来。我这就去车站，这烟你就送给我抽算了。"

大约是何昆明去云南的第二年秋天，县氮肥厂突然就发不出工资了。好端端的一个厂说烂就烂，比菜地里的菜烂得更没道理。

此时程银香刚办完自己的"农转非"，月底就可以办又香、再香的了。她们的名字排在许多人的前面，指标一到，马上交钱，一切就办妥。值得一提的是，现在的效率快多了，流水线一样，快得让人放心。

"农转非"批文到手的第二天，银香又一次来到光头厂长的办公室："厂长，明天我就要上班，我不能再等了。但我不想跟赵家米老婆同一个车间，她的狐臭我受不了。"

光头厂长为难地说："你能不能多等一会儿？你看，厂的效益不好，不少转了'非农'的职工家属也在待业。"

银香说："我跟她们不一样，金香是我的姐姐，你占了她的便宜。"

于是，与众不同的程银香在氮肥厂第一车间当了清洁工。她终于可以仰首挺胸地从赵家米老婆面前大步走过，心安理得地在张贴着职工出勤考核情况的墙壁前驻足良久、指指点点，如果把她的出勤情况搞错了，她就冲到车间主任跟前大声质问。

每天的榕树下，依然有不少人在聊天，但银香已经不是头名到场的，她也学着赵家米老婆，姗姗来迟，与赵家米老婆不同的是，她没有叼着牙签吐着肉屑。

时间在幸福的边缘缓缓滑行。到了月末，时间就会停顿一下，让劳作了一个月的工人们到财务科弯下腰签上自己的姓名，领走他们该得的工资。然而，程银香发现，辛苦了一个月，却没有一分钱可领。财务科的人无所事事地看着报纸，似乎不知道今天是什么日子。

银香说："我要签名。"

财务科的一个女人说："你是新上岗的吧。"

银香说："当然是，我第一次来你们这里签名。有了第一次便有第二次、第三次，今后每月我都会来。"

那女人说："没有钱发工资，谁也不用签名。要回家里签去。"

"这是什么世道？工人没有工资领！几十年了，我才头次看到。"银香说。

工友说："也许光头厂长帮我们把工资存起来了，到了年底一下子发给我们。"

银香说："这样也好，能省下钱还债。"

但事情并非想象的那样，工人的工资并不在银行里存着，也不在光头厂长的口袋里，谁也弄不懂究竟在哪里，也许根本就没有。因为成堆的化肥卖不出去，卖出去的亏了本。这里曾是人人向往的天堂，现在天堂里却发生了饥荒。此时，工人们才注意到厂里的头头们平日里过着花天酒地的生活，但癌症到了晚期，发现已经太迟。

光头厂长被检察院的人带走时，正好唐山值班。光头厂长在警车里看了他一眼，但没有如平时那样扔给他一根红梅香烟。

所有车间一下子全停工了。工人们从天堂回到人间到处游荡，等待车间的门再次打开。全厂几乎只有一个岗位必须有人上岗，那就是门卫。但连门卫也精减，只要一个。何唐山可怜老杨年老体弱干不了别的，下岗了会活活饿死，就主动把岗位让给他。老杨感动得老泪纵横，泣不成声。

程银香成了榕树下的众矢之的。因为她是程金香的妹妹。因为程金香是光头厂长的情妇。因为光头厂长搞垮了这个厂，因为他养二奶。银香当然有口难辩。她只能选择躲避，尤其要躲避赵家米老婆。幸好，那天赵家米十三岁的儿子在学校里练跑步，五千米快第一个冲到终点的时候，突然倒地，像一只割断了脖子的小鸡抽噎几下就死了——一个人要死真的不难。赵家米的老婆把学校闹得鸡犬不宁，差点学校要停课。在大家的注意力集中在赵家米老婆的身上时，程金香谁也不惊动悄然作别了氮肥厂，不知所踪。银香猜测她们母子可能回到了乡下。但她的父亲告诉她，没有。半年后，银香突然接到金香打来的电话，金香告诉银香，她现在在广东顺德的一个鞋厂打工，小奇志在那里上小学，她和张小节又好上了，该死的张小节迷上了赌博，她的一点老本全让他糟蹋殆尽了，希望不要告诉其他人，包括何唐山。她还向银香打听光头的消息。银香说，光头被判了八年。金香说："原来我从光头那里借了两千元给你何非农办指标，就不用还给他了。"

银香说："'农转非'的价钱比乡下的芭蕉贱得快，现在两千元可以办五个农转非了，要个指标比到东门菜市买菜容易，但谁也不稀罕那破指标，厂里有人回乡下种田了，只是大叔死活不让我们回乡下。厂都垮了，大家都下了岗，唐山也不做门卫了，先是帮别人的工地挖地基，后来替砖厂搬运砖头，还做了一段守坟墓的，现在他停职出来帮水泥厂炸石头，一天也能赚上二三十元，总比别人天天到县政府上访好。不过劳动局说了，像唐山这种立过功的退伍军人将优先安排好，就是不知要等到什么时候。现在我就怕债，办'农转非'欠下的一屁股债。"

金香在电话一头叹气，一会儿就哭："其实我没得光头什么钱。"

25

老杨坚守大门，每月厂里发他两百元，已是厂里的最高了。何唐山往往很晚才回来。因为天黑后行人少，炸石头对行人的威胁就减少了许多，就常常利用夜晚点燃炸药。安放、点燃炸药当然是何唐山的拿手活、老本行，当兵时他拿炸药包当枕头睡，平常得很。

石山就在城郊，到处都是，光秃秃的耸立。炸药响一次，就够山下的汽车、拖拉机拉上半天。但炸一次要做很多的准备工作，要凿很多的眼。钻眼时人要爬上峻峭的绝壁上，有人帮用绳索在山顶上吊着，差不多像凿红旗渠那样了，悬得很。放炮前有人用高音喇叭喊"放炮啦"，于是人们就纷纷躲避。一会儿，连环炮就啪啪地响了。乱石从山上飞溅下来，尘烟滚滚，地动山摇。

民工们尊重何唐山，因为他比他们内行。何唐山就教他们规范用炸药，时常提醒他们注意安全生产，这是拿命换钱的活，比起打仗来差不多。有人问，这怎么跟打仗搭上钩了呢？何唐山就说，我打过仗。你真打过仗？真打过，打过越南。呃，太久远了。无所事事的时候，黄段子讲腻了的时候，他们就问唐山打越南时的情形。因为时间长了，当事人对战争也越来越模糊了，何唐山不愿往事重提，人们就"嘘"一声散去。

连何唐山自己也突然觉得那年代真的很遥远了，是该彻底忘记的时候了。但感觉到总有一点东西挂在心里，挥之不去，又无所用处，反而成了心头之痒。于是，回家翻箱倒柜找那枚勋章，但找了很久都找不到，他也忘记那小东西搁在哪里了。好在一阵风吹来，饭桌上空传来叮叮当当的铃声，不是很清脆，带有几分混沌。抬头一看，是一只白色的风铃，那是多年前又香从收破烂的老头那里捡回来的，当时风铃支零破碎，唐山就花了大半天时间帮她修理好，又香高兴得把它悬挂在饭桌上，天天听，听着听着就幸福地睡过去。唐山突然想起，风铃的中心是由那枚勋章组成的。当时找不到合适的金属，就把勋章代替了。取下来，勋章除了积聚了厚厚的灰尘和油烟外，一切没有变，铜质、圆形、重一两八钱、双面有军国旗图案、敲击能发出叮当的响声。趁银香不在，何唐山走到东门菜市，不曾讨价还价，以三百元的价钱把勋章卖给了一个来历不明的文物收藏者。将钱放进口袋，一转身，他就神奇地彻底忘记了他的战争，忘记了他的1978—1980年。这三年就像一页陈年旧账，被彻底撕毁，从他的大脑永久删除并从他的生命历程中一笔勾销，无踪可寻。像被别人一下子免除了他的所有债务，何唐山感到有些痛快。那三百元，他打算不让银香知道，等到明年又香生日时，买一只像样的风铃送给她；到再香生日时，给她买一双好一点的花白皮鞋，因为那时已经变冷了；到非农生日的时候，给他买点什么呢？给他买一辆学生自行车，不过太贵了，钱不够——如果有两枚勋章多好！有两枚的话现在口袋里就是六百元而不是区区三百元，就可以从容地满足孩子们多年的梦想。何唐山便想多弄一枚勋章，但竟然不知到哪儿弄，不仅如此，连第一枚是怎样得来的也想不起来了。他拍着脑袋想了半天，在菜市踱来踱去，把小菜贩都给弄糊涂了，最后还是想不起来。他从此真的全忘了。后来编《县志》的人找到他问起某某事，他说不出来，因为他实在是记不起来了，一点印象也没有。县武装部的人要编本县的武装史、英雄谱什么的，一定要何唐山回忆起光辉的往事，但何唐山又想了大半天就是想不出来，再逼他想，他就叫头痛，只好作罢。因此，后来的一些有关何唐山的记载，大都注明了"据其家属所述"。

26

这天，何唐山照常很晚才回来，银香和孩子们都睡了。洗了澡，刚要上床，有人敲门。开门，是赵家米。

赵家米苍老了许多，嘴里喷着酒气。

"老何。"

"老赵。"

"老何呀。"

"有什么事吗？"

"你今年几岁了？"

"问这个干什么？"

"我四十一了，你呢，近四十了吧？"

"三十七啦。"

"不对，是四十。1978—1980 年你没算。不过，我也没算。"

"你家的老婆还能扛得住吧，真可惜，好端端的一个孩子。"

"别提了，你家银香说的，她的耳朵太尖像老鼠耳，中年丧子，我要休了她。你家的老婆，能！"

"她不是故意的，是胡说。你不要放在心上，有空我请你喝酒。"

"我没钱喝酒了，你带我去炸石头，我也扛过炸药包，能干。"

"你就不要干这个。"

"我非要干。"

"不要。"

"要！"

……

……

赵家米这一固执，就送了命。这天收工后，大家围着大菜盘吃饭，赵家米说了一些黄段子，弄得大家笑得很开心。想不到悲剧总是在最快乐的时候出现，一块两天前被炸松动的石头像一只雄健的大红鹰从山顶上展开巨翅俯冲下来。何唐山大叫一声"老赵，石头！"赵家米低着头喝酒，愉快地抹了一把嘴，摆摆手说："子弹都不怕，石头有什么可怕的，我就当这里是法卡山。"何唐山本想奋不顾身去推他，但一听到"法卡山"三个字竟犯毛病了，愣在那里，用力去想什么是"法卡山"。临死前的赵家米竟然说到一个他从未听说过的地名，法卡山是什么山？何唐山这一迟疑，尖叫而下的"大红鹰"往赵家米的头一啄，那头连叫也来不及叫一声就变成了红白相间的肉浆，血肉溅到菜盘里跟猪肉混在一起分不清楚，弄得大家没法下筷箸，谁也没有吃饱，真是扫兴极了。还是那句话：一个人要死真的不难。赵家米老婆又大闹石场，几天才恢复生产。石场赔偿了三万元。赵家米老婆怀揣着学校、石场赔的一些银两，带着对何唐山无穷无尽的埋怨和对程银香的新仇旧恨，带着她的另一个孩子匆忙离开县氮肥厂，回柳州娘家。从此，县氮肥厂更加冷清，榕树下好长时间没有人围着谈笑了，不久，有人在杂草丛生的大榕树下搭了鸡棚，养了一些鸡，每天清晨，都能听到嘹亮的鸡鸣。

27

　　程银香坐在氮肥厂自己的家门口，也能听到城北郊外传来的爆破声。每次听到一声爆破，她的心就揪一下，就像被铁钩钩着，不定时地被人揪一揪。她忘记不了赵家米老婆拖着不情愿离开县城的女儿离开氮肥厂时的眼神。那眼神使银香一下子没有了恨，甚至没有了爱。她只有害怕。

但害怕终于结束了。县环保、旅游部门阻止了石山的开采。那天，何唐山背着一个黑黑的包回来，银香终于松了一口气，抱住他嗡嗡直哭。

何唐山大声说："别哭啦，没活干了！"

银香说："你吼什么？我宁愿饿死，也不让你再干这种活。赵家米老婆一看到石头双腿就要发软，我一看到石头就想到了赵家米……"

何唐山一头钻进床里，呼呼大睡，鼾声震得屋顶的瓦片在松动。银香用湿毛巾为他擦拭身子，就像当年唐山为牛涮身那样小心翼翼。

何唐山一睡竟睡了三天三夜。第三天夜里近天亮时才突然醒来，骨碌一声坐起，拿起枕头一扔："这是炸药包！"

程银香说："不是的，只不过是只绣花枕头。"

"你怎么知道它不是炸药包？它就有可能变成炸药包！"

银香不想跟他争论："你已经睡了三天三夜了。"

何唐山说："我梦见了一个地方，我从未到过的地方，那里有很多洞、树和青草，看到青草我就想吃。"

银香说："大概梦中你到了法卡山。"

何唐山惊恐地问银香："什么法卡山？法卡山是什么山？"

银香说不清楚，因为她没有去过法卡山。

28

这几天何唐山就不断重复着一句话："我要工作。"

没有工作即意味着自己的田地里没有播种和阳光没有洒在正抽穗的水稻上；没有工作，三个孩子就将吃不上饭、上不了学，这是比种瓜得瓜种豆得豆还要简单的道理。想到孩子，何唐山心里有很多愧疚，他想给他们富贵，是"给"而不是像何其大那样"逼"，一字之差，意义大不一样，努力的主角完全相反。有一次，他听到赵家米的孩子大声责备他的母亲时是这样说的："你没有把握给我富贵，当初你为什么要生下我！"这是一句什么话呀？从一个十三四岁的孩子嘴里蹦出来的，现在到了什么年代了？如果在这个年龄对父母说出这样的话，何其大会将他淹死在河里。何唐山困惑之际，何又香鬼鬼祟祟地找到他："爸，我找你商量点小事。"

唐山和蔼地说："说吧。"

又香说："爸，我想要你的一只肾。"

唐山大吃一惊："你要我的肾做什么？"

又香说："卖了，我要钱整容。"

唐山说："你不是长得好好的，为什么要整容？"

又香说："我长得像妈一样丑。"

唐山说："你妈长得并不丑呀。"

又香说："我要更漂亮，女人漂亮什么事情都好办了。我想通了，不要什么'农转非'，也不图读大学，我就要漂亮，漂亮了什么都有了。"

唐山说:"一只肾值多少钱呀?爸有两只肾呢,全给你拿去算了。"又香说:"爸,听得出来,你没有诚意,我们谈不来。不过,不要紧,你不要告诉妈妈就是了。"

何唐山被银香拖着来到一家新开张的宾馆应聘保安。这宾馆的老板喜欢当过兵的人。做他宾馆的保安就必须是军人出身,月薪还不错。

西装革履的中年老板在办公室接见了何唐山。

银香说:"老板,他叫何唐山,是当过兵的。"

"什么时候的兵?"

"1978年春天入伍的兵,刚插完一半的田他就走了。"

"我是问他,他的嘴巴长在你的脸上了?"

"他记不起来了。"

"他失忆了?"

"不是,只是记不起过去的三年时间。"

"哪三年?当兵的三年?"

"是。他打过越南。"

"开玩笑,你不是说他打过第一次世界大战?"

"他爸何其大打过朝鲜,他爸说那是第三次世界大战。老板,是真的,我家唐山立过一等功勋,曾在县人民大会堂作过英雄事迹报告。"

"一等功?怎么会是一等功!你以为一等功是那么容易得来的吗?你一点也不懂,就算你在战场上死了一百次也未必能得到！"

"可他是真得了。"

"……拿他的勋章来，我就信，我只认勋章。"

"卖了，三百元就卖了，今天我找不着了才知道卖了。"

"三百元就卖了他的命？"

"没用了就卖掉了，县氮肥厂都能卖，一个勋章怎么就不能卖？"

"你叫他说说他打越南时的经历总可以吧？说实在了我就录用他。说不沾边就当你们是想来混饭的。"

银香自言自语说："很久已经没人提起那些旧事了。"看看唐山，唐山摇摇头。

老板说："真的记不起了？老兄，我问你，1977 年你在哪里？"

何唐山说："你是问哪一天、几点？"

老板随口说："就农历七月初四下午三点。"

何唐山肯定地说："我在河里给牛涮身，正好涮到了牛屁股，程金香从石拱桥上走过，穿着花格衬衫，拿着一串锁匙，还扭着腰哼着《东方红》，我叫她，叫了三声，第一次问'吃饭啦'，她不搭理我；第二次问'从哪里回来了'，她还不搭理我；第三次我说'金香，我哪一点比不上张小节'，她仍不搭理我，我要再问的时候，她已经拐过田垄，看不见了。"

"你记忆力不错嘛，怎么会偏偏就不记得那一段最重要的经历了呢？"

"我真的忘记了。前段时间说忘就忘了。"

"你骗人。"

"我从不骗人。"

"你是冒充退伍军人混饭吃。"

"我不是。"

"你说不出你的一等功怎样来的就是骗人。这年头的骗子我见多了，就没见过你这么不讲技巧、不看对象的。"

何唐山生气了："你等着，我会证明给你看。我'水鬼'一辈子宁愿被人骗也从不骗别人，我最恨别人说我混饭吃。"

29

何唐山回到家里拿了两件衣服就走。银香问到底去哪里，他不说。银香拉他。但他像牛一样有力，拉不住。三个孩子倚在土墙上晒太阳，一言不发。

银香第一次捉摸不透何唐山要做什么。他走出氮肥厂大门口时头也不抬一下，老杨叫了一声，他一点反应也不给，很快就消失在了人来人往的马路上。

何唐山走后的第三天，也就是中秋节前的一天。银香接到了公安局的一个通知：何昆明被捕。银香匆匆赶到公安局，人家告诉她：何昆明在云南抢银行未遂，打死了一个武警，逃到幼儿园劫持并杀了几个小孩，在逃跑的途中被抓住了。

银香说："他怎么会杀人呢？他怎么能杀人呢！他神经有问题，一直恨军人、警察。"

公安局的说："是不是神经病要看他的运气。"

银香说："我能不能见他？快三年没见过他了。"

公安局的人说："不能，他犯的是死罪，法院判了才能见他，而且他现在在云南。"

银香说："大叔知道吗？"

公安局的人问："谁是大叔？"他说程银香是他唯一的亲人。

昆明打过多次电话给银香，向她倾诉在云南的挫折和痛苦。他说只要能做的他都做过了，还打过数不清的架，打伤过拖欠他工钱的老板，打过警察，进过几个月的监牢，就差贩毒、杀人，现在仍然一无所有。银香劝过他，安慰过他，叫他在外头混不下去就回来，帮大叔种地。但他固执，一定要出人头地才回来。银香口袋里揣着一张存折，是何昆明的，她用了他的一万元，把他的底气全抽光了，现在只有六元八角五分的利息空荡荡地占据着整个存折。钱都花在她和孩子"农转非"上，其他开支从没动过这存折的一分钱。这一万块钱，为她一家解决了天大的问题，使得又香、再香还有她本人都先后办了"农转非"。一家人全变成"非农"，让大叔兴奋地一次又一次地将家里的责任田从他的户头上割让出去，像将折磨了大半辈子的背脊上的疥疮一个一个地割掉，虽然也是自己身上的肉，但割了痛快。在县城，银香也能感觉得到大叔的幸福贴近了梦想，在共同的幸福降临时，她也不能置之度外，将自己的幸福告诉了亲人、朋友和一切认识的人。何昆明是她第一个要汇报的，因为钱从他那里来，他的钱是从他的血汗里来，血汗从他的身体里来，身体是从大叔那里来——因此，现在银香不知道该怎样做，但不能将这个大事件告诉大叔，这是她想到了的。

银香在家里哭，何再香问："妈，你为什么哭得那么难看？"

银香照了一下镜子，发现再香说的一点也没错，但难看是因为老了，而并非哭的。

再香说："妈，你难道没发现又香不见了吗？"

银香大惊失色："又香什么时候不见了？"

"已经一个星期了。"再香说。

非农说："又香跟一个有钱人走了，一个四川的老头。"

再香纠正说："不是老头，年纪跟我爸差不多——我爸还不是老头。"

银香大声喝："你们为什么不报告！又香才十五岁！她被人拐卖了你们知不知道？"

二人说："不知道。"

银香说："你们什么时候看见又香被人拐走的？在哪里？"

再香说："好几天了，就在厂大门口。那男的过去常到厂来贩运化肥。"

银香说："又香跟你们说什么了？"

再香说："又香说她走了我和非农的学费就轻松多了，我就能买一双花白皮鞋了……她还说要过上好日子，学金香姨。"

银香吼道："金香姨现在过得很不好，你们知不知道！"

再香摇摇头说："不知道。"

30

近来，程银香右边的乳房莫名其妙地痛，有时痛得要用手抓，一抓便溢出一些米黄色的汁，经验告诉她，那不是奶水。她忍不住去医院，医师说，你得了乳腺癌，必须切除右乳房，否则会危及生命，你最好现在就做手术，做手术还不一定百分百成功。银香在犹豫。医生责备说："你呀，女人老是想着漂亮，你就不要担心切除后的美观问题，生命比美观更重要。"然而她担心的是费用，费用比美观重要，但医生不明白，她也不敢打听。

不知道是什么时候，大约是银香快要崩溃的时候，何唐山垂头丧气地回来了。回来就睡，一睡又是三天三夜。第三天下半夜他醒来时，听到银香在哭。

"你哭多久了？"

"你睡了多久我就哭了多久。"

"为什么要哭？"

"昆明要被枪毙了，又香被人拐走了。"

"原来是这样——有饭吗，我饿了，饿了五天没吃饭。"

"这十几天你究竟去了哪里？我担心你呢。"

"我去了一趟越南与中国的边境，那里有座山叫法卡山，是一座有好多青草、坟墓的山，但我找不到路上去，在那里转呀转呀……那里有点熟悉，但我记不起我是不是在那里做过些什么。没有人认识我，也没有人给我饭吃，吃了几天的草我就回来了。我证明不到自己，也证明不了给宾馆的老板看——原来我什么也不是的！我不敢去见那老板。"

"你真的几天没吃饭了？"

"没吃……口袋里没钱了……我不知道车费涨过了头。"

"你把你的勋章带去就好了——可惜你卖了。昨天我看了一张报纸，说沈阳有一个孤苦的老乞丐在大街上乞食，没有人理会他，后来一家饭店的老板无意间认出了老乞丐盛饭的破盅，印着模糊了的'志愿军'三个字，那老板扔掉手上的东西，搂着那老乞丐泪流满面，对老乞丐说，从此以后，你再也不用乞讨，你天天就来我这里吃，只要我的饭店不倒闭，我就给你吃最好的……"

银香说着说着就哽咽了。

何唐山愣了好一会儿，自言自语地说："如果……再来一场战争多好啊！"

31

银香的麻烦事接踵而来，先是非农在学校打破了学校的电视机班主任上门索赔，然后是再香第一次来月经染红了裤子被同学取笑不敢上学，然后是厂里要她搬空鸡舍让别人住，再然后是自己的老父摔了一跤卧床不起，她就寄了些钱回去。更大的麻烦是，有一天早上，十几个妇人气冲冲地向她投诉："何唐山一夜之间生生吃光了我们菜地里的青菜！"

这种事情应该只发生在乡下遥远的过去，拴不住的牛到田里偷吃别人的水稻，然后泼妇们上门大吵大闹或把状告到村公所。

银香说："这怎么可能呢？你们不要欺负人，厂倒闭了，大家都彼此彼此谁也别想欺负谁。"

妇人们说："守门的老杨亲眼看到了，他看见你家的何唐山夜里变成一头水牛，到菜地里见菜就吃。"

银香说："也许是外面来的牛……"

妇人们说，不可能，四面围墙，鸟都飞不进来，老杨还看见何唐山吃饱了又变成人，若无其事、大摇大摆地回家睡觉。

银香心里想，也许他真的饿坏了。

妇人们毕竟不像乡下的村妇，她们心怀慈善地说："你家的男人可能得了疯牛病，英国那边正闹这种病，兴许他也闹上了，至少闹上类似的。听说这种病像狂犬病，发作了就没法治了，但没有狂犬病死得快，至少能延长他的寿命，也许十年八年也死不了。他属牛命，要延年益寿就不能让他闲着，他得工作，没有工作就像一头牛的生命快到了尽头。不信，你去问医生，医生也会这么说。"

何银香现在最疲于奔命的就是阻止何唐山变成牛，尽可能地延长他的寿命。延长他的寿命就得工作，不能让他闲着，闲着他就睡死过去，睡死过去就发出奇怪的声音，就会变成牛，半夜偷吃别人的青菜。况且，他不干活一家人就面临断炊之虞。

程银香天天带着何唐山在城区到处求职，一家企业一家企业地问，一个商店一个商店地求，甚至恳求一个兼职清洗十几个公厕的小老头让他把一半公厕转包给唐山洗刷，或让唐山帮他打工也成，但没有人愿意聘请一个说话声音越来越像牛一样的人干活，连那个小老头也不答应。那小老头说："我只有一碗粥，分给你一半我就挨饿了。"何唐山自然很扫兴，不愿再出来找活。银香也终于发起了火说："你不愿找活干就每天接送再香、非农上学，不能让人把这两个孩子也拐走了，赚钱的活我来找。"但只一次，何唐山到了学校，跟学校的门卫说了一句话，就把人家吓得屎滚尿淋。再香、非农几乎要跪下恳求他不要再去他们的学校。那只好由银香接送孩子，何唐山闷在屋里，一言不发，似乎在想什么。

银香无可奈何地对唐山说："你得了一种怪病，可能叫疯牛病，也可能是类似于疯牛病的病，你知不知道？"

唐山说："我早知道了。老杨还说，农忙时节看见我变成一头牛帮乡下的农民犁田赚了不少钱。"

银香说："我努力了，我真的无法帮你延年益寿。你该去医院看看，也许只有医生才能救你。"

唐山说："这次我在云南边境要回来时，碰到了一个瞎子巫师，他说：'何唐山，你给我站住。'我奇怪地想，他怎么会认识我呢？瞎子巫师说：'1979年冬天我见过你，按理说本来你已经死了的，不知什么原因你还来到了今天。人有十二生肖，你属什么，死后就变成什么，你属牛。你的右耳不是被炮震聋的，是被子弹击穿了，你的脑子里残留的那块小弹片，一直躲藏在你的脑海深处，任何仪器发现不了也取不出来，现在是它发言的时候了，所以你说话的声音像牛，那不是你在说话，那是子弹片在以你最熟悉的声音发言，也可以说，是你的灵魂在叫喊。子弹片像电脑的芯片，主宰着你的生死病老贫富贵贱，你的一生已经交给了子弹片。将来你的归宿不在你的法卡山，也不在你的氮肥厂，而在你的米河。'"

银香说："巫师的话跟乡下的算卦佬、神婆巫汉一样不可信，什么年代了你还相信那些东西！亏你还是国家工人，你最好去医院看看。"

何唐山说："不用看了，中医上说治病不治命，我的命就是牛，我就做牛。"

何非农闯进来迷惑不解地问："爸爸，你会不会变成牛魔王？"

再香的学识显然更多一点，当即作了反驳："不是牛魔王，是异形。"

二人竟为此争论不休。银香大声地把他们轰出去。

再香真会添麻烦。那天晚上，她一个人从学校里回来，经过离氮肥厂不远的池塘边的时候，被几个小流氓践踏了一番，然后被扔到冰冷的臭池塘里，她爬上来时就认不清回家的方向了，是一个厂里的工友无意中发现了她，把瑟缩了半夜的她带回来了。

何唐山拿着菜刀像侦察兵一样蛰伏了九天九夜，眼睛熬得像灯泡一样红，但一直没有等到几个小流氓的出现，就抢起菜刀把那里的树木砍成狼藉一片。城管的人赶来要制止他的时候，他又在四周光荡荡的更加引人注目的纪念碑前睡死过去了，没有人敢碰他，连银香也不敢。银香就在他的头顶上搭了一个棚，挡风遮雨。从此何再香不再上学，天天坐在大榕树下发呆，终于有一天，自己突然消失了，没有一个人知道她的去向。银香背着何非农哭着问守门的老杨。老杨说："我看见你家的何再香张开翅膀飞走了。"如此说来，何再香与氮肥厂、与家人不辞而别了，甚至去向不明、生死未卜。又香虽然也是不辞而别，但银香还知道她可能活在湖南，又香的命运比再香好多了。

老杨真的老了，看东西都看不清楚，往往把一个人说成两个甚至说成三个，把一个人影硬说是一头猪甚至一头牛。那天夜里，买下这个厂的老板和他的小情人走进厂门时，老杨竟惊慌失措、大喊大叫："七匹狼来了！"闹得很多人来观。孤独的老杨就这样被赶出了氮肥厂。妇人们估计，先前老杨看到的一些东西也许是他的错觉，说的一些话也许是他的胡言乱语。人老了，往往反而不可信了。于是何唐山被重新起用做门卫，月薪也比老杨翻了一番。何唐山像过去那样干得兢兢业业。不久，银香突然发现，何唐山的声音变了，似乎接近了正常的人声。

银香激动地拖着何唐山站在榕树下让他当着许多人的面大声说话。何唐山莫名其妙地乱说一通。程银香欣慰地哭："你们听哪，我家的唐山正常了！正常了！"人们轻轻地点头："奇怪，他说话竟然没带牛声了。"银香而且相信，何唐山得的并非是不治之症，那些妇人们先前所说的跟老杨所说的一样，简直是一派胡言！

然而好景不长。氮肥厂在数天之间转来转去，几度易手，一时热闹一时冷清。听说最新买下氮肥厂的老板准备不生产化肥了，要卖掉氮肥厂的土地，让人搞房地产开发，建几幢工人们从未见过的漂亮的楼房，把这里变成莺歌燕舞的别墅式小区，并给这个小区起了一个绚丽而温暖的名字——"牡丹花园"。原来的职工住户将面临拆迁的无奈，天天能听到骂声，天天有人到县政府静坐。当传言变成真实时，氮肥厂的大门首先被推掉，厂区很快变成了宏大的工场。

门之不存，门卫自然消失。这天黄昏，何唐山突然不见了。银香和她的孩子四处寻找，并大声呼喊着他的名字。好心的妇人们也加入了寻找何唐山的队列。顿时，"何唐山"的喊叫响彻县城的上空，并随着南流江轻盈的河水一直漂流，于是全城的人们一下子知道了"何唐山"这个陌生的名字，人们议论纷纷："何唐山是谁？为什么要对他如此大呼小叫？"氮肥厂的人告诉他们，他是打越南的一等功臣。

一城惊愕：我们的小城里竟然曾经有过这样的英雄？

于是，有人内疚，有人躁动不安，有人加入寻找，有人拥到氮肥厂，有人努力从记忆里搜索尘封多年的历史……

32

何其大很久没到县城了，他四处瞧瞧何唐山远跟不上时宜的甚至比以前更寥落的家，除了一声叹息什么也没说。他摇了几下沉睡的何唐山，俯下身对他的左耳说："一条高速公路将要从村庄中间穿过，要征地拆屋，你最好回一趟，你在城里吃了亏，在自己的老家就不要让别人占便宜了。"

何唐山猛然醒了。

醒了的何唐山却不会说话，连一句简简单单的问候语也已不会讲，他努力地向银香张大嘴巴，试图跟她说上一句话，但喉咙里除了发出只有牛才能发出的"哞哞哞哞"声外，就再也没有别的音符。

银香早料到会有这么一天，所以没有太大的惊恐，只是何其大异常担心，不断在问怎么会这样。

何唐山焦急地指着自己的喉咙和脑子向银香比画着，他想告诉银香他为什么说不出话了。

银香温柔地说："我知道了，你饿了。"

何唐山狠狠地摇头，瞪了一眼银香，双手更形象地比画着。

银香笑了笑说："这次我终于明白了，你想起了你的一等功勋章，原来这三天你是去想找回你卖掉了的勋章。"

何唐山愤懑地将一只空盒子摔到地上，眼里突然溢满了泪水，很快泪水冲破围堰啪啦地倾泻而下。银香觉得那是委屈的泪水，她不明白，唐山从哪里来了那么大的委屈，一枚破勋章不见就不见了，反正不见也有好长时间了，还有什么可惋惜的呢？连银香都已经理解不了他，何唐山忽然觉得孤独的可怕，茫然四顾，要找何非农。何非农穿着一身橄榄绿，像个勇敢的小军人站在门口。何唐山突然觉得有许多话要对自己的儿子说。但何非农不愿进来，迟缓了一下。何其大弯曲着腰靠近他的孙子，用坚硬的指头狡黠、隐蔽而飞快地擂了一下他的小肚。何非农像听到了远方的召唤，向何唐山敬了一个像模像样的军礼，然后转身像一匹小战马撒开双腿飞奔而去。何唐山目瞪口呆，不明白非农从哪儿弄来这一身衣服，这衣服现在很少有小孩爱穿了。何其大要跟唐山说话，唐山又不愿搭理。好久，唐山用尽平生气力终于嗫出了一声："我要去云南见瞎子巫师！"尽管声音很模糊，但银香还是听懂了，她赶忙暗示了一下唐山说："昆明在云南过得不错呢，前几天打电话来说，他和一个松脂厂的女子好上了，那女子离过了一次婚，年龄比他大五岁，长得也很一般，不过是'非农'。"唐山煞有其事地点点头。何其大欣慰说："是'非农'就好——他到底也等到了福气……只是昆明是个没主张的人，家里的大事还是由你们定夺。"于是何唐山从床上爬起来，就跟随银香一起回到属于自己的却一转眼阔别了十三年的家乡去。

程银香本想和政府据理力争，但她发现，没有什么好争的，别人的新楼都让拆除了，她还有什么话可说呢？何况在此之前，大叔已经说了不少。大叔叫唐山和她回来只不过是让他们看看"谁也无能为力"。唐山似乎有许多的话要说，但一句也说不出来，看看银香没有意见便签了字。字迹未干，无坚不摧的推土机马上就开过来把他们的房子前面竖排的一边推掉了，只剩下横亘在上方的一排正屋悬挂着，没有了地坪和围墙，就不能称其为一间屋了。

银香说："大叔，你就用补偿的钱请人砌一座石阶——这些钱差不多够砌一座石阶了，等到有钱我们到城里买房，你也进城过日子享清福。"

何其大真诚地露出了不知比阳光灿烂多少倍的笑脸："等高速公路开通了，去县城倒也就快多了。"

是的，今后，大叔每天要从隧道穿过高速公路去挑水，然后将爬上一段陡峭的石阶，把水送到水缸里。如果要去县城，还得抄旧路到十几公里外的镇上搭车，高速公路是不能随便上下车的，这些道理村里的人现在已经明白。

这一次回来，村里没有人来看银香，也许人们不知道她回来。但一打听，才知道村里的人越来越少，不是老病死，就是不知搬到哪里去了，年轻人宁愿在外面流窜也不愿意回到农村来。稀稀拉拉的一些新旧不一高矮不一的房子散布在几个山坡上，房子比人还多。本来山清水秀的村庄，由于一条高速公路从她的中间和一大片最好的良田中间穿过，四面的地杂草丛生，更加显露出她的简陋、破落和衰败来。

"如果我们回到农村，也许再也生存或生活不下去了。"银香多了这样担心。她还担心氮肥厂里下岗后回到乡下的男女，比如赵家米老婆、李小花、梁小惠、张必贵，还有守过大门的老杨，不知他们能否挺得过来。或许，这担心是多么的多余。人各有各的活法，况且人的生存能力比起其他动物来不知要强盛多少倍。

银香还发现，米河上的石拱桥不见了，河被新开的高速公路填占了半边，几乎再也容不下一头牛的通行，而且一河混浊，不见半条活鱼。何唐山坐在石拱桥的残垣一头，双目发呆，一动也不想动，满脸向上生长的胡须像冬天里的河草。银香觉得应该再亲一亲这条河，否则，下次回来河的另一半也许也看不见了。于是就弯下腰，洗洗手，水毕竟还凉爽，比氮肥厂的水要洁净许多。在混浊的水中，只有模糊的影子，看不清是谁的。专注和恍惚中，突然有十几张皱巴巴的稿纸漂流而下。程银香觉得有点熟悉，用手去捞却够不着，便沿着河岸追逐，睁着眼从不同角度侧着身看。

程银香依稀看清了第一页，不禁大为惊讶：似乎是她写的《一等功臣事迹报告》，题目下署名是何唐山。这是十八年前在县城抛弃的讲稿，它竟然漂泊了十八年才流到家乡。字迹虽然有点模糊，但娟秀得一点也没变！

十八年了。一转眼就是十八年。但这一切似乎又是在昨天，对，就是昨天，她和何唐山还在县城，今天刚回来。

不太相信自己双眼的银香本想跳下河去捞起那几页讲稿，想了想，便放弃了。十八年前不慎放弃的，十八年后也该放弃。况且，何唐山已经不记得这回事了，给他看，他也想不起仿如史前的往事。就让它寄居在水里，继续漂流，从这里经西江到珠江，一直到达烟波浩渺的南海。就算有人看到它，也不会勾起任何联想。连自己都淡忘了，人们早也应该忘记。

突然，河的远处传来一阵热烈的令人激动的掌声，如波涛汹涌，又如暴风骤雨，坐在桥墩上的何唐山侧着左耳慢慢地站起来……

惊讶间猛一抬头，银香看见河的对面何其大正在吃力地搬弄着石头——他要在家门前砌一座高高的石阶，还要赶在高速公路通车之前把它砌好。不仅如此，他还将在石阶的两旁种上各式各样的牡丹，到了那时，展现在熙来攘往的人们眼前的将是一座多么好看的石阶！